さくらのまち

三秋縋

A Town Of Fake Cherry Blossoms

Sugaru Miaki

実業之日本社

さくらのまち

A Town of Fake Cherry Blossoms

Sugaru Miaki

1

その女と直接会ってみる気になったのは、彼女のメールの文面から敬意や好意がまるで感じられなかったからだ。仮にもチャットオペレーターを生業（なりわい）にしている者が書いたとは思えないほど無愛想で、礼儀を欠いた文章だった。悪例としてそのまま何かの教材に使えそうなくらいだ。近頃仕事で行き詰まっているからアドバイスがほしいという旨の相談だったが、これでは行き詰まるのも当然だと尾上（おがみ）は思った。

　普通の人間ならこんなメールが届いたら気を悪くするだろう。しかし尾上の場合は別だった。彼が気を許すのは、自分が好意を持つ可能性も、自分に好意を持つ可能性もまったくない人間に限られていた。その意味で、このメールの送り主は理想的だった。彼女のように初めから良好な関係を期待できない人物を相手にしているときのみ、彼は緊張を解くことができた。

　もちろん完全に気を許すわけではない。見方によっては、彼女のような第一印象を与えてくる人間こそもっとも危険とも言える。第一印象のマイナスは些細（ささい）なことでプラスに転じる。そして上書きされたプラスの信用は、第一印象のプラスよりもよほど強度が高い。本当に優れた詐欺師はマイナスから関係を始めるだろう、というのが尾上の持論だ。

　女と実際に顔を合わせて言葉を交わしてみたところ、どうやらその心配はなさそうだった。美和（みわ）と名乗ったその若い女は、他人を欺く能力などかけらも持ち合わせていないように見えた。言葉の選び方や間の取り方からして、思いついたことは何でもすぐに口に出してしまうタイプだ。

つまり、今の仕事にはまったく向いていない。
顔立ちは整っていたが尾上が心を惹かれるタイプではなかったし、女の方も初対面の尾上にこれといって魅力を感じていないようだった。おかげで彼は久しぶりに心からリラックスして他人との会話に臨むことができた。

二人は喫茶店の奥のテーブルを挟んで向かい合っていた。美和が差し出した淡いピンク色のスマートフォンを受け取り、尾上はそこに表示されている、美和とユーザーとのメッセージのやりとりに目を通した。

彼女の書くメッセージは思ったよりずっとまともだった。尾上に送ってきたメールからは想像もつかないほど適切な文章を書いていた。マニュアルに書かれていることはすべて守っているし、ワンパターンにならないようにメッセージごとに何かしらの創意工夫がなされている。

これができるだけでも大したものだ、と尾上は思った。俺からの助言なんて必要ないのではないか。今までにも何度も同僚から同じような相談を持ちかけられたが、その大半はマニュアルなんて一度も読んだことがなく、相手に興味があるふりさえしていればいいと思い込んでいる不精者ばかりだった。それに比べるとこの女は、少なくともサクラという仕事を軽んじていない。その点は評価できる。

尾上はスマートフォンを美和に返した。

「特に問題はないと思う」

美和は戻ってきたスマートフォンと尾上の顔を交互に見やった。その表情からして、尾上の言葉に納得していないようだった。

「問題がないなら、なぜ成績が落ちつづけているんでしょうか？」と彼女は不機嫌そうに言った。

「最近、どうもユーザーとの会話が長続きしないんです。たぶん、どこかのタイミングでサクラだってバレてるんだと思います。実際に『お前はサクラだろう』って指摘されたことも何度かあります。問題がないわけないんです。ですが、私にはそれがなんなのかわからないんです」

「俺だってそれくらい言われたことはある。疑心暗鬼になって、目に映るすべてがサクラに見えている人だっているんだ」

「ですが、尾上さんみたいに上手くやっている人もいるわけでしょう。その違いが何か知りたいんです」

　尾上は腕組みをして椅子の背にもたれ、先ほど読んだメッセージの内容を思い返した。

「たぶん、美和さんのメッセージは無駄がなさすぎるんだと思う」と尾上は言った。「マニュアルに書かれていることはしっかり守っている、ワンパターンにならないように工夫を加えている、相手のメッセージをよく読んだ上でちゃんとそれに反応を返している。よくできている。引っかかるところがない。だから最初は受けがいい。でもある程度やりとりを続けていると、その引っかかりのなさが逆に引っかかるようになるんだ」

　美和はしばらくそれについて考えていたが、やがて解説を求めるように尾上の顔を見た。

「ノイズがなさすぎるんだ。会話ってのは、ふつう上手くいかないものなんだ。どんなやつでもそれを経験的に知っている。お互いにちょっと誤解されているなと思いつつ、適当に折り合いをつけて進めていく、そういうものなんだ。美和さんのメッセージにはそれがない。だから、どこか機械的な印象を与えてしまうのかもしれない」

「でも、たとえば今、私たちは誤解なく話し合えていませんか?」と美和が反論した。

「それは曲がりなりにも専門的な話をしているからだ。マッチングアプリのユーザー同士で仕事の相談なんてしないだろう」

「それはまあ、そうですね」

「とにかく」と尾上は言った。「そういう引っかかりがあった方が、生身の人間と会話している気分になれるんだよ」

「もっと無駄なことを言え、ということですね?」

「ほどよく思い通りにならない存在であれ、ということだ」と尾上は訂正した。

「ほどよく、ってどれくらいです?」

「その匙加減は自分で学ぶしかない。俺自身、完全に理解しているとは言えない」

美和はテーブルに頬杖をつき、小さく息を吐いた。

「私、『適量』って書かれたレシピが苦手なんです」

「そう表現した方が誠実な場合もあるんだ」

そう言うと、尾上はそれまで口をつけていなかったコーヒーを啜った。

美和は不満げな顔で尾上を見つめていたが、それからふと思いついたように、「尾上さんって、思ったより真面目な方なんですね」と言った。

尾上はそれには返事をしなかった。無言でカップをソーサーに置き、隣のテーブルの客に目をやった。女性の二人連れで、旅行の計画を立てている最中らしく、尾上たちの会話にはまったく気を払っていない様子だった。

「無駄なことを言ってみました」と美和が言い、一人で笑った。「今のお話は確かに参考になりました。ですが、一朝一夕で身につく技術でもないように思えます。もっと短期間で成果に表れるような、単純なテクニックはないんでしょうか。これさえやっておけばサクラと見抜かれにくくなる、みたいな」

「ないわけじゃない」と尾上は美和に向き直って言った。「たとえば、疑われる前にこっちから疑ってやる、というのはシンプルだけど有効なテクニックだ。サクラに騙されるんじゃないかという不安を抱えたユーザーを、疑う側ではなく疑いを解く側に回らせる。犯人捜しを犯人から提案するようなものだな。精神的な死角に入れる」

「なるほど……」

美和は初めて感心したように肯いた。そしてテーブルに置かれたスマートフォンを手に取り、両手で何かを入力し始めた。尾上のアドバイスを早速実践しているようだ。

尾上はその様子を眺めるともなく眺めていたが、彼女が顔を上げそうになると、素速く視線を逸らしてテーブルの隅のシュガーポットに移した。

「ところで」と美和が言った。「具体的には、どうやってこちらの疑念を向こうに伝えればいいんでしょう？『あなたはサクラでしょう』なんて直接言ったら、相手の気分を害するかもしれませんし」

「色んな方法がある。一言じゃ言えない。でも、美和さんが相手にしているユーザーの中にも、疑心暗鬼に陥って不安そうにしている男が大勢いるだろう。そういう男たちをよく観察してみればいい。すぐに傾向が摑めるはずだ」

すると美和は尾上の顔をじっと覗き込んだ。無言のまま、不自然なくらい長く。

「どうした？」と尾上は尋ねた。

「不安そうな男を観察しているんです」

「俺が？」

「ええ」と肯いて美和は微笑んだ。「あなたは一体、私の何に怯えているんですか？」


美和と別れた後、尾上は車でマンションに戻った。コーヒーを淹れてデスクの前に座ると、その日の仕事に取りかかった。特定の気分に染まらないように、音楽などは流さない。仕事部屋はできるだけニュートラルな環境に保っている。

チャットオペレーターと言えば聞こえはいいが、要するに彼の仕事はマッチングアプリのサクラだ。架空の人物の皮を被ってアプリに潜り込み、ユーザーに夢を見せて金を落とさせる、それだけの仕事だ。

尾上が現在潜り込んでいるのは、世間的には認知度の低いマッチングアプリだ。利用者層は二十代から三十代で、結婚相手を真剣に探している人々をターゲットにしている。会員数は大手アプリと比べれば少数だが、それは審査基準の高さゆえの数字であり、表向きにはサクラ・業者の類を徹底的に排除した、知る人ぞ知る優良アプリということになっている。

尾上の主な役割は、言うなれば貧乏籤を引くことだ。どう転んでも誰にも相手にされないユーザーに、絶望しない程度に餌を撒いてやることで退会を踏み留まらせる。

他のユーザーに無視されつづけて卑屈になっているユーザーの自尊心を回復させるのは簡単な

ことではない。しかし尾上は誰に教わるでもなく、それを最初から完璧にこなせた。

常々自分に対して行ってきたことだから、当然と言えば当然の話だ。

十一時を回ったところで仕事を切り上げた。リビングに戻ってソファに身を埋(うず)め、ウイスキーをグラスに注いだ。大勢の人間と言葉を交わした後はアルコールが不可欠だ。放っておくと、彼らの声（実際に声を聞いたことはないのだが）が頭の中で反響していつまでも眠れなくなる。

目を閉じてウイスキーを傾け、愛に飢えた人々の声を頭の中から追い出していった。

グラスを空にして無心で天井を見上げていると、不意にスマートフォンが鳴った。反射的に美和の顔が思い浮かんだが、画面に表示されていたのは見覚えのない番号だった。仕事関連の電話ではなさそうだが、尾上に個人的に電話をかけてくる知り合いなんて一人もいない。大方間違い電話だろう。

尾上は深く考えずに通話に応じた。電話の声が、頭の中の声を掻(か)き消してくれることを期待して。

「尾上匡貴(まさき)さんですか？」

男の声が尋ねた。特徴のない、次の瞬間には忘れてしまいそうな声だった。

一瞬、尾上は答えるのをためらった。複数の偽名を使って生活していると、本名を明かすことに意味もなく抵抗を覚えるようになる。

尾上匡貴で間違いないと認めると、声は唐突に告げた。

「高砂澄香(たかさごすみか)が自殺しました」

高砂澄香が自殺しました。尾上はその言葉をもう一度頭の中で繰り返した。それが現実であることを確かめるようにスマートフォンを強く握り締め、それから意味もなくソファから立ち上がった。リビングを出て廊下で立ち止まり、壁にもたれかかった。

「失礼ですが、どちら様でしょう？」と尾上はようやく尋ねた。

「一応、あなたは知っておいた方がいいと思ったんです」と男は尾上の問いを無視して言った。

「それだけです。名前を聞いても、あなたはたぶん僕のことを覚えていないと思います。それでは」

尾上が次の質問を口にする前に、電話は切れていた。

廊下は冷え切っていたが、その冷たさはどこか他人事のように感じられた。

リビングに戻り、再びソファに腰を下ろした。スマートフォンの画面を意味もなく見返してからテーブルに置いた。

高砂澄香の名前を数年ぶりに耳にして、彼女との思い出が瞬間的に頭をよぎるようなことはなかった。懐かしいという感覚も、それに付随する苦々しい感覚も訪れなかった。

当たり前だった。彼女の存在はこの数年間、常に彼の頭の中心に居座っていた。つい先ほどまで、それは現在進行形の問題だったのだ。

その問題にけりが付いたことを俺はひとまず喜ぶべきなのだろう、と尾上は思った。俺自身の手で解決できなかったことは心残りだが、よくよく考えてみれば、彼女が生きている限り問題の根本的な解決はあり得ない。高砂澄香の自殺は俺にとって最良の決着と言えるかもしれない。

電話の男の話が真実と決まったわけではないが、嘘とは考えにくかった。そんな嘘をつく意味がないし、仮に何らかの悪意を持って虚偽の情報を伝えるのだとしたら、もっと細部の凝った話にする。高砂澄香が自殺しました、の一言だけでは大した効果も見込めない。

それから、電話の男の声と一致する声の持ち主をあらためて思い出そうとしてみた。でもやはり上手くいかなかった。ただ、尾上と澄香の関係を知っているとなると、中学時代の同級生と見て間違いなさそうだ。そして本人が言っていた通り、たとえ名乗られたところではっきりとは思い出せないような、関係の薄い相手だったのだろう。

それ以上は深く考えても仕方なさそうに思えた。

ベッドに入り眠りに落ちた後も、澄香が夢に出てきたりはしなかった。

人生最大の障害が取り除かれたという実感はなかなか湧かなかった。

二日が過ぎ、三日が過ぎて、気分は晴れ渡るどころかかえって濁っていった。仕事に集中できず、くだらない失敗を何度かした。眠りが浅くなり、酒量が増えた。

四日目は何をする気にもなれず、コンビニと家を往復しただけで一日が終わった。

五日目の朝に、喫茶店で会った女、美和の言葉が不意に蘇(よみがえ)った。

あなたは一体、私の何に怯えているんですか?

既に思い出せなくなっていた女の顔と声を補うのは、高砂澄香の顔と声だ。

俺はまだ安心できていないんだ、と尾上はそこでようやく悟った。電話一本で安心できるはずがない。あの町を再び訪れ、澄香の死をはっきり確かめないことには、彼女はいつまでも俺の脅威でありつづけるのだ。

俺の中の彼女は死んでくれないのだ。

スーツケースを引っぱり出して手早く荷造りを済ませ、駐車場に下りて車に乗り込んだ。エンジンをかけるとナビが目的地を尋ね、尾上は生まれ故郷の町の名を吐き捨てるように告げた。

　犯罪者が現場に戻るのにも似た心理で、尾上は四年ぶりの町を目指す。

　高校卒業後に上京し、その後も各地を転々として様々な景色を通過した今、故郷のその町は実に色彩に欠けた町だったと尾上は思う。豊かな自然も煌びやかな街並みも歴史に裏打ちされた文化もない、無色透明の町で彼は少年時代を送った。魅力となり得る要素を丁寧に剪定していったような、あらゆる連想を拒む捉えどころのないかたちの染みのような、見落とされ忘れ去られていくことを目的に作られたような、悲しいくらいありふれた名の町。

　それでも生まれ故郷の町を、彼は憎悪を込めてこう呼んでいた。

　桜の町、と。

2

中学一年の冬に、クラスメイトの一人が自殺した。それがすべての始まりだった。

苗字は小崎で、名前は忘れてしまった。彼を名前で呼んでいるクラスメイトが一人もいなかったからだ。担任教諭は朝礼でただ小崎が亡くなったと言っただけだったが、その頃にはとっくに彼の自殺はクラス中に知れ渡っていた。翌日の午後に学年集会があり、生徒たちは暖房の効かない薄暗い体育館で三十秒だか一分だかの黙禱を捧げさせられた。

嫌われ者だった。他人から嫌われるのに必要な要素を一通り持ち合わせていた。小崎の死を本気で悼んでいた人間は、少なくともクラスメイトの中にはいなかったはずだ。

尾上もその知らせを聞いて驚きはしたものの、特に悲しみも憐れみも湧かなかった。やるじゃん、と思っただけだ。何しろそれからの数日間、小崎は教室の主役だった。彼の不在が教室を支配していた。彼が生きている限りは起こり得ないことだった。

これが人並みに好かれている生徒の死だったら、その死は一つの悲劇として成立し、それぞれの心の然るべき場所に上手く収まっていたことだろう。だが小崎の死に涙を流す者はいなかった。かといって、彼の死を喜んだ人間もまたいなかった。嫌われ者だが、うっすらと嫌われていただけで、放っておけば害のない存在ではあった。

要するに、それは何とも言えない死だったのだ。

誰が言い出したのかは定かではない。小崎の訃報から五日目の朝のことだ。彼のために何かできることはないか、という話が教室で持ち上がった。即席の学級会が催され、すぐに五つくらいの案が出た。いつになく教室の空気は引き締まり、活発に議論が交わされ、クラスがひとつにまとまっていく感覚があった。

　その一体感が尾上にはひどく居心地が悪かった。

　何か間違ったことが起きている、と思った。

　話に加わらずに黙り込んでいたら意見を求められ、つい本音を口走った。

「いや、そもそも皆、あいつのこと嫌ってただろう？」

　過激な発言であることは自覚していた。それでも、何人かの正直者は同調してくれるだろうと内心期待していた。張り詰めていた空気がその一言でほどよく弛緩し、この薄気味悪い空気も少しは薄らぐだろうと。

　そうはならなかった。

　その日から、尾上は教室で孤立することになった。

　本当はクラスメイトたちも心のどこかで後ろめたさを抱えていて――それを処理する捌け口を求めていて――だからこそ、あんな茶番劇にすがりついたのだろう。後に尾上はそう思った。尾上自身の失言にしたところで根っこは一緒で、結局は小崎への罪悪感から来たものだ。彼らは罪悪感のために立場を翻すことにし、尾上は罪悪感のために立場を貫き通すことにしたという違いに過ぎない。結局、皆小崎の自殺にしっかり動揺させられていたのだ。

　流れを決めたのは鯨井祥吾という男だった。クラスの中心人物で、端的に言えば小崎とは正反対の人間だ。何をやらせても大体一等賞になり、教員からも生徒からも一目置かれており、それでいて気の利いた冗談も言える、感じの良い男。

尾上の一言で教室が凍りついたその時点では、実のところまだどちらに転んでもおかしくなかった。本当は自分もそう思っていたんだ、と言いたげな顔はいくつもあった。何人かはそれとなく周りの顔色を窺（うかが）い、次の態度を決めようとしていた。

彼らの視線は自然とクラスの中心人物である鯨井に集まり、その鯨井は机に頬杖（ほおづえ）をついたまま尾上を冷ややかな目で見つめ、

「お前、言って良いことと悪いことがあるの、わかんないのか」

それで大勢が決した。

クラスの連中があの後で「小崎のためにできること」とやらを実行したのかどうかはわからない。たぶんしなかっただろう。話し合いそのものがセラピーであり、話し合われたことを実行に移す必要はないのだ。おまけにどこかの間抜けが罪悪感の受け皿を買って出てくれたのだから、言うことはない。

一人また一人と尾上と距離を置くようになり、ついには誰も近寄らなくなった。教室で孤立するのは初めての経験だった。何となくこんな感じだろうと漠然と想像したことはあったが、いざその立場に置かれてみると、思いもよらない苦痛の材料を学校生活のあちこちに発見することになった。学校というシステムは勉強のできない生徒でも運動のできない生徒でも素行不良の生徒でもなく、孤立する生徒をもっとも憎むのだと知った。

幸い、一月だった。あと二ヶ月も我慢すれば春休みで、新学期にはクラス替えがある。それまでの辛抱だ。

しかしそのたったの二ヶ月が遠かった。時計の針は凍りついたように動かなかった。徐々に傾斜を増していく坂道のように、日を追うごとに時間は密度を増していき、このままでは永遠に春休みに辿り着けないのではないかとさえ思った。

とはいえ苦痛なのは学校で過ごす時間だけで、家に帰って好きな音楽を三十分も聴けば大抵のことは忘れられた。次第に一人でいることにも慣れ、昼休みのやり過ごし方も覚え、自分一人の世界に浸ることに喜びを覚えるようになった。

それでも教室で鯨井の顔を見かけるたびに思ったものだ。もし俺が何かの気まぐれで小崎と同じ道を選んだとして、おそらくこいつは平気な顔で「尾上のためにできること」について語り出すんだろうな、と。

一度だけ、小崎と二人きりで話したことがあった。互いに小学生だったときの話だ。

その頃、小崎は学校を休みがちな生徒だった。体が弱く、通院や入院を繰り返していた。頻繁に教室から姿を消す小崎を、初めのうちクラスメイトは一風変わった存在として面白がっていた。でもそれが何度も続くうちに関心を失っていき、単に友達甲斐のない相手と見なすようになった。休みがちなクラスメイトというよりは、なぜかたまに学校に来る子といった扱いを受けていた。

尾上にしても、小崎がまともな学校生活を送れていないことについて特に思うところはなかった。しかし尾上の母親はそうではなかった。どういった経緯かは忘れたが、母親の前で小崎の話を何気なく持ち出したことがあった。母親はそれを聞いてよほど気の毒に思ったのか、尾上に小崎の見舞いに行くよう強く勧めた。初めは断ったが、何か交換条件を出され、それでしぶしぶ従った。

病院までは母親が車で送り、病室へは一人で行った。小さな病院だったし、尾上自身も何度かそこに世話になったことがあったので支障はなかった。エレベーターに乗って上階に行き、案内板に従って小崎の病室に向かった。病気をしたわけでもないのに病院を歩いているのは不思議な感じがした。病人への後ろめたさよりは、裏口から忍び込んだような高揚感の方が大きかったように記憶している。

病室の小崎は心なしかいつもより落ち着いた雰囲気で、教室にいるときより二、三歳は大人びて見えた。くたびれた病衣や、いかにも入院慣れしたふるまいがそう見せたのかもしれない。同級生にもかかわらず、二人のあいだに共通の話題はほとんどなかった。一体何の病気で入院しているのかと尾上が尋ねると、小崎はわからないと言って力なく笑った。

「病気になる前に入院させられて、薬を飲まされて、それで治っちゃうんだ。だから何の病気だったのかもわからないんだよね」そう言うと、細い手首に巻かれたステンレス製の腕輪をかざしてみせた。「〈手錠〉様々ってわけ」

もちろんその腕輪を身につけているのは小崎だけではない。尾上も身につけているし、尾上の両親も身につけている。教員やクラスメイトたちも例外なく身につけている。それが単なる腕輪ではなく、国民健康管理システム――今では大多数の人間がただ〈システム〉と呼んでいるそれ――と紐付(ひもづ)いた小型デバイスであり、常に装着者の生体情報を収集していることも周知の事実だ。

いつからそうなったのかは知らない。少なくとも尾上が物心ついたときには、その腕輪型デバイスの着用は全国民に義務づけられていた。身につけているのが当たり前になりすぎて、邪魔だと思ったこともない。

　デバイスの着用は一種の監視状態を意味するが、それに抵抗感を示すのは老人だけだ。ほとんどの人は進んでその腕輪を装着している。健康とプライバシーを天秤にかければ自然とそうなる。腕輪を外して生活したからといって何かの法に触れるわけではないが、周囲から「面倒な信条の人」の烙印を捺されることは間違いない。何か健康に後ろめたいことをする際にこっそり腕輪を外しておく、というのは誰でもやっていることだが。

　腕輪には様々な呼称がある。正式名称の略称や頭字語で呼ぶ人もいれば、開発者の名で呼ぶ人もいるし、単にブレスレットと呼ぶ人、なぜか指示代名詞でしか呼ばない人、着脱機構からの連想で〈手錠〉と呼ぶ人もいる。

　小崎は〈手錠〉の呼称を採用していた。尾上の身近には腕輪をそんな風に呼ぶ人はいなかったから、その言葉は彼の耳に新鮮に響いた。その日以来、尾上も〈手錠〉の呼称を一貫して使用している。そういった意味では、小崎は今も尾上の中で生きつづけていると言えるかもしれない。

　体の弱い小崎にとって、〈手錠〉は生活に欠かすことのできない生命線だったはずだ。しかし一方で、それは彼を病室に繋ぎ止めている諸原因の象徴でもあった。もし彼が心からそのデバイスに感謝していたら、手錠なんて呼び方はせず、何か別の呼び方をしていただろう。

　学校と病院、教室と病室を往き来する生活が、小崎の性格を捻じ曲げていたとしても不思議はない。でも尾上は時々こうも思う。中学生になって筋金入りの嫌われ者と化した小崎も、病室で会えばそんなに酷い人間には見えなかったかもしれない。結局のところ小崎は教室という空間に絶望的に馴染めなかっただけで、いっそ退院などせずにずっと入院していれば、彼の善良な面を上手く開花させられていたかもしれない。

病気の話題が終わると、次に尾上は入院生活について尋ねた。今思えば無神経な質問だが、小崎は学校生活について尋ねられるよりはそちらの方がよほど答えやすそうに見えた。

「楽しいよ」と小崎はどこか誇らしげに言った。「こっちの方が友達も多いし。病院食はおいしくないけどさ」

「退屈じゃない？」

「授業の方がよっぽど退屈だよ。体を動かすのは好きじゃないしね」

「勉強にはついていけるの？」

「全然。でもこんなんだから、先生も大目に見てくれる」それから小崎は出し抜けに尾上に尋ねた。「どうして急にお見舞いに来たの？」

親に勧められたからだ、と尾上は正直に答えた。

小崎はそれに落胆した様子もなく、「そっか」とだけ言った。

「僕はてっきり、尾上くんがさくらなのかと思ったよ」

「さくら？」と尾上は訊き返した。

でも小崎はそれについて説明を加える気はないようだった。

しばらく後で、彼は独り言のようにつぶやいた。

「たぶん、尾上くんもこういう生活を気に入ると思うよ」

「そうかな」と尾上はいくぶん否定的に言った。

まるで「お前もこちら側だ」と宣告されたようで、気に入らなかった。

その言葉を次に思い出したのは、高校を出て半年が過ぎた頃のことだった。薄暗く埃っぽい倉庫で毎日黙々と働き、それ以外の時間はアパートの部屋に籠もりカーテンを閉め切ってベッドに横たわっていた。食欲はまるで湧かず、粥のようなものしか喉を通らなかった。

そんなときにふと小崎との会話が脳裡に蘇り、なるほどなと思った。

確かに俺はあちら側だったのかもしれない。


ねえ尾上くん、と彼女は当たり前のように声をかけてきた。

二月中旬のことだ。その日の午後、町に大雪が降った。

授業を受けていた生徒は一人また一人と窓の外に目を奪われていき、遂には教師までもが手を止めてそちらに目を向けた。教師は窓際まで歩いていって外を眺め、「こりゃすごいな」と半ば感心したように、半ばうんざりしたように言った。

すぐに授業は再開され、束の間の息抜きのおかげで大半の生徒は授業への関心を取り戻していたが、尾上だけはその後も窓の外を眺めつづけていた。小崎の一件から、その日でちょうど一ヶ月が経過したところだった。二ヶ月にも三ヶ月にも思える一ヶ月だったが、それでも大きな節目であることは確かだった。

担任教諭の気まぐれで長引いたホームルームが終わり、尾上が鞄を摑んで誰より早く席を立とうとしたとき、隣の席の女の子が引き止めるように「ねえ尾上くん」と言った。

「最近ずっと一人でいるみたいだけど、どうしたの？」

彼女がその答えを初めから知っていることは確かだった。知らないわけがないのだ。尾上の孤立が決したあの瞬間、教室にはクラスメイト全員が揃（そろ）っていて、彼女も当然その場に居合わせていた。

「わかってるくせに」と尾上は目も合わせずに言った。

　すると彼女は困ったように笑い、あっさりそれを認めた。

「うん、実はわかってる」

　この時点で既に、尾上は教室中から痛いくらいの視線を感じていた。会話の聞こえる位置にいたクラスメイトの数人は何事かという顔つきで二人を凝視し、一見気に留めていない風にしている連中もよく見れば動きを止めて聞き耳を立てていた。

　それくらい、彼女が尾上に声をかけるというのは異常事態だった。

　高砂澄香（たかさごすみか）は教室の華だ。どちらかといえば大人しくて引っ込み思案だが、彼女の周りには自然と人が集まる。艶やかな長い髪や目立ちすぎない程度に可愛（かわい）らしい顔立ちのおかげもあるけれど、たぶんそればかりではない。どこか無防備というか、放っておくと何かに傷つけられてしまいそうな危うさが彼女にはあり、それが人々の心の善良な部分を的確に刺激するようだった。

　澄香はクラスメイトの視線など意に介さず、尾上に尋ねた。

「私たちの家ってすごく近くにあるんだけど、知ってた？」

　知っていた。小学生の頃からうっすらと意識はしていたが、中学生になって初めて同じクラスになってからというもの、彼女と登下校の時間が合うかどうかは尾上にとって一日の運試しになっていた。彼女の後ろ姿が見られれば、その日は当たりだ。最近は極端に登校時間を遅らせているので、外れ続きの毎日だったが。

もちろん尾上は知らないふりをした。へえ、とだけ言って席を立った。

澄香もすかさず立ち上がった。そして言った。

「一緒に帰ろうよ」

教室中の人間がそれを聞いたに違いなかった。でもその頃には、尾上は逃げるように教室を出ていた。だから彼女の奇行がクラスにどのような反響をもたらしたかは今もってわからない。

廊下は生徒で溢れていた。立ち話に興じる生徒や屈み込んでロッカーを漁る生徒のあいだを縫うようにして、尾上は先を急いだ。

澄香が小走りでついてきているのが気配でわかった。

これは一種の罰ゲームみたいなものではないか、とまず考えた。制裁を加えられても一向に音を上げない俺に痺れを切らしたクラスメイトたちが差し向けてきた刺客なのではないか。偽りの救いの手を差し伸べられて歓喜する姿を陰から嘲笑おうという悪趣味な遊びなのではないか。

澄香みたいに無害そうな女の子がそんな悪意に関わっているとは考えたくなかった。他のクラスメイトにしても、気に入らない同級生を無視くらいはするが、進んで痛めつけようとするほどには見えなかった。

とすれば、次に考えられるのは同情だ。あるいは使命感。第二の小崎を生まないために私が彼を助けてあげなければ、と彼女が個人的に奮起した可能性。だがそれも澄香の性格からすれば不自然だった。彼女が自分から他人に働きかけるところなど、この一年間一度も見たことがない。

一人で静かに満たされている女の子、それが澄香だった。

こういった状況でもっとも危険なのは希望だ、と尾上は思う。とにかく最悪のケースを想像しつづけること。藁だろうと蜘蛛の糸だろうと石橋だろうと、嫌というくらい引っ張ったり叩いたりして強度を確かめること。

昇降口を出てからも澄香は尾上のそばを離れなかった。彼女の鞄についたキーホルダーが立てるかちゃかちゃという音が二歩後ろからずっと聞こえていた。駐車場の隅に固まってウォーミングアップをしている運動部連中の前を通り過ぎる際、その中にいた数人の顔見知りが尾上にちらりと目を向け、後ろを歩く澄香に視線を移し、それからもう一度尾上に目を向けた。やはり傍目にもおかしな状況なのだろう。

校門を出た途端、気が楽になった。ここから先は学校の影響力の範囲外だ。教室では最下層に位置する自分も、学校の外では皆と対等になれる。

振り向くと、澄香はまだそこにいた。

「歩くの速いんだね」と息を切らして言い、臙脂色のマフラーを解いて鞄にしまった。

知り合いの目のないここまで来れば、きっと何か説明があるのではないかと尾上は期待していた。罰ゲームか、同情か。ひょっとしたら彼女も小崎の件に関して俺と同様の違和感を覚えていて、俺に対するクラスメイトの仕打ちを不当だと考えていたのか。

もしくはもともと俺に気があって、孤立している今を好機と捉えたのか。

まさか。

積もったばかりの雪はまだろくに踏みならされておらず、まばらな足跡を渡り歩くようにして尾上は帰路を辿った。澄香はどうしても尾上の隣を歩きたいのか、新雪の上をざくざくと音を立てながら歩き、時折足を取られて転びそうになっていた。

尾上の制服のズボンの裾は雪に塗れ、体温で溶けた雪が靴下に染み始めていた。

悪路を行く澄香の靴の中は、もっと酷いことになっていただろう。

住宅地を貫く長い坂道を下りきった先に、踏切があった。普段はまず引っかかることがないのに、尾上がその前まで来た瞬間に警報音が鳴った。

追いついた澄香が、そこで口を開いた。

「そもそも皆、あいつのこと嫌ってただろう?」

それが尾上の発言の引用であることは、あえて確かめるまでもなかった。

「たとえば、私が何かの拍子に死んじゃって」と彼女は尾上の方を向いて言った。「そのときも尾上くんは、同じように皆の嘘を暴いてくれるのかな?」

列車が踏切を通過した。警報音はその後もしばらく鳴り響き、やがて止んだ。

遮断機が上がり、二人は歩き出した。

「高砂は皆に好かれてるだろう」と尾上は素っ気なく言った。

澄香はゆっくりと首を振った。

「それが、実はそうでもないんだよ」

彼女の言う意味が、そのときの尾上には理解できなかった。十年近くの歳月が経過した今でもやっぱりわからないままだ。それから卒業までの二年間、尾上は常に注意深く周囲の人間関係に目を光らせていたが、澄香を嫌っている人間はついに一人も見つけられなかった。

彼女は最後まで敵を作らなかった——尾上一人を除いて。

自分が皆に好かれているわけではないというのは、ひょっとしたら意味なんてない、尾上の関心を惹くための方便に過ぎなかったのかもしれない。

自宅の前まで来ると、澄香は名残惜しそうに立ち止まった。

「また明日」と言って澄香は小さく手を振った。

手を振り返すことも、目を逸らすこともできなかった。

彼女がドアの向こうに消えるのを無言で見届けてから尾上は再び歩き出し、ものの一分ほどで自宅に着いた。

自分の部屋に戻った後も、制服を脱ぐのも忘れてヒーターの前で呆けていた。

俺の身に何が起きているのだろう？

翌朝から運試しは運試しとして機能しなくなった。曲がり角の先には必ず澄香がいて、尾上がやってきたことに気づくと片手を上げて無邪気に微笑んだ。

毎日が「当たり」になってしまった。

一年生として過ごす最後の一ヶ月、二人は最後まで教室の異分子だった。尾上と澄香が親しげに言葉を交わすのを、クラスメイトたちはただただ困惑した顔つきで眺めていた。

それこそ彼らの目には、その光景が間違ったこととして映っていたのではなかろうか。

お前らそんなに仲良くなかっただろう、とまで指摘する者はいなかったけれど。

*

桜の町に長居するつもりはなかった。実家に顔を出す気もない。町の中心部にあるスーパーマーケットの駐車場に車を停め、エンジンを切った。シートを傾けて煙草を吸い、飲みかけの缶コーヒーを飲み干してから車外に出た。

夕暮れの町は北国に特有のつんとした香りに満ち、それは宵の口の薄暗さと相まって尾上に子供の頃のような心細さを感じさせた。除雪された駐車場から歩道に足を踏み出し、靴底が分厚い雪に触れた瞬間、雪道の歩き方を体が自然に思い出した。

澄香の死について事情を知っていそうな顔馴染みを探すという手もあったが、回り道はしないことにした。澄香の家に行って彼女の両親に直接話を聞くのが一番手っ取り早い。とにかく澄香の死を確認するのが最優先だ。故郷の町並みを懐かしむのはその後でいい。

尾上はダッフルコートのポケットに両手を突っ込み、踏み固められた雪道に足を滑らせないように注意しつつ、澄香の家を目指した。

もともと人口の少ない町だったが、この四年で住民はさらに減ったようだった。まだ日は暮れたばかりで、買い物帰りの主婦や学校帰りの学生を大勢見かけてもよいはずなのに、片手で数えられるくらいの人数としかすれ違わなかった。見覚えのない空き家や空き地の看板があちこちで目につき、知っている建物がいくつか姿を消していた。

桜の町は幽霊の町になりつつあった。

体が覚えていたのは雪道の歩き方だけではなかった。頭の中は澄香のことで埋め尽くされていたはずなのに、気づけば尾上は実家の前に立っていた。澄香の家の前を通り過ぎたわけではない。中学卒業後は、彼女の家に近づかないように遠回りして帰宅する習慣が身についていた。無意識にそれをなぞってしまったらしい。

家に明かりはついていなかった。両親はまだ仕事から帰っていないようだ。尾上としてはありがたいことだった。町からはすぐに去るつもりでいたし、最低限の痕跡しか残したくなかった。

実家に背を向け、澄香の家に向かって一歩目を踏み出した。

そこからは、目を瞑(つぶ)っていても辿り着ける。何歩進めば曲がり角に行き当たり、さらに何歩進めば彼女の家に着くかも覚えている。

本当に目を瞑ってみた。

四十二歩を数え、そこで一度立ち止まり、左に折れる。

さらに五十六歩。

左を向く。

目を開ける。

体格の変化で多少の誤差は生じるだろうと思っていたが、無意識に歩幅を調整していたのか、到着地点にはほとんどずれがなかった。真正面には澄香の家の門があり、ポーチには実物大の黒猫のオーナメント、橙(だいだい)色の小さな明かりが表札を照らし、モルタルの塀は記憶と変わらない完全な白で、

そこで息が詰まった。

制服姿の澄香が、隣で尾上の顔を覗(のぞ)き込んでいた。

3

尾上（おがみ）の通う中学校の文化祭は秋ではなく夏に催されていた。期末試験の準備と並行して文化祭のリハーサルが行われ、試験を終えて一息つく間もなく文化祭に突入し、それからすぐに夏休みに入るという慌ただしい日程だった。どうしてそんなややこしい日取りになったのかはわからない。受験を控えた三年生への配慮だったのかもしれない。

二年生に進級するにあたってクラス替えが行われた。澄香（すみか）と離れ離れになる可能性もあったが、たとえそうなったとしても、尾上には受け入れる準備ができていた。三月の最終登校日、「別々のクラスになっても、こうやって一緒に登校しようね」と彼女の方から言ってくれたのだ。

それでも新学期初日に昇降口に貼り出されるクラス編成表を見て、二人の名前が同じ枠の中にあることを確認したときは胸を撫（な）で下ろした。

新しいクラスの唯一の不満点は鯨井（くじらい）がいることだった。尾上を孤立に追いやった男。澄香と親しくなるきっかけを作ったとも言えるが、それはあくまで結果論だ。彼に直接何かされるのを恐れるというよりは、あの苦い一ヶ月間の象徴が視界に入っているのが気に入らなかった。

瞬く間に四月が過ぎ去り、連休明けから文化祭の準備が始まった。尾上のクラスの出し物は演劇に決まった。ほとんど担任教諭が独断で決めたようなものだったが、反対する者はいなかった。中学校の文化祭なんて何をやったところで大差ない。

劇をするからには主役がいて、脇役がいて、端役がいて、裏方がいる。自分は当然裏方だろうと尾上は思っていた。他のクラスメイトたちもそう思っていたようだ。前に出たがる目立ちたがり屋も責任感のある優等生もそのクラスにはおらず、裏方から順に担当が決まっていった。彼らが我先にと地味な役回りを取り合っている意味を尾上が理解した頃には、残されていたのは主役級を演じる道だけだった。

澄香も同様の道を辿った。尾上が裏方争いに参加せずぼんやりしているのを見て、じゃあ自分もそうしようと考えたらしかった。

「私はてっきり尾上くんが主役を張りたがっているのかと思ったよ」と澄香は笑いながら言った。

人前に立って何かを演じるなんて想像するだけでうんざりしたが、同じ苦労を澄香が分かち合ってくれると思えば、いくらか気は紛れた。

それまで幼稚園や小学校で何かの折に演劇に参加させられたことはあったものの、どれも一言か二言無意味な台詞を口にして退場するような端役だった。自分にまともな演技ができるとは思えなかったが、中学生の演劇に上等な演技を期待する人間などいないだろう。台詞を忘れて棒立ちになるようなことさえなければ、何とか切り抜けられるはずだ。

ところが中学生の演劇に上等な演技を期待する人間が、意外にも身近にいた。

鯨井は読み合わせの段階から苛立っていた。台詞を読み上げているクラスメイトを睨みつけ、一区切りつくたびに当てつけのように溜息をついてみせた。教員が指示を出すたび、そちらを向いて顔をしかめた。普段の感じの良い鯨井からは考えられないほどの荒れ方だった。そして彼が演劇そのものではなく、そこで行われている演劇の質に腹を立てているのは誰の目にも明らかだった。

鯨井自身の演技について言えば、悔しいが文句の付けようがなかった。よく通る演劇向きの声をしていたし、過剰な抑揚や身振りに頼らずとも表現すべきものを表現することができた。それでいて他の役者の大根芝居から浮くこともなく、自然に場に馴染んでいた。ちょっとした魔法だ。何をやらせても様になる男だとは思っていたが、こと芝居に関しては明らかにレベルが違っていた。

　彼の苛立ちもその演技力によって効果的に表現され、素人役者たちは日を追うごとに萎縮していった。その中で尾上だけが、鯨井への対抗心から一人食い下がった。彼にこちらを見下す正当な理由を与えてしまうことが我慢ならなかったのだ。鯨井が自分の代役を演じるとしたら一体どのように演じるだろうとイメージし、想像上の鯨井の演技に自身の演技を重ねることで、尾上は演技を磨いていった。実際に鯨井に手本を見せてもらうのが一番の早道だったのだろうけれど、それはプライドが許さなかった。

　もう一人の例外が澄香だった。彼女は鯨井ほどではないにせよ、稽古が始まって間もないうちから図抜けた演技力を発揮していた。鯨井と比べるとさすがに見劣りするものの、役柄と人柄が一致しているおかげで、ともすると鯨井よりも一足早く自分の役を完成させていた。

　四度目の稽古を終えた放課後、当番か何かの関係で、尾上と鯨井が二人きりになる機会があった。そのとき、小崎の一件以来初めて、鯨井は尾上に声をかけてきた。

「なあ、このクラスでちょっとでも考える頭を持っているのは、俺とお前と澄香だけだよ」と鯨井はくたびれた声で言った。「残りの連中は、芝居ってものがちっともわかっていない」

「素人芝居にむきになっても仕方ないだろう」と尾上は返した。自分が「残りの連中」に含まれなかったことに、密かに安堵しながら。

「芝居の素人なんていない」と鯨井は言い切った。「それなのに、舞台に立つと急に全部忘れちまうんだ」

　なるほどそれも一理ある、と尾上は思った。芝居の素人はいない。人は多かれ少なかれ、常に人前で何かを演じて生きている。それなのにいざ「演じろ」と言われると、途端にそれができなくなる。普段何気なく行っている呼吸に意識を向けることで、自然な呼吸がどういうものか思い出せなくなるみたいに。

「ちなみに」と鯨井は補足した。「お前もいくらかましなだけで、決して良くはない」

「それはどうも」

「澄香は良い」

「見ればわかるよ」

「つまり、唯一伸びしろがあるのがお前ってわけだ」

　褒められているのか貶されているのかわかりにくかったが、たぶん褒められているのだろう。鯨井が苛立っている分、かえってその褒め言葉は素直に受け取れそうだった。

　この後時間はあるかと尋ねられ、特に用事はないと尾上が答えると、「じゃあちょっと俺の家に寄っていけよ」と鯨井は誘った。構わないと尾上は答えた。半年前の恨みを忘れたわけではなかったが、それよりも好奇心が勝った。この男には教室では表に出さない隠された一面があるようだ。その一端を垣間見られるかもしれない。

　鯨井の家は学校に程近い住宅地の外れにあった。味も素っ気もない灰色の箱みたいな家で、大きな箱に小さな箱が寄り添うようなかたちでガレージが建っており、鯨井は尾上を連れてそこに入っていった。ずっしりとしたシャッターに手をかけて腰の高さまで引き上げると、身を屈(かが)めてそこを潜(くぐ)った。尾上が中に入ったことを確認すると、彼は足で乱暴にシャッターを下ろした。

ガレージの中は真っ暗で、そのせいか外から見たときよりもずっと広い空間に感じられた。空気にはうっすらとコンクリートの匂いが混じっていたが、不潔な感じはしなかった。鯨井は闇の中を慣れた足取りで進んでいった。やがて照明が点(つ)き、尾上は眩(まぶ)しさに目を細めた。

さっぱりとした空間だった。黒い革張りのソファが中央にあるのがまず目についた。右手の壁には書棚代わりのスチールラック、左手の壁には大きな映写幕がかかり、天井から吊(つる)されたプロジェクターがそちらに向けられていた。

そこに座って待っていろと鯨井はソファを指差して言い、奥のドアを開けて母屋(おもや)の方に行ってしまった。尾上は言われた通りにソファに腰を下ろして、真っ白な映写幕を十秒ほど眺めた。それから立ち上がってソファの裏に回り、スチールラックの前に立った。本は全体のせいぜい三分の一程度で、残りは映像ディスクのようだ。

最下段にあった一枚のディスクケースの背に尾上は目を留めた。それは尾上自身も所有している映画のディスクだった。古い映画だ。リサイクルショップで値引きに値引きを重ねられてただ同然の値段で売られていた。気に入ったのはタイトルで、映画好きの人間も映画嫌いの人間も、どちらにも手に取る気を起こさせないような退屈で凡庸なタイトルだった。

尾上はそのケースを秘密の隠し場所にしていた。薄っぺらいケースなので大したものはしまえないし、事実大したものはしまっていない。昔仲良くしていた女の子からもらった手紙とか年賀状とか、せいぜいその程度だ。

面白半分に、尾上はケースに手を伸ばした。ひょっとしたら鯨井も――あるいはその持ち主は鯨井の父親かもしれないが――同じディスクケースを何かの隠し場所にしているかもしれない。場合によっては鯨井の弱みを握れたりするかもしれない。

あまり期待せずにケースを開いてみた。

写真が入っていた。

こいつとは案外仲良くやれるかもしれない、と尾上は思った。

写真はどれも鯨井自身の幼い頃を撮ったもので、それを隠したのが彼の親ではないことを示していた。親だったら息子の写真をわざわざ人目に付かない場所に隠す必要はないだろう。堂々と持っていればいい。

もっともそれらの写真に、尾上の関心を惹(ひ)くような秘密はなさそうだった。おそらく鯨井は、自分で自分の古い写真を持っているのがなんとなく気恥ずかしかったのだろう。

一通り写真を眺め終えると、尾上はそれをケースに戻してもとの場所にしまおうとした。しかし何かが心の隅に引っかかっていた。何か自分と深い関わりのあるものを目撃したような気がしてならなかった。再びケースを開き、指紋を付けないように注意しながら写真をもう一度確認した。

三枚目の写真で手が止まった。

十歳頃の鯨井だ。いや、もう少し前かもしれない。服装と背景の雰囲気から察するに、ピアノか何かの発表会やコンクールの後に撮られたものだろう。左隣では講師と思われる女性が柔らかい笑みをたたえ、右隣には鯨井と同年代の女の子が笑顔で立っていた。

高砂(たかさご)澄香によく似た女の子だった。

いや、似ているどころか、これは高砂澄香そのものではないか？

ドアの向こうから床が軋(きし)む音が聞こえ、尾上は素速く写真を戻してケースをもとの場所に突っ込んだ。そしてポケットに両手を突っ込んでラックの上段を眺めているふりをした。でも慌てる必要はなかった。鯨井はドアを足で蹴飛ばし、「開けてくれ」と向こう側から尾上に言った。

ドアを開けると、右手にコーラのボトル、左手にポップコーンの盛られたフライパンを持った鯨井がいた。ポップコーンはまだ熱気を放っていて、焼けたバターの匂いがした。鯨井はそれらをソファテーブルに置くと、ディスクを一枚取ってきてプロジェクターにセットした。そしてリモコンで照明を落としてからソファの端に身を埋(うず)めた。尾上もその反対側の端に腰を下ろした。

映写幕に映し出されたのはもちろん映画で、尾上でも辛うじてタイトルは知っている古い作品だった。画質はひどく粗いが、モノクロではない。橋の下で厚着をした二人の男が言い合いをしているシーンからそれは始まった。

尾上と鯨井のあいだには初め猫一匹がくつろげるくらいの空間があったが、映画の進行に合わせて徐々にそれは縮まっていった。テーブルの真ん中のポップコーンに引き寄せられていった結果だ。尾上からすると塩気がやや薄く感じられたが、それでも今まで食べたポップコーンの中で一番美味(うま)かった。映画館と違って咀嚼(そしゃく)音を気にせず食べられるのもいい。

二時間足らずの映画が終わる頃には、山盛りのポップコーンは空になっていた。

エンドロールの最中に鯨井は尋ねた。「どう思った？」

「塩気が……」

「映画だよ。俳優の演技」

特に感想らしい感想はなかった。映画には明るくないし、筋ばかり追っていて演技のことなど気にかけもしなかった。

「特に違和感はなかったよ」と尾上は言った。「何も感じなかった」の婉曲表現のつもりだったが、鯨井はその返事を気に入り、感心したように肯いた。

「そこが肝心なんだ」と鯨井は言った。「上手いとすら感じさせちゃいけないんだ」

上手いと思われるということは、その時点で演技を演技として見られてしまっている。鯨井が言いたいのはそういうことだろう。

それは彼の演技にも通じる話だった。

「ポップコーンは美味かったよ」真っ暗になった映写幕を眺めながら尾上は言った。

「知ってる」と鯨井は面白くもなさそうに言った。


それから文化祭当日まで、尾上は毎日鯨井のガレージで映画を観た。ジャンルはまちまちで、古いものもあれば新しいものもあり、短いものもあれば長いものもあった。おそろしく単純な話もあれば頭が痛くなるくらい込み入った話もあり、まるで意味がわからない話もあった。

それらを視聴することで自分の演技力が向上するとは思えなかったし、そもそも文化祭の演劇などに真剣になる必要があるとも思えなかったが、真っ暗なガレージで映画を観る非日常感とポップコーンの味に惹かれ、尾上は期末試験の勉強も放り出してガレージに通いつづけた。

鯨井への恨みを忘れたわけではない。しかし受け取り方によっては鯨井の誘いは和解の申し出とも思え、過ぎたことを根に持っていても仕方がないという気もした。

何かの話の流れで、父親が既に他界していることを鯨井は唐突に明かした。「休日にのんびり寛いでる最中にいきなり死んだんだ。ちょうど俺たちの座ってるソファの上で」

尾上が顔をしかめると、鯨井は冗談だと言って笑った。しかしその話を聞いてからというもの、ガレージの暗闇には墓地と同じ種類の静けさが漂うようになった。

それはそれで悪くない感覚だったが。


尾上が鯨井のガレージに通い始めて一週間が過ぎた頃、登校中に隣を歩いていた澄香が不意に言った。

「尾上くん、最近鯨井くんと仲良いよね」

「そうかな?」と尾上はとぼけた。

「そうだよ。いつも一緒に帰ってるし」

言われてみれば、文化祭の準備が始まってからというもの、澄香とは一度も下校を共にしていなかった。演劇の稽古以外にも細かい仕事を割り振られていたせいで、帰りの時間が合わなかったというのもある。でも一番の原因はやはり鯨井だった。

鯨井のガレージに通っていることを、尾上は澄香に教えていなかった。彼自身まだ鯨井との付き合い方を決めかねていたので、どんな風に説明すればいいかわからなかったのだ。

「やっぱり、男同士の方が楽しいのかな?」と澄香はふてくされたように言った。

どうやら彼女はその状況をあまり快く思っていないらしかった。鯨井と仲良くすること自体がまずいのか、澄香の与り知らないところで誰かと親しくなるのがまずいのか。いずれにせよ、彼女が尾上の前で露骨に不満を示すのは初めてのことだった。

尾上は弁解するように事情を打ち明けた。澄香は最初こそ疑わしそうに尾上の話を聞いていたが、次第に鯨井のガレージで行われていることに興味を示し始めた。

「それ、私も参加しちゃ駄目かな？」

もちろん断れるわけがなかった。

その日の放課後、尾上は澄香と連れ立って鯨井のガレージを訪れた。鯨井は澄香の顔を見ても動じず、「なんだ、澄香も来たのか」と言ってソファの端に詰め、三人目の分のスペースを空けた。

以後、映画は三人で観るものになった。

この状況は何を意味するのか？

その問いは、鯨井の写真が何を意味するのかという問いと地続きになっている。仮に写真の少女が澄香で、鯨井がそれを隠し持っていることに深い意味があるなら、この状況は尾上にとって非常に厄介なものとなる。逆に、鯨井にとっては願ってもないものとなる。

初めのうち、尾上は鯨井が恋敵となり得るかどうかを見定めるべく、彼の一挙一動に目を光らせていた。言うまでもなく、この時点で尾上はとっくに澄香に恋をしていて、その気持ちを十分に自覚してもいた。苦しいときに優しくしてもらえたから、というのもある。だが尾上が本当に恋に落ちたのは、進級後、二人でいるのが当たり前になってからのことだ。

ある瞬間、尾上は天啓のように悟った。この女の子との出会いは一生ものだ、と。今後の人生において、これほど俺を幸せにできる何かが現れることは、たぶんもう二度とない。何十年も後になって振り返り、「結局あれ以上のものは一つとして手に入らなかったな」と思うような、これはそういう種類の出会いだ。

そして鯨井は尾上が生まれて初めて目にする超人だった。それまでは人間なんて誰しも一長一短で、総合的に恵まれた人間などいないと思っていた。だが鯨井と親しくなってからは、考えをあらためざるを得なくなっていた。この男はほとんどすべてを持っている。鯨井と比較して、果たして彼より魅力的な点が俺に一つでもあるだろうか？

一見したところでは、鯨井は澄香を異性として特別意識しているようには見えなかった。しかし彼ほどの演技力があれば、恋心を隠し通すことなど朝飯前だろうから油断はできない。

写真の件は別にしても、二人が古い付き合いであることは間違いなかった。親密というわけではないのだが、彼らの交わす言葉の端々に、そういった間柄に特有の気安さが感じられた。仲が良くも悪くもない兄妹のような、あるいは円満に別れた恋人同士のような。

思い切って、写真について尋ねてみることも考えた。お前はなぜ澄香の写っている写真を隠し持っているのか、と直接問い質せばいい。鯨井のことだから正直に答えるだろう。それで彼の気持ちははっきりする。

だが澄香への思いを素直に認められたら、そのとき俺はどうすればいいのだろう？　目先の疑問を解消することが、かえって俺の幸福の寿命を縮めはしないだろうか？

しかし文化祭本番が近づき、芝居が一応の完成に近づく頃には、そのような尾上の不安はどこかに消えていた。鯨井はどうやら敵ではなさそうだった。それどころか、尾上と澄香の微妙な関係性を察して遠慮し、一歩引いたところから澄香と接しているようでさえあった。たぶん最初から一貫して鯨井はそうしていたのだろうが、彼の気遣いがあまりにさり気ないのでなかなか気づけなかった。

やはりあの写真に深い意味はなかったのだ。写真の少女は澄香だったのかもしれないが、澄香が写っていること自体に大した意味はなく、たまたまそこに居合わせただけだったのだろう。あるいは当時の鯨井は澄香に特別な想いを向けていたが、それは今現在の鯨井とは関わりのない話で、かつて宝物だった写真をなんとなく捨てられずにいただけかもしれない。

尾上は二つの点で安堵した。絶対に敵わない相手に無謀な戦いを挑まなくて済むという安堵。そして、今二人のあいだに育ちつつある友情に水を差すものがなくなったという安堵だ。尾上はいつしかこの鯨井という男に自然な好意を抱くようになっていた。彼と過ごす時間が、世界で二番目に好きな時間になりかけていた。それは澄香が与えてくれる特別とはまったく違う種類の特別だった。

鯨井と会話を重ねるうち、尾上の口にする言葉は徐々に断片的になっていった。こいつなら最低限の言葉で俺の言わんとすることを誤解なく読み取ってくれるだろうと思えたし、事実それは誤解なく伝わった。そしてそれに合わせて鯨井の言葉も断片的になっていき、同じ場に居合わせた澄香にもついていけないようなテンポで会話が進行するといったことが度々起きた。

こいつには俺と同じ回路が搭載されているんだ、と尾上は思った。性能は向こうの方が遥かに上だが、それでもベースは同じだ。だから同じ入力があれば同じ出力がなされる。同じ映画のディスクケースを隠し場所にしていた件も、偶然ではなかったのかもしれない。

舞台本番は何事もなく終わった。演者も観客も素人しかいない場では成功も失敗もない。それでも緊張で台詞が飛ばないようにと練習の感覚を意識して挑んでみたら、本当に練習と変わらない心持ちのまま出番が終わってしまった。こんなことならもっと観客席を意識して緊張感を楽しめばよかったな、と舞台袖に捌けてから思った。

文化祭の日程が終わり、祭りの余韻が残る廊下を尾上は名残惜しむように歩いた。西日の差し込む昇降口で靴を履き替えていると、鯨井が横に立って言った。

「今日はコメディ映画だ」

「古いやつ？」と尾上は顔も上げずに訊いた。

「比較的新しいやつ」

「鯨井くんの言う比較的新しいって、三十年くらい前のことだよね」と後ろで澄香が笑うのが聞こえた。

演技を学ぶ必要がなくなった後も、尾上と澄香は鯨井のガレージに通いつづけた。でも少しずつ映画という名目は必要なくなり、ただ三人で集まって無為に過ごすことが増えていった。学校でも共に行動し、休日には揃って日帰りの旅行に出かけたりした。

夏休みに入るとガレージはサウナみたいな暑さになった。時には扇風機をつけても汗だくになるほどで、そんな日にはガレージを出て涼を求めて町を歩き回った。ソファに座るときのように、並びはいつも澄香が真ん中で、尾上と鯨井がそれを挟むかたちだった。誰が決めたわけでもないけれど、その並びが一番しっくりきた。

だから長い歳月が過ぎ去っても、尾上が当時の澄香の姿を思い浮かべるとき、彼女の肩越しには鯨井の顔がちらつく。彼もまた尾上が恨みを抱く人物の一人だが、澄香への恨みと比べると、鯨井へのそれは幾分か薄い。鯨井は初めから複数のヒントを尾上に提示していた。そういった意味では、澄香よりよほどフェアだったと言える。


照れ臭くて実際にその言葉を二人の前で口にしたことは一度もなかったけれど、あえて三人の関係を形容するなら、それは親友という言葉を措いてほかにないと尾上は思っていた。尾上と澄香と鯨井の三人組は、男女混成のグループとしてこれ以上望みようもないくらい完璧な関係性にあった。男三人でも女三人でも成立しない絶妙なバランスの上に成り立つ、言ってしまえば奇跡みたいな関係だ。周囲を見回しても、自分たちのように適切な距離感を維持できているグループは一つも見当たらなかった。

澄香への恋を諦めたわけでは決してない。しかし尾上は恋心よりも三人の関係の維持を優先し、できるだけ澄香を異性として意識しないように努めた。並大抵ではない努力が必要とされたが、三人で過ごす時間にはそれだけの価値があった。

そういう不自然な関係が長続きしないことは重々承知していた。いずれ三人の友情には終わりが来る。完璧な時間はどこかで必ず失われる。しかし少なくとも自分からその日を早めることはすまい、と尾上は心に決めていた。

〈手錠〉の恋占いの噂を耳にしたのは翌年の十一月のある晴れた朝のことだった。町は冬の予感めいた香りに満ち、風が吹くたびにどこかで乾いた落ち葉がかさかさと音を立てた。登校中で、当然尾上の隣には澄香がいた。だから澄香も同じ噂を同じタイミングで聞いたことになる。

そのとき尾上と澄香は踏切の前で遮断機が上がるのを待っていた。背後にも同じように立ち止まっている二人組がいた。女の子の二人組で、それくらいの年頃の女の子がよく話題にするような取り留めのないことを話し合っていた。それらは雑音として尾上の耳を通り抜けていったが、ある言葉が突然彼の注意を引いた。

ねえ、聞いたことない？　ブレスで自分のこと好きな人がわかっちゃうってやつ。

遮断機が上がって再び歩き出した後も、尾上は背後の二人の話に聞き耳を立てていた。隣を歩く澄香も話の内容が気になるのか、いつになく無口だった。噂話はすぐに終わり、二人の話題はまた月並みなものに戻っていった。

噂話の内容は、要するにこういうことだった。〈手錠〉の通信記録をキャプチャして解析するアプリが存在し、それを使えば自分に好意を向けている人物がわかる。

国民健康管理システムの「健康」が意味するのは身体的な健康だけではない。そこには精神的な健康も含まれており、〈手錠〉に仕込まれた膨大なセンサーが収集するのは単純な生体情報のみに留まらない。たとえばその中には装着者の人間関係といったものも含まれる。人々の抱える問題の中には、その人物の対人ネットワークを利用することでしか解決できないものもある、というのが名目上の理由だ。実態はさておき。

収集される情報の範囲こそ公開されてはいるが、その情報から〈システム〉が何をどこまで読み取れるのかまでは明かされていない。しかしたとえば生理反応を分析していけば、その気になれば対人感情のようなものだって容易に予測できるのではないか——〈システム〉は好悪の感情に基づく巨大な相関図のようなものを密かに作り上げているのではないか——とは言われている。

もっともそれが本当だったとして、サーバを直に解析するならまだしも、〈手錠〉の通信記録を解析した程度では誰が自分に好意を向けているかまでわかるはずはない。結局のところそれは〈手錠〉にまつわる害のない噂の一つであり、笑い飛ばしてしまえば済む話だった。

そのはずだった。

しかし数日が過ぎても、尾上はその噂話を忘れることができなかった。いや、忘れられないどころの話ではない。〈手錠〉の恋占いは彼の思考の中心に居座りつづけていた。

もしその話が真実なら、俺は澄香に気取られることなく、彼女の気持ちを確かめられることになる。のみならず、鯨井が澄香のことをどう思っているのかも確かめられるのだ。

初めてガレージに澄香が現れたときから鯨井の態度は一貫していた。尾上に遠慮するかのように澄香とは一線を引いた付き合いをし、尾上のいないところで澄香と二人きりになるのを慎重に避けていた。

だが、と尾上は思う。例の写真の件がある。あの写真に深い意味はないと一度は判断したが、その判断は本当に正しかったのだろうか？　今のところ鯨井は俺に遠慮してくれているが、今後もずっとそうだと言い切れるだろうか？

鯨井もまた、三人の関係が崩れるのを恐れて恋心に蓋をしているだけではないのか？

〈手錠〉の恋占いとやらで二人の気持ちを知ることができれば、俺の中では一応はなんらかの決着がつく。澄香が俺を異性として好いているならそれに越したことはないし、鯨井の方を好いていたとして、澄香本人の口からそれを知らされるよりはずっといい。俺は彼女の知らないところで静かに失恋し、二人の仲が進展するより早く心の準備を整えることができる。最悪の不意打ちを喰らう心配はなくなる。

　あるいは彼女はまだ誰にも異性としての関心を持っていないかもしれない。そうであれば、俺たちは今まで通りの関係を維持していける。

　一度は検索エンジンのボックスにキーワードを入力するところまでいった。しかしそこで辛うじて思い留まった。こういうやり方はフェアではない。もしかすると、鯨井や澄香だって俺と同じような不安を抱えているかもしれない。その中で俺だけが彼らの心を盗み見るような方法で安心を得ようというのは、二人との友情に対する裏切りに等しい。

　葛藤の末に、尾上は〈手錠〉の恋占いの誘惑を何とか斥けた。そしてそのような決断に至れた自分を少しだけ誇らしく思った。

　とはいえ、もしこの時点で鯨井に有利な判断材料があったら、同様の決断に至れていたかどうかは疑わしい。恋占いの噂を知ったときの尾上にはまだ心の余裕があった。たとえ鯨井が澄香に恋情を抱いていたとしても、澄香は自分を選んでくれるだろうという密かな自負があった。

　三人組で行動していても、二人のどちらかを選ばなければならないような状況は度々訪れる。そういうとき、澄香は決まって尾上の方を優先する。澄香が鯨井と二人きりで登下校することはまずないが、尾上とは毎日のようにしている。何かの拍子に澄香が尾上の体に触れることはあっても、鯨井の体に触れているところは見たことがない。

何より、そもそも澄香と鯨井が親しくなったのは半ば成り行きだ。一方、尾上と親しくなったのは明確に彼女の意思だ。客観的な事実だけ並べても、こちらに有利な材料の方が多いように思えた。

もっとも、いくら澄香が親しみを持ってくれているからといって、それは恋心とは別の話だ。恋愛対象ではないからこそ気軽に接せられる、という見方もある。恋愛対象だからこそなかなか前に踏み出せない、という見方もある。

鯨井は魅力的な男だ、と尾上は思う。同性の俺から見てもそうなのだから、異性からすれば尚(なお)更(さら)だろう。同性のみに好かれたり異性のみに好かれたりする偏った魅力の持ち主もいるが、鯨井の好かれ方はそれとは違う。男として以前に、人間として彼は好かれているのだ。俺と鯨井の二者択一なら、鯨井の方を選ぶのが自然だ。

それでも、澄香は、澄香だけは、普通の女の子とは違った基準で人間を評価しているのではないか。俺を孤立させた失言が、澄香にとっては俺に関心を抱くきっかけとなったのが何よりの証拠だ。

澄香が俺に向ける気持ちは、彼女が他の誰に向ける気持ちとも異なるものであり――たとえそれが恋心ではなかったとしても――俺が彼女の特別であること、それだけは自信を持ってよいのではないか。

そのような尾上の願望混じりの予想は、実のところ真実に迫っていた。「特別」の中身が問題だっただけで。

二週間後にクリスマスを控えた日曜にそれは起きた。
その日はめずらしく、三人それぞれに用事があったので別々に過ごすことになった。鯨井は家族でスキーに行くと言い、澄香は妹の学校行事に顔を出すと言っていた。尾上は祖父母の家を訪ねるはずだったが、朝になって事情が変わり、予定は先送りされることになった。

一人きりの日曜は久しぶりだった。部屋の片づけをしてソーシャルメディアを軽く巡回した後、どうにも落ち着かなくなって家を出た。午後一時だったが夕方のように薄暗く、今にも雪が降り出しそうだった。

しばらく当てもなく歩いた末に、尾上はある建物の前で足を止めた。古い二階建ての木造アパートで、周囲の建物から除け者にされるような格好で住宅地の隅にぽつんと建っていた。白い外壁は取り返しがつかないくらい黒ずみ、錆びついた外階段は今にも穴が空きそうだった。六つある窓のいずれからも人の気配は感じられず、手前の駐車場と思しき空間には車が一台もなかった。

住居としての魅力が皆無にも思えるその陰気なアパートに、尾上は以前から心惹かれていた。質素な暮らしに憧れるというのではないが、自分という人間にはそういう不足に満ちた生活が似合う気がした。

鯨井のガレージで過ごした時間が、そのような生活観を彼に植えつけたのかもしれない。あそこも快適とは言いがたい場所だった。夏場も酷かったが、冬になるともっと酷かった。ガレージをそのまま冷凍庫として転用しても支障なさそうな寒さだった。昨年の一番冷え込んだ時期は、毛布をコートの上から被ってストーブを囲み、給湯ポットで入れた熱い紅茶をひっきりなしに飲んでいた。

母屋に移動すればそれで済む話ではあったが、三人はガレージの過ごしにくさを楽しんでもいた。そのような苦労を共有することこそがもっとも手っ取り早く友人との絆を深めてくれることを、三人とも学校生活から嫌というくらい学んでいた。

アパートの前で立ち止まったまま、尾上はそこで暮らしている自分の姿を想像した。初め、彼は想像上の自分の隣に澄香を置いた。狭い畳部屋で、不便なりに満ち足りた生活を送る二人を思い描こうとした。でもその光景にはどこか違和感があった。澄香にはこういう暮らしは似合わない。彼女にはもっと清潔な空間で、穏やかに過ごしてほしい。

次に、鯨井と二人で貧乏暮らしをする様を想像した。こちらはとてもしっくりきた。卓袱台を挟んで毎朝味気ない食事を取り、軽口を叩き合いながらそれぞれの仕事場に向かう。金を貯めて安い中古車を一台買い、故障するたびに工具を片手に四苦八苦する。週末にはその車に乗って二人で澄香に会いに行く。何かの記念日には朝まで酒を飲んで酔い潰れ、翌日は一日中畳に寝転がって過ごす。

記念日。そういえば澄香と鯨井に贈るクリスマスプレゼントをまだ買っていなかった、と尾上は思い出した。昨年のクリスマスはいきなり澄香からプレゼントを渡され、慌てて鯨井と隣町の雑貨屋に走ったのだ。今年はそのようなことがないように、そろそろ準備をしておいた方がいいだろう。

鯨井へのプレゼントはすぐにでも思いつく。尾上と鯨井は趣味が合う。尾上がもらって嬉しいものは、鯨井がもらって喜ぶものと考えていい。

でも澄香に適したプレゼントというのはなかなか思いつかなかった。彼女にはこれといった趣うか。

味嗜好（しこう）がない。生活に楽しみがないというのではなく、生活そのものを趣味にしているとでもい

実際、昨年のクリスマスにどういうものがほしいか本人に直接尋ねたのだが、「自分でもわか
らない」というのが彼女の答えだった。
「あ、でも尾上くんからもらえるならなんでも嬉しいよ」と澄香は慌てて付け加えた。「鉛筆で
も砂時計でも、なんでも」
「無欲だなあ」と尾上は少し呆（あき）れて言った。「そういえば澄香が何かを欲しがってるところって、
見たことがない」
「そんなことはないよ。私だって、本当に欲しいものは絶対に手に入れようとするよ」
「たとえば？」
「本当に欲しいものは、何ものにもたとえることができないんだよ」
「思いつかないだけだろう」
「今はまだね」と彼女は認めた。「そういう尾上くんは何が一番欲しいの？」
その問いかけにどう返したかは覚えていない。でもたぶん、ひどくつまらない嘘（うそ）をついたはず
だ。それでよかったのだと思う。本心を口にしたところで、同じくらいつまらない答えになった
だろうから。

バスに乗って隣町まで行き、昨年と同じ雑貨屋を覗（のぞ）いた。三十分ほど考え込んだ末に、ブレス
レットスタンドを買うことにした。木製の円錐（えんすい）形のスタンドで、ただのスタンドにしては値が張

るが、ものはよさそうだった。鯨井には靴べらのかたちをした革のキーホルダーを買った。こちらも贈り物にするには惜しいくらい尾上の趣味に合う品で、つまりは鯨井も気に入るに違いなかった。どちらもハンドメイドで世界に二つとない品なのだと会計中に店員が説明してくれた。

スタンドとキーホルダーをラッピングしてもらい、店を出た。紙袋を抱えてバスに揺られていると、果たして自分の選択が妥当だったのか不安になってきた。鯨井はさておき、澄香はこれをもらって喜ぶだろうか？

バスを途中で降り、鯨井の家に足を向けた。彼もそろそろ澄香へのプレゼントを買っているか、少なくとも目星はつけているはずだ。どんなものを選んだのかそれとなく聞き出せば参考になるだろう。

鯨井は家族でスキーに行っているはずで、だからこそその日は三人別々に過ごすことになったのだが、それを思い出したのは彼の家の呼鈴を押した後だった。

三十秒ほどドアの前で待ったが、もちろん返事はなかった。尾上は諦めて玄関を離れ、ガレージを目指した。そこに鯨井がいるとは思っていなかったが、何かの暇潰しにはなるだろうと思ったのだ。鯨井がいないときでも自由にガレージを出入りする許可はもらっていた。

ガレージに近づくと、シャッターが五十センチほど開いているのが目についた。誰かが閉め忘れたのかもしれないが、ひょっとしたら鯨井も予定が変わって家に残っているのかもしれない。そう思った直後、澄香のものらしき声がシャッターの隙間から聞こえた。どうやら鯨井だけでなく、澄香もそこにいるようだ。

澄香もそこにいる？

咄嗟に立ち止まった。あたりを見回して誰にも見られていないことを確かめてから、ガレージの脇に身を潜めた。音がこもっていて会話の内容までは聞き取れないが、やはりそこに鯨井と澄香がいるのは間違いなさそうだった。

息を殺して耳を澄ましていると、走ったわけでもないのに心臓が激しく高鳴った。鼓動が壁を通じて中に伝わる気がして、尾上は背中をガレージの壁から少し浮かせた。

「どうして最初から――」という澄香の声が、尾上の耳に辛うじて届いた。

楽しげな雰囲気ではなかった。どちらの声も緊迫した色を帯びていた。まるで芝居の稽古をしているみたいだったが、一年前ならまだしも、今二人がそんなことをする道理はない。

そもそも鯨井も澄香も、本来この場にいるはずがないのだ。どちらか一方だけならまだしも、二人揃って急に予定が変わるというのは考えにくい。仮に偶然そうなったとしても、鯨井は尾上のいないところで澄香と二人きりになるのを避けているのではなかったか。

尾上の混乱は、直後に聞こえてきた澄香の泣き声で一層深まることになった。

何か重要なやりとりが交わされたに違いなかった。そしてそれはおそらく、尾上抜きで話し合わねばならない類のものだった。

果たして彼らは何を話していたのか?

尾上が真っ先に想像したのは、澄香が鯨井に好意を伝えてそれを拒まれた、という構図だった。それが尾上のいないところで行われたのは、澄香が尾上の想いに気づいていたからだ。鯨井がそれを拒んだのも、鯨井が尾上の想いに気づいていたからだ。

想像が正しければ、尾上にとって最悪の展開だった。たとえそれが思い過ごしであったとしても、二人がなんらかの秘密を共有しているのは確かだ。あるいはそれは恋愛感情とは無縁の秘密かもしれない。それでも、澄香が涙を見せる唯一の相手として鯨井を選んだことに変わりはない。

尾上を排したことに変わりはない。

やがてシャッターの開く音が聞こえた。ほとんど同時に、ガレージの内側でドアの閉まる音が聞こえた。鯨井は母屋に戻り、澄香はガレージを出たようだった。

それからも長いあいだ、尾上はガレージの脇に立ち尽くしていた。日が落ちて外灯に明かりがついたところでようやく我に返り、逃げるように家に帰った。

翌朝、尾上は寝不足の体を引きずるようにして家を出た。四十二歩進み、左に折れて五十六歩数えると、すぐそこに澄香の笑顔があった。おはよう尾上くん、と言って澄香はポーチから跳ねるようにして降りてきた。そして勢い余った風にして尾上に体をぶつけ、楽しそうに笑った。

ひょっとしたら何もかも俺の思い違いだったのではないか、という淡い期待が尾上の頭をよぎった。しかし間近で澄香の顔を見ると、そこには隠しきれない涙の跡が残っていた。まるで一晩中泣いていたような。

そのうち何か説明があるのではないかと期待したが、翌週になっても日曜の一件について二人が言及することはなかった。鯨井について言えば、試験期間だったためにあまり言葉を交わす機会がなかったせいもある。でも澄香は、その気になれば打ち明け話をする機会はいくらでもあった。今までどんな些細（ささい）なニュースも逐一尾上に伝えていた彼女が、涙を流すほどの事件に触れないということはあり得ない。やはりどう考えても彼女は尾上からそれを隠そうとしていた。

もはやなりふり構っていられなかった。あの日二人のあいだで何が起きたのか、何としても知る必要があった。期末試験が終わり、冬休みが目前に迫っていた。澄香と毎日顔を合わせられる今のうちに、すべてをはっきりさせておくべきだ。

〈手錠〉の恋占いの噂はそのようにして再び尾上の心を捉え、彼を桜の町へと導くことになる。

十二月二十日、町に大雪警報が発令された。半日続いた吹雪は町を白一色に染め上げたが、家にこもって調べ物をしていた尾上がそれを知ることはなかった。

いつの間にか机でうたた寝をしていた。目を覚ますとそのアプリケーションは既にコンピュータにインストールされていて、使用方法と見られるページがモニタに表示されていた。どのようにしてそのページに辿り着いたか、上手く思い出せなかった。

でもそれが〈手錠〉の恋占いのアプリであることに間違いはなさそうだった。専門用語が並んでいて寝起きの頭では理解が追いつかなかったが、〈手錠〉の通信の解析について書かれていることだけはわかる。

時計は午前二時を指していた。暖房を付けたまま寝たせいでひどく喉が渇いていた。

〈hanagara〉というのがアプリの名前らしかった。

花柄?

その名に反して、灰色のアイコンに描かれているのは寒々しい裸木だ。

だが今はアプリ名の由来など調べている場合ではなかった。ページに記されている煩雑な手順に従ってコンピュータをアプリの使用に適した状態に持っていき、〈手錠〉と同期させてデータの解析に取りかかった。

シャワーを浴びて戻ってくると、解析は終わっていた。髪を乾かすのももどかしく、尾上はデスクに座って結果を確認した。一見したところでは、それは〈システム〉から毎月送られてくる診断書と大差ない内容だった。こんなものをあらためて見せられても何も得るところはない。

失望しつつもページをスクロールさせていくと、診断項目の中に赤字で強調されている行があるのが一瞬目に入った。赤文字。つまり、高リスクの項目。

慌ててページを遡り、項目名を確認した。

自殺リスク、とそこにはあった。

もちろん今まで送られてきた〈システム〉の診断書に、そんな項目はなかった。

hanagaraは花を枯らすためのツールだ。サクラチェッカー、と言えば通じる人には一発で通じる。

〈手錠〉の収集した情報によって〈システム〉が評価する項目の中には、装着者本人には知らされないものも多々ある。自殺リスクはその代表的な一つだ。

自殺リスク高の診断が下された人間には、当人の知らないところで様々な支援が行われる。通常は適切な機関や制度、サービスと自殺ハイリスク者を繋(つな)げることで問題解決を図るが、それだけでは対処しきれない事例も少なくない。その穴を埋めるべく考案されたのがプロンプター制度だ。

プロンプターはカウンセラーのような専門職ではない。自殺ハイリスク者の身近な人間の中でもっとも適性のある人物が〈システム〉によって選び出され、プロンプターに任命される。大まかに言うと、自殺ハイリスク者に善き友人として寄り添い、自殺を阻止するのがプロンプターの義務となる。

プロンプターは然るべき研修を施された上で自殺ハイリスク者のもとに送り出される。自殺リスクの度合いによっては複数のプロンプターが配されることもある。その義務は自殺ハイリスク者の自殺リスクが安全な値まで低下するまで続く。なおこの間、プロンプターが自らをプロンプターであると明かすことは法律上禁じられている。

プロンプターというネーミングはオペラや演劇の用語に由来している。歌詞や台詞を忘れた演者を観客の死角からサポートする黒衣のように、悩みを抱えた人々を陰から支える存在となることが彼らには求められる（もっとわかりやすい呼称がありそうなものだが、おそらくわかりにくい横文字の方が都合がよいのだろう。「あなたは自殺阻止員に任命されました」なんて露骨な表現をされたら、誰だって尻込みするだろうから）。

プロンプター制度は大枠で見れば有効に機能し、実際に自殺率の低減に寄与しているため、社会には概ね好意的に受け入れられている。プロンプターに関連した美談が頻繁にメディアで取り上げられた結果、その経験は一種の社会的ステータスとさえ見なされるようになった。

しかしその一方で、プロンプター制度は新たな病人を生み出しつつある。サクラ妄想と呼ばれる疑心暗鬼の病がそれだ。

彼らは考える——私を取り囲む人々は、ひょっとしたら〈システム〉によって宛がわれたプロンプターで、私と親しい間柄を演じているだけではないのか。表面上は私に好意的だが、内心では与えられた役割に辟易(へきえき)し、私のことを疎んでいるのではないか。

彼らは私の人生という舞台において私を陰から支える黒衣(プロンプター)――というよりむしろ、嫌々観客席に座っている偽客(サクラ)のようなものではないか。

いつかの小崎の言葉が、不意に蘇(よみがえ)る。

僕はてっきり、尾上くんがさくらなのかと思ったよ。

通称hanagara、正式名称を〈花枯らし〉。それはサクラ妄想に悩まされる人々のために開発されたアプリケーションだ。hanagaraによって自殺リスク低と判定された場合、その人物にサクラがついている可能性は限りなく低い。それ以上サクラ妄想に振り回される心配はなくなる。

逆に自殺リスク高と判定された場合、その人物には既にサクラがついている可能性が高い。

ここに一人の少年がいる。本人に自殺願望の自覚はないが、〈システム〉の基準に照らし合わせれば立派な自殺志願者だ。交友関係は非常に狭く、親友と呼べそうな相手が二人いるが、それを除けばまともな交流はないに等しい。家族との関係も良好とは言えない。

さて、彼の周囲に既に複数のサクラが配されているとしたら、果たして誰がそれに当たるだろうか？

考えるまでもない。

自分で思っていたほどには、俺は強い人間ではなかったのかもしれない。

教室で孤立していた中学一年の冬、俺は精神的に追い詰められて危うい状態にあった。自覚はなかったが、自殺ハイリスク者と見なされるには十分な信号を身体は発していた。それを〈手錠〉から受け取った〈システム〉は、俺にプロンプターを宛がう決定を下した——そのような仮説が、尾上の頭に浮かんだ。

通常、たとえ支援対象が中学生であっても、プロンプターに中学生が選出されることはない。自殺ハイリスク者と適切なコミュニケーションを取り、その上自身がプロンプターであることを隠し通すというのは十代前半の子供には荷が重い。成人した人間であってもその仕事を十全に果たせる者は限られている。

ところが偶然、尾上の周辺にはプロンプターの役割を問題なく遂行できるくらい優秀な人間がいた。それも一人ではない。高砂澄香、そして鯨井祥吾の二人だ。

まずは澄香がその任に就いた。彼女は自殺阻止員としての役割を完璧にこなし、尾上を当座の危機から救い出した。だが〈システム〉は彼女の働きだけでは不十分と判断し、数ヶ月の間を置いて鯨井を二人目のプロンプターに選任した。澄香とは異なる角度から尾上を支えることが彼に期待される役割であり、彼もまたそれを完璧にこなした。それでもなお尾上の自殺リスクは安全と言い切れるまでには回復せず、彼らは尾上の〈善き友人〉の仮面を今日まで外せずにいる。

その仮面の裏では、自分たちをプロンプターの立場に縛りつづける尾上に憎悪の眼差しを向けているのかもしれない。

こんなの典型的なサクラ妄想じゃないか、と尾上はその思いを振り払おうとした。よくある話だ。健常な人間が、他人の被害妄想に触れることでおかしくなってしまう。一時的に妄想の毒に当てられてしまっただけで、ちょっと時間を置けば何もかも馬鹿らしく思えてくるだろう。アプリの解析結果だって正確とは限らない。そもそもこんな簡単に通信記録を読み取れるなら、他人の〈手錠〉の情報だって盗み放題なはずだ。このアプリはそれらしい手順を踏ませてそれらしい診断を表示するだけのフェイクの可能性が高い。

　でも考えれば考えるほど、澄香と鯨井がプロンプターであるという仮定は真実味を帯びていった。今ではすっかり慣れてしまい、それを当たり前のように享受していたが——思えば俺は分不相応な境遇、過ぎた幸せを手にしていたのではないか。俺のように取り柄のない男が、なぜこんなにも素晴らしい友人たちを、何の努力もせずに我が物にできたのか。

　俺は澄香のことを窮地から救い出してくれた天使のように思っていたが、天使というのは天の使いであって、天使の意思を遡っていけばやがて天の意思に行き着くように、そこには彼女自身の意思ではなく〈システム〉の意思があったのではないか。

　俺は偽客(サクラ)の拍手を真に受けて得意になっている道化者だったのではないか。


　クリスマス当日は鯨井のガレージでちょっとしたパーティをすることになっていた。しかし尾上は集合時間を過ぎても家から出ず、自室のベッドに寝転がっていた。両親はそれを特に不自然とは思わなかったようだ。受験期なのだからそういうこともあるだろう、くらいに考えていたのかもしれない。

　彼らが素直に正体を明かしてくれるかどうかはわからない。しかし一度こちらが疑念を示せば、向こうも何かしらの対応に迫られる。サクラの疑いを向けられたまま〈善き友人〉を演じつづけることは不可能だ。

　この数日のあいだに布石は打っておいた。尾上の疑念はとっくに二人に伝わっているはずだ。

あとははっきりと指摘してやるだけだ。お前たちは俺のサクラなのだろう、と。

その気になれば今すぐそうすることもできる。電話をかけるだけでいい。電話が繋がらなければ、直接二人の家に出向けばいい。実際何度もそうしようとして、でも寸前で気持ちが挫（くじ）けてしまった。尾上はいつまでもベッドに横たわって天井を眺めていた。判決を待つ被告人とそれを言い渡そうとする裁判官の気分を、同時に味わっていた。早く済ませてしまった方が楽になれるのに、指先さえ動かす気になれなかった。

翌二十六日の午後六時過ぎ、澄香が尾上の家を訪ねてきた。呼鈴の音を耳にした瞬間、それを鳴らしたのが彼女だとわかった。彼女ならきっとこの時間帯に会いにくるだろうと確信していた。ドアを開けたその先で、澄香はいつもの紺色のコートを着て、いつもの臙脂（えんじ）色のマフラーを巻いて、いつもの屈託のない笑顔で、いつものように「尾上くん」と彼の名を呼ぶことだろう。

なぜなら、そうすることを尾上が求めているから。

玄関のドアを開けると、思い描いていた通りの光景があった。

「尾上くん」

尾上は無言で彼女の顔を見つめた。その瞳の奥にあるものを見極めようとした。でも彼女の表情や態度に、普段と異なる点は見当たらなかった。尾上が約束をすっぽかしたことを考えると、その自然すぎる笑顔はかえって不自然にも感じられた。外は大雪らしく、彼女のコートの肩は雪に塗（まみ）れていた。

彼女はパーティの件にはあえて触れなかった。「散歩にいこうよ」と彼女は無邪気に言った。

「年末に夜の町を歩くのって、私昔から好きなんだ。町全体がひとつになってるような感じがしない？」

尾上は短く肯いた。彼女との問題に決着をつけるには、二人きりになれる状況が望ましかった。玄関先ではどうしても気が散ってしまう。コートハンガーにかけてあったダッフルコートを羽織り、ブーツを履いて外に出た。

風はなかったが、その分雪は重たく湿っていた。足首まで沈むくらいの積雪で、暗闇のあちこちからスコップを雪に突き立てる音が響いていた。表通りの方からは除雪車の走行音が聞こえた。散歩に適した天候とは言えない。尾上はダッフルコートのフードを被り、両手をポケットに突っ込んだ。

澄香がどんな心積もりで会いにきたのかはわからなかった。まだサクラの件をごまかせる気でいるのか、それともここで種明かしをする気なのか。いずれにせよこちらから問い詰めれば済む話だが、ひとまず向こうの出方を窺うことにした。

表通りに出ると、人の気配はなかった。時折見かける自動車はぎりぎりまで速度を落とし、ワイパーを忙しなく動かしていた。

雪に埋もれていた段差に足を引っかけて転びそうになった澄香の手を摑んだとき、一瞬の安堵の後、尾上はすぐに後悔した。澄香は少し照れた様子で「ありがとう」と礼を言い、その声はいかにも自然に出てきたという感じではあったが、今の尾上にはそれすらも芝居がかった台詞に聞こえた。すぐに手を離し、その手を再びポケットに突っ込んだ。

線路沿いの道を歩きながら、尾上は思った。俺は今、人生の重要な分岐点にいる。その先で待ち受ける痛みは、おそらく俺という人間を根底から変えてしまうほどのものだろう。にもかかわらず、俺は不思議なくらいに落ち着いている。まるで何十年後かの未来から現在を眺め下ろしているような乾いた感覚がある。

あるいはその痛みは、今の俺が受け止めるには大きすぎるのかもしれない。今後気の遠くなるような時間をかけてゆっくり咀嚼していかなければ、その真の大きさを測ることはできないのかもしれない。あらかじめそのような痛みの分割処理が行われ、現時点の俺に降りかかる痛みが最小限となることを、俺の心は既に見通しているのかもしれない。

いつの間にか澄香はずいぶん先を歩いていた。彼女は立ち止まって振り返り、尾上が追いつくとまた歩き出した。

「昨日何回も電話したんだけど、気づいてた？」と彼女が尋ねた。

「気づいてたよ」と尾上は答えた。

「忙しかったの？」

そちらの問いには答えなかった。澄香は相変わらず家を訪ねてきたときの笑みを顔に貼りつけていたが、間近で見るとその笑顔にはどこかしらぎこちないところがあった。

もしかすると、今までもずっと彼女の笑顔はこうだったのかもしれない。

答えが返ってこないとわかると、彼女は質問をもう少し直接的なものに変えた。

「もしかして私、避けられてるのかな？」

尾上は沈黙でそれを肯定した。

「どうして？」

立て続けに問う澄香の口調から、焦りが感じられた。

「それはお前が一番よくわかってるんじゃないか」と尾上は言った。

澄香はしばらく押し黙っていたが、その間も歩みは止めなかった。彼女がどこに向かっているのかわからないが、今のところ通学路をそのままなぞっているようだった。目的地があるわけではないのだろう。ただ歩き慣れた道を無意識に辿っているだけだ。

やがて彼女は口を開いた。

別人みたいに冷ややかな声で一言、

「そうだね」

その一言で十分だった。

さっきまで親友だった女の子は、仮面を脱いで一人の役者に戻った。

踏切が見えてきた。〈手錠〉の恋占いを尾上が初めて耳にした場所だ。あのときたまたま遮断機が下りて二人を足止めしなければ、女の子たちの噂話を聞くこともなく、尾上は何も知らずに今日という日を迎えられていたかもしれない。

二人の足音を聞いて目を覚ましたかのように、踏切は警報音を鳴らして遮断機を下ろし始めた。

電車が間近に迫ったとき、尾上はふと思った。俺が今踏切に飛び込んだら、彼女はどんな顔をするだろう？　もちろん本気で考えたわけではない。しかし、まともな人間はそもそもこういう発想に至らないだろう。〈花枯らし〉の診断は、あながち間違いでもなかったのかもしれない。

思えば昔から、死の匂いがする事物に惹かれていた気がする。病院や老人ホームのような場所が子供の頃から好きだった。事故現場に供えられている花を見ると妙に心が落ち着いたし、自殺に関するニュースを見るとその詳細を調べずにはいられなかった。

小崎が自殺したときだって、真っ先に感じたのは、「やるじゃん」よりは「ずるいぞ」に近い気持ちだったのかもしれない。

列車が轟音を立てながら遮断機の向こうを通過していった。空想上の自分が肉片となって真新しい雪の上に散らばるのが見えた。列車は凄まじいスピードで遠ざかり、あっという間に林の向こうに消えた。

遮断機や警告灯は再び眠りにつき、静寂があたりを包んだ。

一人分の足音が、その静寂をそっと破った。

彼女が踏切を渡り終えたところで、尾上は言った。

「本当は、俺のことなんて全然好きじゃなかったんだろう？」

澄香は立ち止まって振り返り、何かを言いかけたが、台詞を忘れた役者のようにそこで口の動きを止めた。

――そんなことないよ。確かに、最初はあんまり好きじゃなかった。サクラになれって手紙が来て、それで仕方なく尾上くんに近づいた。でもそのうち、尾上くんの友人を演じることに、不思議な心地よさを感じている自分に気づいたの。最初の一ヶ月が過ぎた頃には、もう演技なんてほとんど必要なくなってた。ちょっと羽目を外しちゃったときなんかに、これは演技なんだって自分に言い聞かせることはあったけどね。こんなきっかけがなくても、私たちはいずれ今みたいな関係になっていたはずだよ。……私がサクラだってことは、いつか尾上くんに伝えなきゃいけないって思ってた。でもそうするのは、できれば私が尾上くんのサクラを自然に外されるときまで待ちたかったの。結果的には、かえって尾上くんを疑わせることになっちゃったけどね。でも信じてほしい。私は尾上くんのこと、好きだよ。

尾上が求めていたのは、そんな言葉だった。

しかし黒衣の指示に従って彼の求める言葉をそのまま口にしてくれる彼女は、もうどこにもいない。

それはあくまで役柄に過ぎなかったのだ。

醒（さ）めきった笑顔で、彼女は言った。

「うん。全然好きじゃなかった」

それが最後の会話になった。

澄香が歩き去った後も、尾上は踏切の前で何かを待つように立ち尽くしていた。それは引き返してきて謝罪の言葉と共に彼を抱きしめてくれる女の子だったかもしれないし、空想上の彼ではない現実の彼を粉々に吹き飛ばしてくれる無慈悲な鉄の塊だったかもしれない。天から舞い降りてきてすべてを解決してくれる機械仕掛けの神様だったかもしれないし、この小さな悲劇の一部始終を鑑賞している外部存在からの控えめな拍手だったかもしれない。

どれくらいそうしていたのかはわからない。視界の端が赤く染まり、再び警報音が鳴り始めた。彼方に列車の前照灯が小さく見えた。自分がそこに飛び込む気がないことは知っていた。尾上は踏切に背を向けて静かに歩き出した。

列車が通り過ぎた後で、一度だけ振り返った。警報音はまだ名残惜しそうにしばらく鳴り響いていた。道端の枯木の枝が雪をまとい、枝越しに点滅する警告灯がその雪を淡い赤に染めた。滲（にじ）んだ尾上の目に、それは季節外れの桜のように映った。

そのようにして、彼の生まれ故郷は桜の町と化した。

＊

＊

鯨井との訣別は、澄香と比べればずっとシンプルだった。後日、尾上は鯨井の家を訪ね、お前は俺のプロンプターなのかと単刀直入に尋ねた。

鯨井はあっさりそれを認めた。

「正直ほっとしたよ」と彼は清々しい笑顔で言った。「最近お前に苛ついてたんだ。近いうちにこっちから切り出すつもりだったんだが、その前に察してもらえて助かった。こうなった以上、プロンプターは俺じゃない別の誰かに取って代わられるだろうからな」

ほとんど予想通りの反応が返ってきたことで、尾上はかえってその事実をすんなりと受け入れることができた。下手に言い逃れされるより、これくらい潔く認めてくれた方が、こちらも素速く心を閉じることができるというものだ。

スキーの話も妹の学校行事の話も、二人で密会する場を設けるための嘘だったのだろう。尾上が二人へのプレゼントを買ったあの日、鯨井は密かに澄香を呼び出して、サクラ仲間として相談を持ちかけた。尾上のサクラを続けることに限界を感じており、自ら立場を明かすつもりであることを打ち明けた。

澄香はそれを聞いて慌てた。そんなことをされたら、彼女自身もサクラだとばれてしまうに違いないからだ。生来の優しさからか、あるいは単なる規範意識からか、とにかく彼女はサクラの役割を最後まで全うすることが自分の責務だと感じていた。だから鯨井に考え直すように涙ながらに懇願した。鯨井はしぶしぶ譲歩して、もう少しだけサクラを続けることにした。しかしそのやり取りを尾上が偶然目撃し、彼女の努力も虚しく二人がサクラであることに気づいてしまった。

おそらく、真相はそんなところだったのではないか。

鯨井が尾上に映画を見せつづけたのは、早く俺の演技を見抜いてくれ、そしてこの立場から解放してくれという無言のメッセージだったのかもしれない。

静かな冬休みだった。年が明け、三が日が過ぎた。いつまでも塞ぎ込んでいると両親に怪しまれると思い、それからは毎日澄香や鯨井に会いにいくふりをして外出した。知り合いと出くわしそうな道を避けて歩き、一人になれる場所で時間を潰した。親を心配させたくなかったわけではない。誰にも弱みを見せたくなかったのだ。これ以上サクラを増やされてはたまらないから。

親友たちの正体が判明してからまだ二週間とたっていなかったが、尾上はこの時点で今後の人生の指針を固めつつあった。

誰とも関わらないこと。誰にも同情されないこと。

そして、誰をも好きにならないこと。

休みが明け、中学校生活最後の三ヶ月が始まった。尾上たち三人は互いを存在しない人間として扱った。卒業が近づくにつれてクラスは結束していき、放課後も名残惜しそうに教室に残って時間を潰すクラスメイトが増えていた。その中で、三人の関係の破局はさぞ際立ったことだろう。

しかしその件について尾上に尋ねようとする同級生は一人もいなかった。ひょっとしたら二人が尾上のサクラなのは周知の事実で、知らないのは彼ただ一人だったのかもしれない。そう思うと顔が熱くなり、学校から逃げ出してしまいたくなった。けれどもそういう反応こそ彼らを喜ばせるのではないかという自意識過剰な恐れが、かえって尾上を学校に繋ぎ止めていた。

それは既に起きてしまったことなのだ。となれば彼にできることは、傷ついていないふりをすることくらいだった。一人ぼっちになったけれど、まあこれはこれで案外悪くないな、とでもいった風に。あの人にはサクラなんて初めから必要なかったのだと皆が考えてくれるようになるまで。

ささやかな慰めとなったのは、鯨井と澄香との関係もまた断たれたことだ。同一人物を支援対象としたサクラという立場上、互いに親しいふりをしていただけだったのだろう。もし彼らが尾上という邪魔者を追放した上で恋人となるようなことがあったら、彼は二度と立ち直れなかったかもしれない。

尾上は以前にも増して自閉的な人間になり、卒業までほとんど誰とも口をきかずに過ごした。進学後も極力人付き合いを避け、誰かに興味や同情の片鱗(へんりん)を示されてもそれを撥(は)ねつけた。自分に対して優しかったり好意的だったりする人間ほど疑ってかかるようになり、手厳しかったり敵対的だったりする人間にのみ気を許した。朽ち木にしか水をやれなくなったようなものだ。

高校時代はアルバイトで地道に金を貯め、卒業と共に家を出て一人暮らしを始めた。その頃には、自分の身に生じた出来事を割り切って考えられるようになっていた。澄香と鯨井の二人はあくまで与えられた仕事を忠実に果たしただけだ。一番悪いのは俺を欺いた二人でも、彼らが俺を欺くような構図をつくった〈システム〉でもない。サクラの支援が必要とされるくらいに弱かった、ほかでもない俺自身だ。

そのように理解した上で、それでも尾上の怒りが完全に収まることはなかった。彼らは与えられた仕事を果たしただけ、それはわかっている。わかってはいるのだ。でもだからといって、ここまで鮮やかに欺く必要はなかったじゃないか。いずれは突き放すであろう相手を、ここまで徹底的に魅了する必要はなかったじゃないか。

逆恨みに近い怒りが、結果的にはプラスに働いた。残された資源は復讐心だけで、それを燃やすことによって尾上はどうにか中学卒業からの七年間を生き延びた。澄香と鯨井、サクラを生み出す〈システム〉、そしてそれが罷り通る社会を彼は敵と見なした。悪役のいる人生というのは、考えようによっては楽なものだ。それは周りに転がっている問題を有耶無耶にした上で一本にまとめ上げてくれる。

いつの日か俺は澄香と鯨井に復讐するだろう、と尾上は漠然と考えていた。しかしそれがいつどこでどのように行われるのかは、彼自身にも見当がつかなかった。ただひとつ言えることは、そのとき彼らが味わう苦痛は単に大きければよいというものではなく、尾上が味わったものと同種の苦痛でなければならないということだった。

4

澄香(すみか)と交流のあった二年のあいだに尾上(おがみ)は何度となく彼女の家を訪ねたが、家の中に入れてもらったことは、考えてみればただの一度もなかった。同様に、澄香も尾上の家に上がったことは一度もなかった。鯨井が不在で二人きりの休日も、どちらかの家に相手を招くということはせず、公民館やスーパーマーケットの休憩スペースなどを利用するのが常だった。

澄香としては、プライベートな空間にまでサクラの演技を持ち込むのを避けたかったのだろう。尾上も自分の親を進んで知り合いに見せたいとは思わなかったし、大人たちに澄香との関係を無闇に勘繰られたくなかった。だからそのような家と切り離された関係を、むしろ好ましく感じていた。

ただ、澄香に年の離れた妹がいることは知っていた。平日の朝に澄香を迎えにいくと、澄香をそのまま何歳か若返らせたような女の子と玄関で鉢合わせることが度々あった。彼女は尾上の顔を見ると、いつも露骨に不機嫌そうな顔をした。姉を自分から奪われるような気がしたのかもしれないし、あるいは尾上と澄香のいびつな関係性を見抜いていたのかもしれない。

妹は澄香とよく似た名前で、父親が未(いま)だに二人の名を取り違えるのだと澄香はよく言っていた。

「どうして姉妹で似たような名前をつけちゃうんだろうね。ただでさえ見た目もそっくりなのに」

だから死んだはずの澄香が見覚えのある制服を着て目の前に現れたとき、尾上の理性はそれが幽霊の類でないことをすぐに理解した。よくよく見れば、確かに澄香と似てはいるが、顔立ちの細部に小さな違いが見て取れた。

それでも平常心を取り戻すまでには時間がかかった。そのあいだ、彼女はあの頃と変わらない不機嫌そうな顔で彼を見上げていた。

冷静に考えれば、好都合な状況と言えなくもなかった。澄香の死を両親に確かめるための訪問だったが、妹がいるならそちらの方が話をつけやすい。年も近いし、しがらみも少ない。

妹の名前を思い出そうとして、尾上は〈すみか〉の三文字を頭の中で並べ替えた。三度目の試行で正解らしき組み合わせに辿り着いた。

「霞……だったよな、たしか」

彼女が警戒心を一段階引き上げたのが表情から伝わってきた。

「どちらさまでしょう？」

硬く緊張した声だったが、その声も姿形と同じくらい澄香にそっくりだった。

「君の姉の友人だよ」と尾上は言った。それから「元友人」と言い直した。

「元友人」と霞は繰り返した。「では、今は関係ありませんね」

そう言うと、これ以上話すべきことはないとばかりにそっぽを向いて歩き出した。尾上はその後を追った。隣に並ぼうとすると、彼女は歩く速度を上げた。

「何か御用でしょうか」いつまでもついてくる尾上を見て、霞が諦めたように言った。

「君のお姉さんについて話を聞きたいんだ」

「半年前に死にました。自殺です。これでいいですか？」

「何かそれを証明するものはないかな？」

霞は立ち止まって尾上を睨みつけた。

「姉の交友関係については私が一番よく知っています。でもあなたみたいな人は……」

そこまで言いかけて、彼女はふと何かに気づいたように尾上の顔をじっと見つめた。

「思い出した？」と尾上は言った。

霞はおずおずと尋ねた。「尾上さん？」

「そう。君がまだ小学生の頃、よく君の姉をここまで迎えに来ていた、尾上匡貴」

途端に彼女の態度が豹変した。

「それを最初に言ってください」そう言って尾上に歩み寄り、あらためて彼を間近から眺め回し、微笑を浮かべた。「うわあ、なんで気づかなかったんだろう」

その反応は尾上をいささか困惑させた。仮に尾上のことを霞が覚えていたとして、その名前が引き出す反応は決してポジティヴなものではないだろうと予想していたからだ。七年の歳月が彼女の記憶から敵意だけを削ぎ落としたのか、そもそも嫌われているというのが思い違いだったのか。

「学校に忘れ物をしてしまって、今から取りに行くところなんです」と霞は制服の胸元を指差して言った。「話は歩きながらで構いませんか？」

構わないと尾上は言った。

彼女は駅に向かっているようだった。かつての澄香と同じ高校――何事もなければ、尾上もそこに進むはずだった――に通っているらしい。グレーを基調にしたその制服には見覚えがあった。

「尾上さん、あの頃と比べてずいぶん大人っぽくなりましたね」と霞が感心したように言った。

「大人になったからね」と尾上は言った。「君もずいぶん大きくなった。今、何年生？」

「三年生。もうすぐ卒業です」

「そうか」と尾上は言った。それ以上の感想は出てこなかった。高校生活というものにはまったく思い入れがない。自分が三年生の今頃何をしていたのかもろくに思い出せないくらいだ。

「私の話をしても仕方ないですよね」と霞が気を利かせて言った。「姉の話が聞きたい、ということでしたが。どこまで知っているんですか？」

「ほとんど何も知らないんだ。昔の知り合いから電話があって、澄香が自ら命を絶ったという事実だけを知らされた。それ以外には何ひとつ教える気がないみたいだった」

「それは……なんだか妙な話ですね」霞は首を傾げた。その動きに合わせて肩までの髪が柔らかく揺れた。「姉の死について知っているのは、身内を除けばほんの数人のはずなんです。どこから話が漏れたんでしょうか」

「そういうことだろうな」と尾上は言った。それから声のトーンを落として続けた。「ところで、こういう質問は不愉快かもしれないけれど……」

「気にしないでください」と霞は遮るように言った。「もう過ぎたことですから、なんとも思いません」

「じゃあ単刀直入に訊く。君のお姉さんがそうなった理由について、何か心当たりは？」

「なかったと言えば、嘘になります」しばらく考え込んでから霞はそう答えた。「もともと精神的に不安定なところがありましたが、昨年の春頃からひどく攻撃的になって、周りの人に迷惑をかけていたみたいです。私相手には、そういうことはなかったんですけど」

もともと精神的に不安定なところがあった。攻撃的になり、周りの人に迷惑をかけていた。尾上の知る澄香とはまるで別人の話に聞こえる。しかし七年もあれば人は変わる。尾上自身もあの頃とは大きくかけ離れた人間になった。

それはいい。だが疑問は残る。

やがて二人は駅に到着した。駅というよりは物置小屋のような小さな駅舎に、人の姿はなかった。駅員すらいない。時刻表を見ると、次の列車の到着までまだ十分ほどあった。色褪せたプラスチックのベンチに腰を下ろし、二人は話を続けた。

尾上は自身の〈手錠〉を彼女に示した。「こいつは上手く機能しなかった、ってことか」

「ええ。こう言ってはなんですが、まるで役に立ちませんでした。腕輪はあくまで自殺リスクを診断してこまごまとした手配をするだけで、直接自殺を阻止してくれるわけではありませんからね。もっとも、『上手く機能しなかった』というのは、姉を支えるべきだった私たち家族や友人についても言えることですが……」そこまで言ってから、自分の発言に含まれる棘に気づいて慌てて言い添えた。「あ、いえ、尾上さんは別です。ずっと遠くにいたんでしょう？」

「ずっと遠くにいた。七年前に会ったきりだ」

霞はそれを聞いてほっとしたようだった。実はもともと友人ですらなかったと教えたら、もっと喜んだかもしれない。でもそのあたりの事情は、今この場で説明するには込み入りすぎている。

「じゃあ、尾上さんは姉の一番良い時代を知っているわけですね。そのまま覚えておいてあげてください」

尾上は肯いた。できればそれすらも忘れたい、というのが本音だったが。

「半年前、と君はさっき言っていたね」

「はい。昨年の八月末です」

「遺書みたいなものは残されていなかったのか？」

「私の知る限りでは、そういったものはありませんでした。発作的な自殺で、遺書を残す余裕がなかったのかもしれません。だからはっきりとした動機は私たちにもわからないんです。ただ、あの頃の姉はただでさえ錯乱していて、そのせいで友人たちにも見放されてしまっていました。それで、自分という人間を含めていろんなことが嫌になっちゃったのではないでしょうか」

澄香が自殺の際にどういう方法を選んだのか、尾上は尋ねてみたくなった。でもそれが飛び降りだったところで首吊りだったところで、考えてみれば大した違いはない。澄香の肉体は既にこの世から消滅している。

知るべきことは十分に知れた。高砂澄香は疑いを差し挟む余地なく死んでいて、その死に不自然な点は見当たらない。心の弱い女が自らを追い詰めて死に至った、それだけの話だ。

「話を聞かせてくれてありがとう」と尾上は礼を言った。

「いえいえ。ほかならぬ尾上さんの頼みですから」

列車の到着を知らせる自動放送が流れ、霞はベンチから立ち上がった。尾上もホームまでついていき、彼女をそこから見送ることにした。

列車に乗り込む直前、霞は振り返って「尾上さん」と彼の名を呼んだ。

「久しぶりに会えて嬉しかったです。それでは、またどこかで」

尾上が何か言い返す前にドアが閉まり、彼女は窓ガラス越しに小さく手を振った。

列車が行ってしまうと、尾上はホームの端まで歩いていって煙草(たばこ)に火をつけた。鮮明なイメージが、望んでもいないのに脳裡(のうり)に次から次へと浮かんだ。もし俺と澄香の関係がもう少し続いていたら、きっと今日俺と霞がそうしたように二人で駅まで歩き、同じ電車に乗って同じ高校に通っていたことだろう。そしてわずかな延命の代償に、俺は七年前に経験した痛みよりも遥(はる)かに大きな痛みを引き受けることになっただろう。

澄香がいなくなった以上、もはや桜の町は安全だと思っていた。鯨井はとっくの昔に町を出たはずだ。地元に愛着を持つタイプではないし、彼のようにスケールの大きな人間にとってこの町は小さすぎる。

それに尾上は鯨井に対しては澄香ほどの脅威を感じていなかった。何かの巡り合わせで彼と対面することになっても、澄香とそうなったときほどの動揺は生じないだろうという確信があった。結局のところ、鯨井は澄香ほどには特別な存在ではなかったということかもしれない。

だから安心しきっていた。でも高砂霞という少女との出会いは、おそらくは澄香そのものとの出会いよりもずっと的確に尾上の急所を突いてきた。仮に生前の澄香と尾上が出会うことがあったとして、現実の澄香は、彼の無意識が思い描く「もしも」の澄香を否定してくれる。だが高砂霞は生ける「もしも」そのものだ。本物よりも純度の高い高砂澄香、とすら言える。

煙草を足下に落とし、踏み消した。こんなところで打ち拉(ひし)がれていても何も始まらない。澄香の身内から確かな情報が得られた今、これ以上この町に留(とど)まる理由はない。

駐車場まで戻るとそのままスーパーマーケットに入り、サンドイッチとミネラルウォーターを買って休憩スペースで軽食を取った。思えば朝から何も口にしておらず、その割に空腹感はなかった。サンドイッチはきちんと味も歯ごたえもあったが、自分ではない別の誰かの口で食べているみたいだった。まるで三年前に戻ったようだ、と尾上は思った。故郷を離れて手探りで生き始めたあの頃は、何を口に入れてもこんな感覚だった。

食事を終えると店を出て車に乗り込んだ。シートを倒して目を閉じ、大きく息を吐いた。

澄香は死んだ。俺はもう何にも怯(おび)えなくていいのだろうか？

電車の窓越しに手を振る霞の姿が瞼(まぶた)の裏に浮かぶ。

尾上さん。久しぶりに会えて嬉しかったです。それでは、またどこかで。

たちまち心が掻(か)き乱され、やわになっていくのがわかる。

俺が長年かけて打ち立てたものを、彼女はあの一瞬で突き崩してしまったようだ。

でも彼女に怯える必要はどこにもない。俺は桜の町を去り、二度とそこへは戻らず、彼女との関係はここで断たれる。

早くマンションに戻って仕事を再開しようと思った。俺は今や人々を欺く側の人間であり、純真な連中を食い物にする捕食者なのだ。褒められた仕事ではないが、俺は誰よりそれを上手くやってのけることができる。おかげで金持ちとまではいかないにせよ十分な収入を安定して得られ、汗水垂らすことなく悠々と暮らせている。

帰ったらシャワーを浴びて少し多めにウイスキーを飲んでぐっすりと眠り、明日からは気分を一新して仕事に取り組もう。そう心を決めて尾上はアクセルを踏み込み、桜の町を後にした。

マンションに戻った頃には夜が明け始めていた。くたびれた体を引きずるようにしてエントランスのドアを潜り、郵便受けに溜まっていた郵便物の束を小脇に抱えて自室に戻った。

柔らかい朝陽の差し込み始めたリビングでソファに身を埋めてウイスキーを飲んでいると、床に放り出した郵便物の中に、見慣れない色をした封筒があるのが目についた。和紙を思わせる淡いピンク色をした大判の封筒で、表に「重要」と赤字で記されていた。

今の俺にとって、澄香の死よりも重要な事柄など存在しない。そうは思いつつも、手に取って一応中身を確かめた。封筒の中には小冊子と数枚の書類が入っていた。

書類の一枚目の冒頭には「プロンプターへの選出のお知らせ」とあった。

このたびあなたは厳正な審査の結果プロンプターに選出されました。

通知書の中央に黒い太枠で囲まれた箇所があり、尾上の視線はそちらに引き寄せられた。枠の内部には、高砂霞の名があった。

*

二度と戻らないと思っていた桜の町に、翌週尾上は再び立っていた。今回は車をスーパーマーケットに停める必要はなかった。町外れにある、例の古い木造アパートへの入居手続きを前日に済ませていた。

　これから少なくとも数ヶ月、彼はそのアパートで過ごすことになる。この町に春が来るのはまだ二ヶ月も先の話で、厳しい寒さが三月末まで続く。それを踏まえるともっとまともな住居を選ぶべきなのだろうが、桜の町に戻ることを決めたとき、彼は何よりもまずそのアパートの部屋を押さえることを優先した。それ以外の選択肢は頭に浮かばなかった。

　実家にしばらく身を置くという手もあったが、拠点とするなら一人きりで気の散らない環境が望ましかった。両親のもとで暮らすということは、かつての弱い尾上を知っている人間の視線に晒されつづけるということでもあり、それは霞のプロンプターとして新たな人間を演じていく上で大きな障害になる。尾上の実家では霞との物理的距離が近すぎるという問題もあった。誰かと良好な関係を築く上で、過剰な身近さはかえって徒になることが多い。その点、古アパートは彼女の自宅から程よい位置にあった。

　着替えや日用品の入ったスーツケースを部屋に運び入れ、電気や水道に問題がないことを確かめた後、ホームセンターに行って最低限の家具を揃えた。布団と冷蔵庫と石油ヒーターと折り畳みテーブルを運び入れると、それだけで部屋のスペースは埋まってしまった。

　まあいい、と尾上は思った。高校を出て最初に借りた部屋に比べれば、これでもシャワーがついているだけずっとましだ。あちらは住居というよりは独房と呼んだ方がしっくりくる空間だった。

　桜の町での生活準備が一通り整うと、尾上は徒歩で駅を目指した。そろそろ霞が学校から帰ってくる時間だ。駅舎で待ち受けるつもりだったが、予想より一本早い電車に乗っていたらしく、駅が見えてくるより先に霞の姿が目に入った。尾上が片手を上げると、彼女はすぐに気づいて駆け寄ってきた。

霞は尾上の手前で雪道に足を滑らせて転びかけ、尾上はしっかりとその腕を摑まえた。厚手のコートを着ているにもかかわらず、その身体は不安になるくらい軽かった。

「ありがとうございます」と霞が照れ笑いしながら礼を言った。

その声に、表情に、仕草に、尾上は無意識に演技の要素を探してしまう。彼女が演技をする理由なんてひとつもないと知りながら。

「一週間ぶりですね」と霞は声を弾ませて言った。「もう帰っちゃったかと思ってました」

「事情が変わったんだ。この町にしばらく残ることにした。だから、君に挨拶しておきたくて」

「なるほど。なんとなく、そんな気はしていました」

「そんな気がしていた？」

「はい。そうだったらいいなあ、とも」

「なぜ俺が町に残ると？」

「ええと……」と彼女は少し言い淀んだ。「その、姉のこと、もっと詳しく調べようと思ってるんじゃないですか？」

尾上は一瞬返答に詰まった。滞在の理由を尋ねられたら適当にごまかそうと思っていた。だが向こうからそれを提供してくれるなら、乗らない手はないだろう。

「ああ。実は――」

しかし彼が言うより早く、霞が声を落として言った。

「尾上さんも、姉の自殺に違和感を持ったんですよね?」

　尾上は驚きを顔に出さないよう努めつつ訊き返した。「君はどう考えてる?」

「それは……」短い沈黙の後、彼女は言葉を選ぶようにして言った。「確かに姉は精神的に不安定な人でしたが、その点に自覚的な人でもありました。心の弱さから来る問題を、持ち前の頭の良さで強引に解決できてしまうような人だったんです。自分で自分をカウンセリングできてしまう、とでもいうか。実際、それで長いあいだ上手くやってきたんです。良くも悪くも溜め込みがちな性格で、仮に自分では処理しきれない問題が出てきても、周りに当たり散らしたりはせず、じっくり時間をかけて問題と向き合う人でした。姉のそういうところを、私は尊敬していました。ところが死の数ヶ月前、姉は突然人が変わったように周囲の人間を攻撃し始めたんです。姉の身に何か普通ではないことが起きたと考えるのは、自然なことではないでしょうか」そこまで一気に喋ると、尾上の顔色を窺いながら言った。「尾上さんも、そう考えたからここに戻ってきたんじゃないんですか?」

「まだはっきりとしたことは言えない」と尾上は言った。「ただ、君のお姉さんについて、いろんな人から話を聞いてみたい。君からの話はもちろん、彼女と親しくしていた人たちからも話を聞きたい。無意味なことだとわかってはいるが、そうしないことには俺の気が済まないらしい。だから協力してほしいんだ」

　君さえ迷惑じゃなければの話だけど、と彼は最後に付け加えた。でも彼女がそれを受け入れることは初めからわかっていた。サクラに選ばれるというのはそういうことだ。かつての尾上にとっての澄香や鯨井が、今の霞にとっての尾上なのだ。

「あ、いえ、迷惑だなんてそんな」霞は慌てて首を振った。「私にできることであればなんでも言ってください。それに実を言うと、私も尾上さんに聞いてみたいこと、いっぱいあるんです。だから、理由はどうあれ、町に留まってくれるの、嬉しいです」

ありがとう、と尾上は礼を言った。その口調がどことなく澄香や鯨井に似ていることに、少し後で思い至った。

どうやら俺は早くもサクラの役割に順応し始めているらしい。

中学卒業後の七年間は、サクラから逃げ惑う七年間だった。好意や善意を撥ねつけ、誰にも弱みを見せないようにすることで、プロンプターの付け入る隙を徹底的に排除した。自分に親切にする人間は全員漏れなくプロンプターだと疑ってかかることで身を守った。〈システム〉が自殺リスクを検知するメカニズムについて調べ上げ、健全な精神を装う方法を模索しつづけた（〈手錠〉を外して生活することも一度は考えたが、かえって〈システム〉に目をつけられる可能性もあったので諦めた）。

しかし、まさか自分がプロンプターの側に回る日が来るとは夢にも思わなかった。淡いピンク色の封筒が運んできた衝撃は、澄香の死と同じかそれ以上のものだった。

なぜよりにもよって尾上のような人間が霞のサクラに選ばれたのか、それは尾上自身にもわからない。霞にとって彼は顔見知り程度でしかなく、姉の友人以上の何者でもないはずだ。もっと親しい相手はいくらでもいるだろう。にもかかわらず、なぜ彼がその役に抜擢されたのか。

ひょっとしたら彼女の抱える問題は、身近な人間ほど対処しにくい性質のものなのかもしれないと尾上は推測する。確かにそういうタイプの問題は存在する。知らない顔ではない、程度の間柄でしか話し合いにくい問題もあるだろう。親しくなさこそが高砂霞のサクラの必須条件だった場合、なるほど俺は適任と言えなくもない。

あるいは彼女は俺という人間を誤解しているのかもしれない。澄香がサクラの演技に一貫性を持たせるためにプライベートでも俺に好意的なふりをしていて、当時幼かった霞はそれを額面通りに受け取り、ある意味で姉と対になる兄のような存在として俺を心に刷り込んでいた、という可能性。

こじつけようと思えばいくらでも理由はこじつけられる。しかし実際のところ、話はそれほど単純ではないのだろう。〈システム〉の高度な頭脳がサクラの適任者を導き出す演算過程など、およそ人間の脳には理解できまい。仮に一から丁寧に説明してもらえたとしても、おそらく途方に暮れるだけだ。

霞が自殺ハイリスク者と判定された過程にも同じことが言える。姉の自殺の影響と考えるのが妥当だが、〈システム〉が人間と同じように考えるとは限らない。

今わかっているのはただ一つ、尾上が高砂霞のサクラに選ばれたということだ。

それは彼にとって何を意味するのか?

たとえば彼は、その役割を通じて、澄香の分身とも言える女の子を自殺の危機から救い出すことができる。あるいは逆に、澄香の分身とも言える女の子の信頼を得た上でそれを裏切り、かつての彼と同じ目に遭わせてやることもできる。

疑似的な復讐。言うまでもなく、そこに意味はない。霞は澄香ではない。彼女に復讐をしたところで何の証明にもならない。それどころか、自分がもっとも忌み嫌っていた人々と同じ立場に自分を置くことになる。

しかし声だけの女が言う。**あなたは一体何に怯えているのか**、と。

俺がその怯えを克服するには、高砂霞を利用するほかない。尾上はそう確信する。彼女に罪はないが、その儀式を完遂することによってのみ、七年前の冬に止まった俺の時間は初めて動き出すのだ。

容易(たやす)いことだ。俺は霞のサクラとなる前から無数の人間を欺いてきた有能なサクラだ。若い女だって大勢相手にしてきた。画面越しのメッセージのみのコミュニケーションと対面でのそれとでは多少塩梅(あんばい)は異なるだろうが、今度の標的はまだ二十歳にも満たない少女で、おまけにこちらは〈システム〉のお墨付きと来ている。澄香や鯨井のような神業とまではいかないにせよ、そこら辺のサクラよりはよほど上手くやってのける自信がある。

高砂霞を澄香に見立てて復讐する。きっとそのために俺はこの町に戻ってきたんだ、と尾上は思う。

その後で彼女がどうなろうと、知ったことではない。


よかったら姉の部屋を見ていかないか、と帰り道に霞が言った。

「うちの親と顔を合わせる心配はありませんよ。今夜は私一人なんです」

「旅行にでも行ってるのか？」と尾上は尋ねた。

「いえ。姉が亡くなって以来、父も母もボランティアに精を出してるんです。自殺防止活動のボランティアですね。ほら、電話で悩みを聞いてあげる、あれです。その手のサポートを必要とする人たちって、深夜に電話をかけてくることが多いらしいんですよ。だから皆が眠ってからが本番なんです」

皮肉な話だ、と尾上は思った。娘の身に起きた悲劇を繰り返させないためにボランティアに勤(いそ)しんだ結果、もう一人の娘の危機を見逃してしまっている。

でも無理もないことかもしれない。こうして普通に話している限りでは、霞は自殺とは縁遠い人間のように見える。

「いつも家に一人じゃ寂しいだろう」

「寂しいですよ。だから尾上さんを連れて帰るんです」

霞のその冗談に、尾上は自然に微笑を返すことができた。使い慣れていない顔の筋肉を酷使している感じはあったが、すぐに慣れるだろう。昔はそんな微笑を澄香の前で何度となく浮かべていたのだから。

霞の家が近づくと、尾上はそれとなく周囲に目を走らせた。近隣住民が彼の帰省に気づき、彼の親の前でその話を持ち出したりしたら面倒なことになる。でもあたりに人影はなかった。踏み固められた雪道を行く二人の足音のほかに、物音らしき物音も聞こえなかった。

霞がドアを開け、玄関の照明をつけた。どちらかといえば手狭な、しかし綺麗(きれい)に片づいた雰囲気のよい玄関で、そこまでは尾上も過去に何度も目にしたことがあった。

しかし靴を脱いで一歩廊下に踏み出せば、そこからはもう未知の空間だ。あの頃、澄香が彼をここから先へ招き入れることはなかった。

暗い階段を上りきったすぐ先の部屋に、霞は尾上を案内した。そこがかつての澄香の部屋であることは説明されなくともわかっていた。彼女がその部屋の窓から顔を出して尾上に声をかけたことがあったからだ。

落ち着いた色調で統一された、大人びた女の子が暮らしていそうな部屋だった。つい昨夜掃除をしたばかりであるかのようにすべてが整然としていた。中央に敷かれた紺色のラグの上に小さなテーブルと座椅子があり、尾上はそこに座らされた。ヒーターの電源を入れると、霞はコーヒーを淹れてくると言って部屋を出ていった。

しばらくのあいだ、尾上は天井から吊り下がった青灰色のペンダントライトを手持ち無沙汰に見上げていた。住宅地のどこかで犬が二度短く吠えるのが聞こえたが、すぐにそれも静寂に呑み込まれた。ヒーターが温風を吐き出し始め、冬の匂いと石油の匂いが混じり合った懐かしい匂いが部屋を満たした。

俺はかつての俺にとって聖域だった場所にいるのだ、と尾上は思った。でもその事実は彼にどのような種類の感興ももたらさなかった。聖域を聖域たらしめていた女の子が今もそこにいたら、もちろん話は変わってくるだろう。しかし彼女はとうの昔に部屋を去り、今は妹がそこで別の生活を営んでいる。澄香の存在はかすかな残り香として漂う程度だ。

やがて霞が戻ってきた。コーヒーの入ったマグカップをテーブルに並べると、彼女は尾上の向かいに足を崩して座った。砂糖とミルクはいるかと尋ねられ、いらないと尾上は答えた。彼女もコーヒーには何も入れず、一口だけ啜ってからカップをそっとテーブルに戻した。

「君のお姉さんは、高校を卒業してからは一人暮らしをしていたのか？」と尾上は切り出した。

「大学はここからでも通える距離にあったんですけどね。家に籠もりがちな姉を見かねて、親が半ば無理矢理一人暮らしを始めさせたんです。週末は欠かさずこちらに帰ってきていましたし、私もよく姉のマンションに遊びにいっていたので、あんまり一人暮らしという感じはしませんでしたが」

　それから霞は澄香の通っていた大学の名を教えてくれた。桜の町から通える範囲にある大学の中では一番まともな大学だった。

「もっとも、一人暮らしを始めてからも姉の内向的な性格はなかなか改善されませんでした。家族の目を気にしなくてよくなった分、悪化したといってもいいかもしれません。でも一年生の秋頃に演劇を始めたことで他人と接する機会が増え、それからは外界にもいくらか関心を持つようになりました」

「演劇？」と思わず尾上は訊いた。

「まあ、姉を知っている人なら驚きますよね」と霞は目を細めて言った。「大学に通い始めてからというもの、姉は自分の時間を持て余しているように見えました。サークル活動にでも参加してみてはどうかと私は勧めたんですが、姉はどのような活動にも興味を見出せないようでした。尾上さんもご存知かとは思いますが、無趣味な人なんです。でもそれはあくまで姉が無自覚なだけで、本当は好きなことの一つくらいあるはずだと私は考えていました。そこで姉のモチベーションの方向性を探ろうと、何か今まで取り組んでみて楽しかったことはなかったかと尋ねてみたんです。すると、姉は中学生の頃の話をしました。文化祭で演劇をすることになり、たまたま重要な役を演じることになったけれど、あれは結構楽しかった、と懐かしそうに語ったんです」

その話は尾上からすると意外だった。鯨井が演劇に情熱を傾けていたのはよく覚えているが、澄香はどちらかといえば淡々と演技をこなしていたように見えたからだ。

「すかさず私は、だったら演劇サークルに入ってみてはどうかと提案しました。しかし姉は首を振り、あそこはちょっと自分の肌に合いそうになかった、と残念そうに言いました。どうやら既に、大学にある演劇サークルの活動を見学していたようなんです。それなら近場で活動している劇団を探してみようと私は姉を誘いました。といってもその時点では、自分の殻に閉じこもっている姉に刺激を与えるのが目的で、実のところ本気で劇団に入れようとは思っていませんでした」

「ということは、澄香の方が乗り気だったのか」

「そういうことです。劇団の情報が集まるにつれ、姉は意外な反応を見せ始めました。劇団がネットで配信している動画を熱心に視聴して、この劇団はここがよさそうだとかここが不安だとか、自分の考えをぽつぽつと口にするようになったんです。姉がそれほどまでに何かに前向きな関心を示すなんて、本当に久しぶりのことでした。そして終いには実力派で知られる劇団のオーディションを受け、一発でそれに合格してしまいました」

そこまで一息に話すと、霞はコーヒーを一口飲んで喉を潤した。

「君のお姉さんは」と尾上は言った。「昔から演技が上手だった」

「そうなんです」霞は自分のことを褒められたみたいに顔を綻ばせた。尾上がその言葉に込めた皮肉にはもちろん気づかなかった。「入団後も姉は基本的に裏方仕事を好んでいたようですが、その演技力は古株の団員の人たちにも高く評価されていました。本人が前に出たがらない性格なので、主役を張るようなことは最後までありませんでしたが」

「周りの人たちとも上手くやれていたんだ」

「ええ。劇団での活動を続けるうちに、姉は少しずつ外向性を取り戻していきました。もっともそれは劇団の人たちを相手にしているときに限った話でしたが、それでも姉にとっては大きな前進です。両親は手放しで喜んでいました。ただ、私としてはちょっと寂しい気もしました。それまではほとんど私が姉を独り占めしていたので」

「君は昔からお姉さんと仲が良かったね」

「私が一方的に懐いていただけかもしれませんが」と彼女は寂しげに言った。「劇団に入るよう勧めたのも、私が一番好きだった頃の姉に戻ってほしいという思いからでした。でも結果的に、姉は少しずつ私から離れていくことになりました」

「劇団にお姉さんを取られるようなかたちになった、と」

「入団を勧めたのは他でもない私ですから、自業自得なんですけどね。とはいえ、それだけで済めば、姉妹がそれぞれ自立できてめでたしめでたし、で終わる話でした」

霞はそこで一度言葉を切った。

「問題は、姉と劇団の人たちとの関係が、私が考えていたよりもずっと早く、深く、複雑に進行していたことにあります。いつしか、姉は深刻なトラブルの渦中にいました。いいえ、渦中にいたというよりは……」

霞は黙り込み、物思いに沈むようにじっと手元を見つめた。

「ここから先は、ちょっと私の口からは話せません。私の口から話してもあまり意味がない、というべきかもしれませんね。とにかくいろんなごたごたが劇団内であったんです。でもそれと姉の死が関係しているのかどうかは、今もって不明です。おしまい」

妙に歯切れの悪い終わり方だった。彼女の話の核心はその省略された部分にこそあるように思えた。しかし話したくないことを無理に聞き出そうとして彼女の心証を損なうのは避けたかった。それに本当は大して興味もないのだ。

「ありがとう。そこから先は、お姉さんの他の知り合いから聞くことにするよ」

「たぶん、それが一番いいと思います」と霞はほっとしたように言った。「明日、まずは座長さんと連絡を取ってみます。劇団の内情に一番詳しいのはあの人でしょうから。それから、姉と親しくしていた団員の人たちにも声をかけてみます」

「助かる。君の連絡先も教えてもらってもいいか？」

「私の？　ええ、喜んで」

霞は手首に嵌めた〈手錠〉を尾上の方に差し出した。尾上も同じようにして、〈手錠〉を軽く触れ合わせて互いの連絡先を交換した。

階段を降りて玄関まで来たところで、霞が言った。

「ご自宅、すぐそこですよね。お送りしますよ」

尾上は首を振った。「実を言うと、ちょっとした事情があって、両親には帰ったことすら知らせていないんだ。今は近くにアパートを借りてそこに住んでる」

そしてアパートの場所を口頭で説明した。霞もそのアパートは印象に残っていたらしく、簡単な説明ですぐに理解した。尾上の言う「ちょっとした事情」については何も尋ねなかった。

「そこに一人で住んでるんですか?」

「もちろん」

「じゃあ、今度遊びにいってもいいですか?」

「狭くて寒くて何もない部屋だけど、それでよければ歓迎するよ」

「嬉しいです」と霞は言った。「卒業まで、結構暇なんですよ。家にいても退屈だし、学校もそんなに好きじゃないし。姉のマンションにはもう遊びにいけなくなっちゃったから、代わりの隠れ家があればいいなって」

「隠れ家としては優れた場所かもしれない」

「楽しみです。座長さんと話がついたら連絡しますね」

尾上はあらためて礼を言ってから霞の家を後にした。ドアが閉まるその瞬間まで、霞は肩のあたりで小さく手を振っていた。

門を出た後で尾上は振り返り、霞の部屋の窓に目をやった。カーテンは閉まっていたが、隙間から淡い光が漏れているのが見えた。

計画は順調すぎるくらい順調に進んでいる、と尾上は思った。このわずか数時間のうちに、霞との距離は大きく縮まったように感じる。澄香に並々ならぬ執着を抱いているという点で俺たちは似たもの同士であり、その共通点を上手く擦り合わせていけば、彼女の信頼は簡単に勝ち取れるだろう。特別なことをせずとも、澄香の自殺の真相を追っているふりをするだけで霞との接点は保たれる。この調子でいけば、一ヶ月後にはもう目的を達成してもとの生活を取り戻しているかもしれない。

本当に与し易い相手だ。
あの頃の俺も、きっとそんな風に見えていたのだろう。

5

サクラ妄想が芽生える原因は様々だ。尾上(おがみ)のように実際にプロンプターと関わることによって疑心暗鬼に陥る者もいれば、プロンプター制度の存在を知ったその日から妄想に取り憑(つ)かれる者もいる。特殊な環境のせいでそうなった者もいるし、自身の魅力が引き寄せたに過ぎない人々をサクラと見誤る者もいる。いずれにせよ、彼らは尾上と同様に常にサクラの影に怯(おび)え、他者を遠ざけて孤立した生活を送っている。

何年か前に、尾上はそのような同病者の手記を読み漁(あさ)ったことがあった。自分の問題を解決するヒントが含まれているかもしれないと思ったからだ。だがなんの参考にもならなかった。妄想を振り払うことに成功していたのはもとから症状の軽かった者か、別の妄想に取り憑かれた者くらいだった。

手記を読み進めるうちに、尾上はサクラ妄想の患者が共通して抱えているジレンマに気づいた。それは端的に言えばこういうことだ――他者に怯える人間が、だからといって他者を必要としなくなるわけではない。

むしろその多くは、人一倍他者を求めていると言ってよい。サクラ妄想に悩まされる人々が立ち上げた〈プロンプター制度被害者の会〉〈花枯らしの集い〉のような場を覗(のぞ)いてみれば、それは一目瞭然だ。そのような場では、彼らは驚くほど社交的になる。それまで取り逃してきた、そしてこれから取り逃すであろう社交の機会の穴埋めに必死になる。日々持て余している愛情やら親切やらをここぞとばかりに消費しようとする。

　症状の軽い患者同士で強い連帯が生じ、そこから友人関係や恋愛関係に発展することもある。そのほとんどは、しかし残念ながら長続きしない。あまりに長いあいだ孤独でいた人々は、「他者」という存在に過大な期待を抱かずにはいられない。そして実際に友人や恋人を得て、激しい失望を味わう。なんだ、自分が今まで夢見てきたのはこの程度のものだったのか、と。

　一方、症状の重い不信の塊のような患者になると、サクラ妄想患者の集まりの中にすらサクラを見る。私を取り囲むこの人たちは本当はサクラの被害者なんかではなく、私を励ますために同病者のふりをしているだけのサクラではないか。私が知らなかっただけで、既にそういった〈サクラ妄想解消のためのサクラ〉のような二重咲きの罠(わな)がそこかしこに仕掛けられているのではないか。等々。要するに、症状の軽重にかかわらず、サクラにかけられた呪いはいつまでもつきまとう。

　だからといって彼らが人生に絶望しているかといえば、案外そうでもない。彼らは月並みな代替手段を用いて孤独を上手(うま)くやり過ごしている。孤独は何もサクラ妄想患者だけの特権ではない。それは遥(はる)か昔からそこにあったのだ。

　ではサクラの方はどうなのか。〈システム〉によってプロンプターに選任されサクラを演じた人々は、その役割から解放された後、何事もなかったかのようにノーマルな人生に戻っていけるのか。

　実を言えば、彼らは彼らでそのいびつな関係性の後遺症を引きずることがある。自殺ハイリスク者の面倒を見ることに疲れ果て、自殺ハイリスク者全般に偏見を抱くようになる者も少なからずいる。二度とサクラに選ばれることのないよう、故意に他人と距離を置くようになる者もいる。

しかし全体として見れば、元サクラの大半はその経験を肯定的に捉えている。中には新たに別の誰かのサクラになることを希望する者もいる。もちろん身近に自殺ハイリスク者がそう何人も現れるものではなく、彼らが再びサクラに指名される可能性はゼロに近い。そこで彼らは満たされない欲求を埋めるために、サクラではないが限りなくサクラ的な立場に身を投じていく。対人支援ボランティアに精を出すとか、カウンセラーを目指すとか、自殺防止センターの相談員になるとか、そういった道だ。

もとからそのような資質があったからこそサクラに抜擢(ばってき)されたのだと考えることもできるが、異なる見方もできる。彼らはサクラを演じつづけるうちに、サクラ的なコミュニケーションの中でしか生きられなくなった、という見方だ。常に与える側、助ける側、受け止める側に立っていないと満たされなくなった。与えられる側、助けられる側、受け止められる側に立つことに自尊心が耐えられなくなった。

それ自体は必ずしも悪いことではない。少なくとも彼らに害はないし、本人もそのような自分に満足しているように見える。しかしいずれにせよ、サクラ側にも人生を狂わされる者がいるということは記憶に留(とど)めておいてもよいかもしれない。そもそも自殺ハイリスク者がいなければ、彼らもサクラにならずに済んだということも。

古アパートで霞(かすみ)の連絡を待つだけの日々が続いた。〈座長〉なる人物とのアポイントメントが取れたらすぐに動けるように、尾上は桜の町からは一歩も出なかった。退屈な町だが、そこで育ったおかげで退屈には耐性がついている。

　適当な用事をでっちあげて霞に会いに行き、親睦を深めるという選択肢もあった。しかし彼女との再会からまだ日は浅く、この段階で急速に歩み寄るのはかえって逆効果にも思えた。そういう性急さが命取りとなることを、彼はマッチングアプリでの経験から学んでいた。当面はあえて何もしないのが最善手だろう。

　古アパートの住み心地は予想を裏切らずひどかった。小さな石油ヒーターを一台買ってあったが、どんなに設定温度を上げても暖かいと思える一歩手前までしか部屋は暖まらなかった。まるで鯨井（くじらい）の家のガレージみたいだ、と尾上は思った。あそこもいくらストーブで暖めても十分に暖まることはなかった。

　一日おきに、町に雪が降った。いかにも二月の雪らしい可愛（かわい）げのない雪で、ガードレールや電線の上にまで抜け目なく降り積もった。アパートの屋根はずっしりとした氷混じりの雪に覆われ、その縁から太く鋭利な氷柱（つらら）が何本も伸びていた。これでよく屋根が崩れ落ちないものだとアパートを出入りするたびに尾上は感心した。

　気が向くと、共用部に置かれている除雪スコップでアパートの前の雪かきをした。アルミ製のスコップで、赤い持ち手が雪の中でもよく目立った。近所に住む人々はかき出した雪をスノーダンプに載せて運んでいた。どこかに雪捨て場のようなものがあるらしかったが、場所がわかったところでそこまで運ぶための道具もなかった。だから雪は敷地の隅にどんどん積み上がっていき、立派なかまくらが作れそうな雪山ができた。

もちろんアパートには尾上の他にも住人がいたが、彼らは冬眠でもしているみたいに大人しかった。極力生活音を発さず、他の住人と顔を合わせないように息を潜めて生活していた。夜中に部屋でじっとしていると、時折床の軋(きし)む音が壁越しに聞こえ、それでようやくこのアパートにいるのが自分だけではないと実感できた。

洗濯機を設置するスペースが部屋になかったので、着替えの予備がなくなると、近所の小さなコインランドリーを利用した。真夜中のコインランドリーで洗濯機の駆動音を聞いていると、古い時計台の機械室にいるみたいに心が安まった。時計台なんて入ったことはないから想像に過ぎないが。

その日は朝早くにアパートを出て県の精神保健福祉センターに向かった。不便な立地で知られる施設だが、尾上の住む古アパートからは車で三十分足らずの距離にあった。

センターの建物は冬のぱっとしない曇り空を思わせる色合いをしていた。いかにも精神とか福祉とかいった言葉の似合いそうな小綺麗(こぎれい)な施設だ。でも中に入ってみると、外から見た印象よりも建物はずっと古びていた。隅々まで綺麗にはしてあるものの、どこか磨(す)り減ったような雰囲気が建物全体に漂っていた。

プロンプター養成研修の開始まではまだ時間があった。尾上は外に出てベンチに座り、コンビニで買ったサンドイッチを食べた。十分ほどベンチに座っていたが、そのあいだ建物を出入りする人間は一人も見かけなかった。ひょっとしたら一人で研修を受けることになるのかもしれない。

しかし開始時刻の五分前に研修室に入ると、既に十人前後の男女が席に着いていた。大半は若者で、一番年嵩の男でも三十に届くかどうかというところだ。制服姿の男子高校生もいたが、さすがに中学生は見当たらなかった。澄香と鯨井のような例はやはり稀なのだろう、と考えながら尾上は指定された席に着いた。そして講師の到着を待った。

　マッチングアプリのサクラを始めてからというもの、澄香と鯨井がいかに優秀なサクラであったかを、ことあるごとに尾上は思い知らされていた。サクラとしての腕が上がるほど、自分の話し方（あくまでテキストメッセージだが）や言葉選びがあの二人に近づいていくのがわかった。人の心の柔らかい部分、どうやっても鍛えることのできない急所のようなところを的確に撫でる術を、あの二人は十代前半で既に身につけていた。それだけでなく、嘘を嘘と思わせない巧みな演技力も。

　澄香の演技を見抜けなかったのは、まあ仕方のない部分もある。教室で爪弾きにされているときに密かに憧れていた女の子に優しく声をかけられて、冷静でいられるはずがないのだ。

　しかし鯨井は違う。澄香が初めから尾上に好かれる要素を持ち合わせていたのに対し、鯨井は多くのハンディキャップを背負っていた。一度は尾上の恨みを買っておきながら、それを乗り越えて尾上の信用を摑み取ったのだ。

　ただ、そこには偶然も大きく作用していたのではないか、と尾上は考えている。確かに鯨井はどこまでも自覚的に、俺と気の合う友人を演じようとしていただろう。それは間違いない。しかしいくらなんでも、同じ映画のディスクケースを秘密の隠し場所に選ぶというのは狙ってできることではない。

　おそらく俺たちのあいだには実際に重なり合う部分があったのだ。だが鯨井が俺のサクラでなかったら真実の友情が芽生えていたかというと、それはまったく別の話だ。俺たちの共通点は、どちらかといえば同族嫌悪の材料にしかならなかっただろう。

研修は午前と午後の部に分かれ、午前の部はプロンプター養成ビデオを眺めているだけで終わった。ビデオはありきたりな内容だった。プロンプターについて少し調べたことがあれば既に知っているような話ばかりだ。自殺ハイリスク者と付き合う上での基本的な姿勢。行いがちな誤り。対応の実例。

他の研修者も最初の一時間は真面目にビデオを見ていたが、やがて集中が切れてよそ見が増え、中には居眠りを始める者もいた。それくらい退屈なビデオだった。そもそもここで挙げられているような心得を誰かに教わらなければ実践できないような人間がプロンプターに選ばれるとは思えなかった。それでも念には念を入れて、ということなのだろうが。

午前の部と午後の部のあいだには二時間半の休憩が挟まれていた。食堂で昼食を取った後、尾上は屋外の喫煙所に向かった。この手の施設に喫煙所があるのは不思議な気もするが、この手の施設だからこそ切実に喫煙を欲する人間がいるのかもしれない。煙草(たばこ)を吸い終えると、近くにあったベンチに座って無心で風に吹かれた。

施設周辺には時間を潰せるような場所もなく、尾上はその後も煙草を吸いながら時間を潰した。二時間半の休憩というのはちょっと長すぎるように思えた。ひょっとすると、他の研修者はこの時間を利用して研修者同士で交流しているのかもしれない。あるいは熱心にビデオの内容を振り返り、自らに課せられた使命の重みを噛(か)み締めているのかもしれない。

そういった期待込みでの休憩時間だとしたら、俺は見事にその期待を裏切っていることになる。悪いとは思うが、責任があるとしたらそれは俺ではなく、俺などをプロンプターに選んだ〈システム〉にあるだろう。

午後の部では演習が行われた。午前の講義の内容を踏まえ、実際にプロンプターとして自殺ハイリスク者と面談することになった。もちろん本物の人間を相手にするわけではない。シミュレータを用いた模擬演習だ。モニタに映る架空の自殺ハイリスク者から相談を受け、その対応が適切であったかどうかを評価される。もっとも、不適切な対応を繰り返したからといって何かペナルティがあるわけではない。

「むしろ、今のうちにたくさん失敗しておこう、くらいの気持ちで臨んでください」と研修担当の職員は言った。「ここでの失敗はいくらでも取り返しがつきますから」

それから二時間のあいだに、尾上は九人の自殺ハイリスク者と面談した。そのうちの五回は「不適切な対応」と評価された。「不適切な対応」が自殺阻止の失敗を意味しているのだとしたら、二時間で五人を死なせたことになる。なかなかの手際のよさだ。

尾上としては、九人ともに無難な対応をしたつもりだった。少なくとも午前の研修の内容に反した対応は一度も行っていない。おそらく相当理不尽な難易度に設定してあるのだろう。自殺阻止の難しさを印象づけるための演習であって、たとえ現職のカウンセラーでも全員は救えないようにできているのではないか。でなければ、シミュレータが予想以上に高性能で、尾上が内心では彼らの自殺を止める気がないことを見抜いているかのどちらかだ。

九人目の面談を終えたところでヘッドフォンを外すと、いつの間にか演習室には彼一人だけになっていた。防寒具を外した瞬間に肌を刺す冷気のように沈黙が耳を刺した。他の研修者は既に演習を終えて移動したらしい。

尾上にはまだ十人目が残っていた。

ヘッドフォンを被り直し、端末を操作してシミュレーションを再開した。

最後の一人は少年だった。陰気な顔をした十四歳くらいの少年だ。

少年は尾上と目を合わせようとせず、自分からは口を開くまいと心に決めているみたいだった。自分の意思で相談しにきたのではなく、誰かに連れてこられたという設定なのかもしれない。

こちらから声をかけるべきなのだろうが、なぜか言葉が出てこなかった。

根比べは五分近くに及んだ。先に音を上げたのは少年の方だった。

「何かの間違いじゃないかな」と少年は言った。「僕は別に死ぬことなんて考えてないし、毎日楽しく過ごしているけれど」

俺もそう思っていたさ、と尾上は言った。

でもひょっとしたら、お前は自分でも知らないうちに崖っぷちに立たされているのかもしれない。

お前の目に映っているものはすべて偽物で、世界は明日引っ繰り返るかもしれない。

そうなったときの心構えをしておいた方がいい。

少年は長いあいだ無言で尾上の目を見つめていた。

やがて画面から少年の姿は消え、「不適切な対応」のメッセージが表示された。

翌日の昼過ぎに霞から電話があった。

「ようやく座長さんと連絡がつきました。急で悪いんですけど、今日の夕方って空いてますか?」

「いつだって空いてる」と尾上は言った。

「よかった。それじゃ、座長さんに伝えておきますね」と霞は言った。「遅くなっちゃってすみません。あの人、劇団を解散するにあたっていろんな処理に追われていたみたいで」

「解散?」

「あ、そういえば言ってませんでしたね。解散するんです、姉がいた劇団」

尾上は少し考えてから訊いた。「君のお姉さんの件と何か関係があるのか?」

「それもあります。ただ……詳しい話は、座長さん本人に聞いた方が早いと思います」

「なるほど」それ以上は追及しない方がよさそうだと尾上は判断した。「それで、俺はこれからどうすればいい?」

「稽古場に向かってもらいます。尾上さんのアパートから一時間とかかりません」

霞は稽古場への道順を説明した。同じ町の育ちだとこういうとき話が早い。

「古い倉庫を改装した建物です。近くには他に建物もないので、簡単に見つけられると思います」

彼女の声の背後からはかすかなざわめきが聞き取れた。そのどれもが若々しい張りのある声だった。

「もしかして、学校からかけてる?」

「はい。昼休みなんです」と霞は声を潜めて言った。「学校の中で学校に関係ない人と話をするのって、なんだか妙な気分ですね」

「俺も似たようなことを考えてた。何かよからぬことをしている感じがする」

「よからぬこと」と彼女は繰り返した。そしてくすくす笑った。

「ところで、座長の名前はなんていうんだ？」

しばらく沈黙があった。予鈴らしき音が尾上の耳に届いた。

「すみません、忘れちゃいました。姉はいつも〈座長さん〉としか呼んでいなかったので」

「別にいいさ」

「あ、でも尾上さんの名前は覚えてますよ。尾上さんでしょう」

「よく覚えてたな」

「私と尾上さんの仲ですから」

「そうか」

「あと、申し訳ないんですが、今回私は同行できません」

「まだ学校が忙しい？」

「いえ、そういうわけじゃないです。でも話の性質上、姉の身内は同席しない方がいいでしょう？」

もっともな意見だった。その場に自殺者の身内がいたら、当たり障りのない話しか引き出せなくなるだろう。

「だから今回は尾上さん一人で行ってもらいます。話が済んだら電話をください。夜遅くでも構いませんので」

「ああ」

「今夜も冷え込むそうなので、あったかくしていってくださいね。それでは」

そう言って彼女は電話を切った。

時計はまだ午後二時を回ったばかりだった。この空き時間を利用して何か準備をしておくべきだろうか？　質問事項をまとめておくとか、劇団について調べておくとか。とはいえ、準備を怠って大した話が聞き出せなかったとしても支障はない。澄香の死の真相についてはそれほど興味がない。霞と良好なサクラ関係を築くために澄香の死を利用しているだけだ。

結局、約束の時間までぼんやりと過ごした。霞がそのうちに遊びに来ると言っていたことを思い出して掃除をしたが、それも十分足らずで終わった。

それにしても、と尾上は思う。彼女には警戒心というものがないのだろうか？　一人暮らしの男の部屋に遊びにいくというのがどういうことかわかっているのだろうか？　両親のいない夜に俺を自室に上げたのだって、よくよく考えてみればかなり危うい。それくらい姉の友人を信用しているということなのか、あるいは甘く見られているのか。それとも男の家に遊びにいくくらい彼女にとっては茶飯事なのか。

いずれにせよ、友人と無縁の生活を送ってきた尾上には理解の及ばない話だった。

稽古場として使われていた倉庫は畑道を進んでいった先の線路脇にあった。出入り口のドアは建物の脇にあり、表には錆(さ)びついたシャッターが下りていた。田舎によくある消防団の器具庫を思わせる造りだ。昔は本当にそうだったのかもしれない。

倉庫の前には古い型の軽トラックが停（と）まっていた。トラックと倉庫のあいだには何度も往復した足跡があった。荷台には折り畳み椅子、パイプ、ベニヤ板などが乱雑に積まれていた。

尾上はトラックの荷台にもたれて煙草に火をつけた。線路を挟んだ向こう側には雪を被った針葉樹林が広がっていた。警笛が遠くで鳴り、少し間を置いて列車が倉庫の裏を通過した。列車が去るとあたりの静けさは一段と強調された。まったくの無音というわけではないのだが、雪が地形だけでなく物音まで均（なら）してしまっているみたいだった。

煙草を吸い終えると、尾上は足跡に沿って倉庫へと歩いていった。そのときドアが開き、段ボール箱を抱えた男が足でドアを支えながら出てきた。暗闇で作業をしていたのか、男はしばらく眩（まぶ）しそうに目を細めていた。ほかに人のいる気配がなかったので、彼が〈座長〉だろうと尾上は判断した。

尾上が会釈してから名を名乗ると、〈座長〉はわかっているという風に肯（うなず）いた。

「中に入っててくれ。これを置いてくるから」

尾上はドアの前でブーツの雪を落としてから倉庫に入った。中は暗く、目が慣れるまで数秒を要した。採光窓から差し込んだ光がコンクリート敷きの床をぼやけた四角形に照らしていた。庫内に残っているのは段ボール箱だけで、そこが稽古場であったことを示すようなものは見当たらなかった。ここで芝居の稽古に励む澄香を想像しようとしてみたが、上手くいかなかった。

〈座長〉はすぐに戻ってきた。折り畳み椅子を荷台から二脚持ってきて、向かい合わせるように組み立てた。ほとんど空っぽの倉庫の真ん中に椅子が二脚だけ置かれているというのは何かしら奇妙な光景だった。

「寒くて悪いな。ストーブは昨日処分しちゃったんだ」

〈座長〉は背が高く細身で、髪は明るい色に染められていたが、その種の容姿に伴いがちな攻撃的な雰囲気はまったく感じられなかった。年は三十手前というところだろう。スウェットシャツの上に着ているひび割れたムートンジャケットは、離れていても古い革の匂いがした。

「作業がちょっと遅れてててな」庫内に散らばった段ボール箱を顎で示しながら〈座長〉は言った。

「悪いがもう少しだけ待っててくれ。すぐに終わる」

「手伝いますよ」と尾上は言った。そうするほかない。

「お、そうか。助かるよ」

初めからそれを当てにしていたみたいに〈座長〉は微笑(ほほえ)んだ。

二人で協力して段ボール箱を片づけた。尾上がトラックまで運び、〈座長〉がそれを受け取って荷台に積み上げた。すぐに体が温まり、尾上は上着を脱いだ。チャットオペレーターを始める前は、こういう日雇いバイトが主な仕事だったから慣れたものだった。

体を動かすのは悪くない気分だった。目の前のことしか考えなくて済む。

「あいつら、忙しい忙しいって言って手伝いにも来ないんだ」〈座長〉は時折作業を中断して団員への愚痴をこぼした。「俺だって仕事の合間を縫ってどうにか時間を捻出してるのにな。ここ、ほとんど俺一人で片づけたようなもんだぜ。ぼろいトラックで雪道を何往復もしてさ。大体、あいつらの何が忙しいもんか。ちょっと前までは用がなくたってここに集まって騒いでたんだぜ。それが、劇団の解散が決まった途端に一丁前に多忙なふりしやがって。創設メンバーでさえそうだ。薄情なもんだよな。まあ、今やお互い顔を合わせにくいってのもあるんだろうが……」

荒々しい口調の割に、本気で腹を立てているようには見えなかった。もはやその怒りは彼にとって過去のもので、間を持たせるためにわざわざ引っ張り出してきたに過ぎないのだろう。

荷物をロープで荷台に固定し、後片づけが一段落する頃にはあたりは闇に包まれていた。その夜はめずらしく雲間から月が見えた。

〈座長〉はカセットコンロと小さな薬缶で湯を沸かし、インスタントコーヒーを淹れた。二人はトラックの荷台の縁に腰かけてそれを飲んだ。〈座長〉が煙草に火をつけるのを見て、尾上も〈手錠〉を外してから煙草を取り出した。ライターのフリントを擦ると、火花で視界の中心が一瞬白く眩んだ。

「さて、澄香の話だったな」〈座長〉はコーヒーの入った紙コップを荷台の脇に置き、両手を温めるように擦り合わせた。「妹の方から大筋は聞いてるよ。自殺の真相について調べてるんだって？」

「そんな大層なことじゃありません。ただ話を聞いてみたくて」

「あんた、あの女とはどんな関係だったんだ？」

「ただの友人です」そう言って尾上は煙草を指で叩き、灰を地面に落とした。「いや、ただの友人だったらわざわざここまでしませんね。それなりに複雑な関係の相手、とだけ言っておきます」

〈座長〉は肯いた。「そもそも澄香には『ただの友人』なんて一人もいなかったんじゃないかな。あの女を相手に特別な感情を抱かずにいられる人間がいるとしたら、そいつは聖人か何かだ」

「あなたも澄香に特別な感情を抱いていた、という意味でしょうか？」

「自分の劇団を潰されたんだからな。そりゃ思うところもあるさ」

「澄香が劇団を潰したんですか？」

「団員のほとんどはその見方を支持しているよ」

そういえば、霞は劇団内のトラブルについて言葉を濁していた。

いつしか、姉は深刻なトラブルの渦中にいました。いえ、渦中にいたというよりは……

彼女こそがその渦の発生源だった、ということなのだろうか。

「そのあたりの話も、詳しく聞きたいですね」と尾上は言った。

「俺は一向に構わないが」と〈座長〉は言った。「もしあんたが高砂澄香という女を今も好きでいるなら、何も聞かずに帰ることを勧める。きっと嫌な思いをするだろうから」

「承知の上です」

まあそうだよな、と〈座長〉は煙を吐きながら言った。

「かなり回りくどい話とその短縮版があるが、どっちを聞きたい？」

「どうせなら、回りくどい方でいきましょう」

「それがいい」と彼は言った。「俺は話を要約するのが下手だからな」

*

〈座長〉の高校時代のクラスメイトに、一人の死にたがりがいた。死にたがりは名を茅場と言った。もし茅場が同じクラスにいなければ、そして茅場が死にたがっていなければ、〈座長〉が座長となることはなく、何かもっと別の生き方を選んでいたはずだ。

　もっとも劇団が解散した今、彼の肩書きは正確には〈元座長〉だ。そして今のところ、それに代わる新たな肩書きは見つかっていない。たとえ今後別の何かになれたとしても、自意識を塗り替えるには長い時間がかかるだろう。ある時期まで、それは彼にとって親に授けられた名前よりもずっと重要な響きを持っていたのだ。

　ひょっとすると俺は一生〈元座長〉の肩書きを引きずって生きていくのかもしれない、と彼は時折思う。それは彼のささやかな栄光の時代の名であると共に、彼の夢の残骸の名でもある。

〈座長〉のもとに淡いピンク色の封筒が届いたのは高校二年の春だった。茅場のサクラとなってから、その関係は高校を卒業するまで続いた。その後、茅場がどうなったのかはわからない。また新たなサクラに支えられているかもしれないし、とっくに自殺を遂げてしまったかもしれない。ひょっとしたら今度は彼自身がサクラになっているかもしれない。

　茅場がなぜ死にたがっていたのかは、最後まではっきりしなかった。本当に死にたかったのかどうかも定かではない。〈座長〉の確認できた範囲では、茅場には人生に絶望しなければならない理由は一つもなかった。茅場はどのような観点から見ても平凡な一人の男子高校生であり、特段幸福ではないにせよ、特段不幸でもないように見えた。

　危険因子があるとすれば、それは数年前に茅場の親戚が一人自殺していることだった。遺伝子と自殺リスクの関連についての知識がなくとも、自殺という行為に伝染性があることは、心の問題に疎い〈座長〉にも容易に想像できた。身近な人間が何かを達成すると、それは途端にとっつきやすい選択肢に変わる。血の繋がった人間にそれができたのなら自分にできない道理はない、というわけだ。

〈座長〉は人助けに自分の存在価値を見出（みいだ）すタイプの人間ではなかった。しかし、何事もやるからには上手くやらねば気が済まない性質ではあり、サクラとしての義務は怠りなく果たした。茅場が彼のことを無二の親友と思い込むくらいに巧みに自分を偽り、日々演技の作法を洗練させていき、そこにゲーム的な楽しみを見出しさえもした。

　実のところ、〈システム〉がプロンプターとして選ぶのはこの種の人間が多い。利他の心や自己犠牲の精神などは評価対象にはならず（もちろん加害傾向がある人間が選ばれることはないが）、とにかく柔軟性が高く、情緒が安定した人物が優先的に指名される。それくらい強靱（きょうじん）な人間でなければ、逆に自殺願望が伝染してしまう危険があるということだ。

　サクラとしての第二の自分を演じるうちに、〈座長〉は演技という行為の奥深さを知っていった。それまでは演劇なんて、せいぜいごっこ遊びの延長線上くらいにしか考えたことがなかった。しかしそのゲームを本気で追求したとき、人はある意味で人生そのものを試されるのだと彼は思った。自分というものを、他人というものを、世界というものを今までどれだけ注意深く観察し、そこに厳格な考察を加えてきたか、それがその人の演技に如実に表れる。こんなゲームはちょっとほかにない。

　とはいえ、その時点では自分が本格的に芝居の世界に関わるようになるとまでは想像していなかった。サクラとしての義務は、楽しみを見出そうと思えば見出せるものの、彼にとって負担であることに変わりはなかった。ほかに魅力的な友人がいくらでもいるのに、まるで興味のない退屈な人間に縛られているのだ。これを消耗と呼ばずになんと呼ぶのか。

　茅場は平凡な人間だけに平凡な欠点を備えており、彼に対して呆(あき)れたり腹を立てたりする瞬間は何度となくあった。そんなときも、表面上は理解者のふりをしなければならない。次第に、茅場を憎む気持ちが〈座長〉の中に育っていった。


　しかし彼が茅場に愛想を尽かす寸前に、〈システム〉が動いた。茅場の自殺阻止には〈座長〉一人では手に余ると判断した〈システム〉は、第二、第三のプロンプターを茅場のもとに送り込んだ。

　最初はそうとは気づかなかった。〈座長〉の目には、ごく自然に茅場に新しい友人ができたようにしか見えなかった。新しい友人は二人いて、柿本(かきもと)は小柄で口が達者なムードメーカー、薄墨(うすずみ)は大柄でどっしりと構えたクラスのまとめ役のような存在だった。

　二人は茅場経由で〈座長〉ともすぐに打ち解け、それからは四人一組で行動することが多くなった。おかげで〈座長〉が茅場と二人きりにされることは滅多になくなり、彼のサクラとしての負担は激減した。放っておいても二人が茅場を上機嫌に保ってくれるから、〈座長〉はその横で相槌(あいづち)を打ったり曖昧な笑みを浮かべたりしているだけでよかった。

　しかしそのグループが成立してからというもの、〈座長〉は何か名状しがたい違和感を時折覚えるようになった。違和感は目に見えない澱(おり)のように少しずつ、だが着実に募っていった。このグループは何かがおかしい。もちろん俺というサクラが混じっているからというのもあるだろうが、それを差し引いてもやはり不自然な部分が残る。

柿本と薄墨の登場は〈座長〉にとっては願ってもないことであり、二人が一体茅場のどんなところに惹かれたのか、なぜクラスの人間関係が固まりきった今になって茅場とつるむ気になったのかといった疑問には目をつむっていた。だが一ヶ月も過ぎる頃には再びその疑問と向き合わざるを得なくなっていた。彼らは一体何が目的で茅場に近づいたのだろう?

注意深くグループを観察しているうちに、違和感の原因が次第にはっきりしてきた。それは多くの場合、奇妙なシンクロニシティのかたちを取って表れた。茅場を除いた三人のあいだで、ほとんど同じ言葉を同時に口にするという偶然が、数日に一度は起きていた。しかもそれは〈座長〉がサクラとして茅場に働きかける必要に迫られたときに限って起きた。もっとはっきり言えば、茅場に向かって心にもない励ましや世辞を言おうとしたときのみ、シンクロは生じた。

試しに数日間サクラの義務を完全に放棄して二人に茅場を任せてみたところ、問題は一切生じなかった。〈座長〉が抜けた穴は、二人が綺麗に埋めてくれた。

こいつらの存在は俺にとって都合がよすぎる、と〈座長〉は思った。まるでサクラとしての俺が三人に増えて、俺の代わりに働いてくれているみたいだ。

いや、というか、まさにその通りなのではないか?

彼らは俺の手伝いをするために遣わされた新たなサクラなのではないか?

その疑念を、しかし〈座長〉は二人に直接ぶつけようとはしなかった。仮に柿本と薄墨がサクラだったとして、そのことを互いにはっきりさせてしまったら、三人それぞれの演技に隙が生じると思ったのだ。一人でサクラを務めていたときの緊張感が失われ、自分がミスをしても他の二人がカバーしてくれるだろうと無意識に油断してしまう。

演者が三人いるということは演技が見抜かれるリスクも三倍になる。それが〈座長〉の考えだった。おそらくは柿本と薄墨も同じ考えを持っていたのだろう。高校を卒業するその日まで、三人は素知らぬ顔で茅場のサクラを演じ抜いた。

卒業式の翌日、〈座長〉のもとに例の淡いピンク色の封筒が再び届き、彼はプロンプターの義務から解放された。茅場の自殺リスクが安全なところまで減少したのかもしれないし、あるいは環境の変化と共に、より相応しい人物に役割が受け継がれたのかもしれない。グループの四人はそれぞれ別々の大学に進み、彼らの関係はそこで終わったかに見えた。

進学後、〈座長〉は解放感に満たされていた。これからはもう自殺志願者のお守りなどせず、自分が付き合いたいと思った人間とだけ付き合っていける。そう思うだけで心が軽かった。

当初、〈座長〉は二年間に及ぶサクラの日々を純粋な消耗と見なしていた。しかしサクラとは無縁な通常の人間関係に立ち戻った後、彼はその考えをあらためることになった。サクラの経験は彼の演技力や観察力、そして何より忍耐力を飛躍的に成長させていた。おかげで彼は、大学という新たな環境を舞台に、自分でも驚くほど器用に立ち回ることができた。

茅場の理解者のふりを続けることに比べれば、そのゲームはあくびが出るくらい簡単だった。少し会話を交わしただけで〈座長〉はその相手が無意識に求めている人間像が手に取るようにわかったし、その像の演じ方も瞬時に導き出せた。体の色を変えて周囲の風景に同化する生き物のように、彼はその場に応じて新しい自分を作り上げていった。

そのように日常的に演技を行っているのは、もちろん彼だけではない。誰だって程度の差こそあれ似たようなことはやっている。しかし〈座長〉の目には、彼らの演技は呆れるほどぎこちなくて拙いものとして映った。高校時代は茅場に注意を奪われていたせいで気づかなかったが、彼らはそのゲームの基本的なルールさえ理解していないように見えた。

俺が当たり前のように行使しているこの能力は、ひょっとしたらとても特別なものなのではないか。〈座長〉がそう考えるようになるまでに、さほど時間はかからなかった。そもそも茅場のサクラに指名された時点で、彼は役者としての才能を〈システム〉に認められているのだ。

その発見は彼を興奮させた。これまで、どのようなかたちであれ自分に他人より秀でた才能があると思ったことはなかった。要領はいいが何をやっても中途半端でものにならず、苦手分野こそないが胸を張って得意だと言えることもなかった。

この才能をこのまま腐らせておくのはもったいない、と〈座長〉は思った。俺だけではない。あの頃、俺と同じかそれ以上に巧みに茅場のサクラを演じてみせた二人の才能も、なんらかのかたちで昇華されるべきだ。

彼は二人に電話をかけた。そして「あのときはあえて尋ねなかったが、お前ら二人とも、俺と同様に茅場のサクラだっただろう」と指摘した。柿本も薄墨も、あっさりそれを認めた。向こうもやはり〈座長〉がサクラであったことを見抜いており、さらには自分たちの能力が貴重なものであることをサクラを辞めた後になって自覚していた。

それからは茅場抜きの三人で親しく交際するようになった。再会から二ヶ月後、彼らは劇団を旗揚げした。三人とも演劇に関しては素人同然だったが、それ以外に自分たちの能力を活かす術は思いつかなかった。

手探りで立ち上げた劇団は、三人それぞれが社交に長けていたこともあって順調に成長していった。モチベーションは高く、幸運にも恵まれた。そのうちにネットを通じて彼らの活動を知り、県外から出向いてくる入団希望者まで現れた。最終メンバーは〈座長〉ら三人を含めて十五人だったが、それはオーディションによって団員を絞りに絞った結果であり、素人の主宰する劇団としては上出来の部類だった。

高砂澄香は十五人目、つまり最後の団員だった。

オーディションを受けに稽古場にやってきた澄香と初めて言葉を交わし、演技を一通り見届けて即座に合格を告げたその後、〈座長〉は澄香の図抜けた才能と、その才能に釣り合わない影の薄さとに困惑していた。この界隈の人間なら誰もが体の目立つ位置に貼りつけている「私を見て」のステッカーが、彼女の体にはどこにも見当たらなかった。どれだけ巨大な才能を有していようと、その種の欲望を持たない人間が劇団という自己主張の嵐のごとき空間でやっていけるとは思えない。

澄香を合格させた判断は果たして正しかったのか、〈座長〉には確信が持てなかった。とはいえ、彼女のような異物を投入することは他の団員にとって良い刺激になりそうではある。しばらく様子を見て、後のことはそれから決めればいい。

彼の予想通り、澄香はなかなか劇団に馴染めなかった。内気というよりは、他人と交流を深めることを優先順位のかなり下の方に置いているように見えた。他の団員は新入りを気遣うでも邪険に扱うでもなく、「居たければ居ていいし、去りたければ去ればいい」という中立的な態度で彼女に接していた。〈座長〉もそれで構わないと思っていた。よその劇団がどうしているかは知らないが、団員同士がべったり癒着しているような状況はできれば避けるべきだ。舞台というかぼそい一本の糸を通じて辛うじて繋がっているくらいでいい。劇団内に一種の居心地の悪さを残しておくことは、ほどよい緊張感の維持に繋がる。

でも〈座長〉がちょっと目を離した隙に、澄香はいつの間にか団員たちに受け入れられていた。澄香の方から歩み寄ったというよりは、彼女が内に秘めた魅力が少しずつ理解され始めたという印象を受けた。男の団員たちからは「影は薄いけれど、よく見ると綺麗な顔をしているし、何より実力がある」といった風に評価され、女の団員たちからは「何を考えているかわかりにくいけれど、健気に稽古を頑張っているし、細かいところによく気がつく」といった風に評価された。

一年、二年と時が過ぎ、いつしか澄香の存在は劇団になくてはならないものになっていた。彼女がいることで、劇団全体がスムーズに回転した。彼女はあくまで潤滑油であり、歯車の仕事を奪うような脅威ではないと見なされていたことも、彼女が受け入れられた理由の一つだった。才能もあり努力も怠らないが、役者としてもっとも肝心な素質が抜け落ちた、愛すべき後輩。

つまるところ、皆が皆、澄香のことを徹底的に誤解していたのだ。ずっと後になって〈座長〉はそう思った。今なら全員が認めるだろう。彼女がこの劇団で一番の役者で、一番の食わせ者で、一番野心に満ちた人物であったことを。

そして彼がそれに気づいた頃には、何もかもが手遅れになっていた。

澄香が入団して二年半が過ぎた頃のことだ。

なんの前触れもなかった。その日、突然団員の半数近くが稽古を休んだ。電話をかけてみても誰一人繋がらない。公演を翌月に控えた四月末のことで、こんな時期に無断で稽古を休むような団員は一人もいないはずだった。残りの団員に心当たりがないか尋ねてみたが、皆首を傾(かし)げるばかりだった。

いなくなった六人の団員は全員が男だった。劇団の男女比がほぼ一対一であることを踏まえると、それは単なる偶然ではないように思えた。

ひょっとしたらこれは謀反のようなものではないか、と初め〈座長〉は考えた。ここにいない六人で、新たに劇団を立ち上げるつもりなのではないか。消えた団員はほとんどが劇団の古株で、旗揚げに関わった柿本と薄墨もそこには含まれていた。考えたくはなかったが、かといって他にそれらしい説明は思いつかなかった。まさか全員が流行(はや)り病で倒れたというわけでもあるまい。

とにかく深刻な事態が生じていることに違いはなかった。〈座長〉は稽古を中止して六人の家や職場を訪ねて回り、一体どういうつもりなのかと問い詰めた。彼の嫌な予感は当たっていた。いなくなった六人全員が、劇団を離れようとしていた――ただし、彼の想像とはまるで異なる理由で。

結論から言えば、劇団を辞めようとしていた六人は全員が澄香の恋人だった。

澄香が短期間のうちに恋人を取っ替え引っ替えしていた、という意味ではもちろんない。彼女は劇団の誰にもそうと悟らせず、半年以上にわたって六人の団員と同時に付き合っていた。それもただ付き合っていたというのではなく、彼らを心底惚(ほ)れ込ませていた。

六人が初心(うぶ)で純朴で世間知らずだったわけではない。六人とも、裏切られたり欺かれたりといった事態には慣れっこで、数年来の恋人に振られたくらいなら半日で立ち直るような打たれ強い性格をしていた。そうでなければ劇団員などやっていられない。

　でも澄香が彼らにもたらしたそれは、ただの失恋とはわけが違っていた。彼らは澄香によって、それを一生ものの恋だと信じ込まされていた。恋という概念そのものを塗り替えられていた、と言ってもよいくらいに。

　六人の話を聞いていると、〈座長〉はひどく混乱した。まるでそれぞれがまったく別の女の子について話しているみたいだったからだ。こいつらの言う高砂澄香は本当に俺の知っている高砂澄香と同一人物なのだろうか、と彼は何度も考え込んだ。

　筋の通る説明は一つしかなかった。要するに澄香は団員六人を相手に、それぞれのタイプに合わせた「運命の女の子」を完璧に演じ分けてみせたのだ。いくら優れた演技力を持っていたとしても、とてもそんな大それたことができそうな人間には見えなかったが、ほかに説明のしようがない。

　残る問題は動機だった。なぜ彼女はそんなことをしなければならなかったのか？　世話になった劇団を内部から掻き回して破壊する必要が、一体どこにあったのか？

　澄香本人から聞き出す以外にそれを知る術はなかった。しかし〈座長〉は立ち行かなくなった劇団の後始末に追われ、しばらくは彼女に会うどころではなかった——いや、それは言い訳に過ぎないかもしれない。彼は澄香の住所も連絡先も知っていたのだから、その気になればいつだって機会を設けることはできた。

〈座長〉は澄香に怯えていた、それが真実だ。ひょっとしたら彼女はまだ何か隠し持っているのではないか。劇団の崩壊は序章に過ぎず、事態が収束する頃合いを見計らって第二の爆弾を投下してくるのではないか。彼女を刺激することで、ただでさえ致命的な傷口をさらに広げることになるのではないか。

澄香がこの世を去った今、そのような恐怖からは解放されたものの、動機を確かめる手立てもなくなってしまった。劇団は最初の三人を除けば寄せ集めのようなもので、劇団から一歩出ればろくに付き合いもない、しがらみの薄い集団だった。だから個人に対する恨みならまだしも、澄香が劇団そのものに対して恨みを抱いていたとは考えにくい。

いくら頭を捻(ひね)っても納得のいく回答は出てこなかった。おそらく俺たちには及びもつかないような崇高な動機があったんだろう、と〈座長〉は漠然と想像した。いや、ひょっとしたら彼女はただ、その桁違いの才能を舞台の上だけではなく現実でも試してみたくなったのかもしれない。だとすれば、その気持ちは俺にもちょっとくらいは理解できる。

ともあれ、この一件により劇団は解散を余儀なくされた。恋愛トラブルによる解散、と言ってしまえばありきたりな話だ。その手のトラブルを未然に防ぐために様々な規則を設けてはいたのだが、結果的にはなんの役にも立たなかった。それどころか、規則の存在が問題の表面化を遅らせたとも言えた。

だがその点については〈座長〉はあまり後悔していない。いくら事前に対策したところで、結局は同じ結末が待っていたことだろう。高砂澄香という魔性の女(ファム・ファタール)に目をつけられた時点で、彼の劇団は既に終わっていたのだ。長年かけて積み上げてきたものを失いはしたが、彼女の誘惑の対象に選ばれなかっただけでも運がよかったのかもしれない。

〈座長〉の話はそれでお終いだった。

＊

長い沈黙があった。〈座長〉はポケットからティッシュを取り出して鼻をかむと、新たにコーヒーを淹れ始めた。湯が沸騰するまでのあいだ、二人はカセットコンロから立ち上る青白い炎を見つめていた。そして立てつづけに煙草を吸った。

「澄香を恨んでいますか？」と尾上は何気なく訊いた。訊いてから、意味のない質問だと思った。恨んでいないわけがないのだ。

「そりゃもちろん、最初は殺したいくらい恨んでたさ」

〈座長〉は湯を注いだ紙コップにコーヒー粉を落としてかき混ぜ、先にできた一杯を尾上に手渡した。尾上は礼を言ってコップを受け取り、冷えきった唇を熱いコーヒーにつけた。

「俺が苦労して積み上げてきたものを、わけもわからないままにぶっ壊されたんだからな。何か証拠を残さずあの女を痛めつける方法があったら、俺はそれをためらいなく実行していたと思う。もっとも俺が手を下さずとも、あいつは勝手にくたばっちまったわけだが」

〈座長〉は自分のコーヒーを淹れ終えると、しばらくその続きを考え込んだ。

「そう、当時は殺したいほど憎かった。でも今となっちゃ、どちらかと言えば感心しているんだ。多かれ少なかれ芝居ってもんに長年入れ込んできた連中を、あの女はあれだけ鮮やかに演技で欺いてみせた。騙された連中には悪いが、最後にいいものを見せてもらったと思ってる」

「意外に前向きなんですね」と尾上は言った。

「ああ。それに、感心だけじゃない。感謝もしてる。劇団が分解していくのを眺めながら、俺は自分が内心ほっとしていることに気づいたんだ。どうやら俺の演劇に対するモチベーションは、とうの昔に失われていたらしくてな。もう劇団を存続させなくていいんだって思った途端、生まれてこの方味わったことがないくらい晴れやかな気分になったよ。背中から羽が生えたみたいに」

「座長という立場が重荷になっていたんですか？」

「それもある。でもそれ以上に……」

彼はそこでふっと微笑んだ。

「初めて澄香の引き起こした騒動について聞いたとき、俺は自分でもわけがわからないくらい激しい嫉妬の念に駆られたんだ。澄香に騙されていた六人に対してじゃないぜ。澄香に対してだ。俺があの女に対して抱いた殺意の半分くらいは、劇団を壊されたことじゃなく、その嫉妬に基づいていたと思う。そしてその嫉妬の正体を理解したとき、俺の演劇に向ける情熱は完全に失われていたんだ」

劇団解散の顚末（てんまつ）を、〈座長〉は次のように締め括（くく）った。

「要するにこういうことさ。俺は演劇をやりたかったんじゃなくて、あの頃高校の教室でそうであったように、誰かにとって百パーセント完璧な何者かになりたかったんだ。茅場の善き友人を演じていたあいだ、茅場が俺を百パーセント信頼していることを通じて、俺は自分という存在を百パーセント是認することができた。俺はそういうやり方でしか自分を認められない人間だった。

そして、あの女はそれを六人相手に同時にやってのけたんだ。参るよな」

6

尾上(おがみ)が桜の町に戻る頃には午後の八時を回っていた。霞(かすみ)に電話をかけるとコール音の二回目で繋(つな)がった。今夜は両親が家にいるから外で落ち合いましょう、と彼女は小声で言った。待ち合わせ場所に指定されたのはスーパーマーケットの休憩スペースだった。

尾上が到着したとき、休憩スペースに霞の姿はなかった。カップ式自販機の前に立ち、少し迷ってから紅茶のボタンを押した。今日はもう十分な量のコーヒーを飲んでいる。ガムテープで補修されたパイプ椅子に腰かけ、熱い紅茶を一口飲み下すと、たちまち体が温まって生き返る心地がした。

それから尾上はあらためてスペース内を観察した。電子レンジと給湯ポットが置かれた棚の上に、見慣れたポスターが貼られていた。自殺防止キャンペーンのポスターだ。穏やかな笑みを浮かべ胸元で腕を交叉(こうさ)させた女性のイラストに、「ひとりで悩まず、まずは相談してみましょう」というメッセージが添えられていた。

彼が中学生だった頃、そのポスターの位置には「三十分以上のご利用はお控えください」という素っ気ない注意書きが貼られていた。今ではその注意書きはどこにも見当たらなかった。町の人口の減少に伴って必要なくなったのかもしれない。

五分ほどして、いつものコート姿の霞が現れて尾上の隣に腰を下ろした。彼女の分の飲み物を買おうと思って何が飲みたいか尋ねると、「尾上さんと同じものを」と彼女は答えた。

霞は尾上に手渡された紅茶を一口啜ってからカップを置いた。そしてテーブルに両肘をつき、顎を両手に載せて尾上をじっと見つめた。

「座長さんから上手く話は聞き出せました?」

「こちらが尋ねていないことまで親切に話してくれた。君が詳しい事情を自分の口から語りたがらなかったわけが、ちょっとわかった気がする」

彼女は肯いた。「私がありのままに話したとして、身内だから必要以上に辛辣になっているとか、それでもまだ肝心な情報は伏せているとか、そんな風に聞こえちゃうんじゃないかと思ったんです。座長さんは比較的冷静にものを見られる立場にいたので、最初に話を聞くならあの人がいいんじゃないかと」

「俺もそれで正解だったと思う」

尾上は〈座長〉から聞いた話をかいつまんで語った。霞は黙ってそれを聞いていた。特に付け加えるべき部分も、訂正すべき部分もないようだった。

「君のお姉さんは本当に彼らをただ弄んだのかな?」と尾上は尋ねてみた。「そういう無意味なことをする人には見えなかったけれど」

霞はカップの中を覗き込みながら言った。「私にも本当のところはわかりません。ただ、気まぐれとか思いつきなんかじゃなくて、姉は確固とした意思をもってそれに臨んでいたように思います。根拠はありません。身内の勘のようなものです。そしてその目的は、座長さんも仰ったように、劇団を潰すことや団員の誰かに復讐することでは決してなかった、という気がします」

「だとすると、何かやむを得ない事情があったんだろうか?」

わからないという風に霞は首を振った。

「一番腑（ふ）に落ちないのは」と少し間を置いて彼女は言った。「姉がそれほどまでに卓越した演技力の持ち主だったとして、そんな魔女みたいな人間が、わざわざ自分が悪者になるような絵を描くか、という点です。自分すらも被害者の一人のように見せる方法はいくらでもあったはずなんです。ところが実際には、姉は自ら進んで種明かしをしたらしいんです。そうして甘んじて悪役を引き受けました。どうもそこにちぐはぐな印象を受けるんですよね」

尾上は肯き、返事をする代わりに紅茶を口に含んだ。彼が引っかかっていたのもまさにその点だった。澄香の精神が不安定だったからといえばそれまでかもしれないが、そんな状態で半年以上にわたって六人の男のあいだで綱渡りを続けられるものだろうか？

二人の上にのしかかった重い沈黙を払うように、霞が明るい声で言った。

「あの、少し散歩しませんか？」


町は既に半分眠りに就いていた。人家の明かりはまばらで、物音らしい物音もしない。夕食の匂いも石鹼（せっけん）の香りもせず、あたりは雪の降る町に特有の澄んだ水のような匂いに満ちていた。

町角の掲示板の前を通りかかるたびに、尾上は何気なく掲示物を確認した。どの掲示板にも、先ほどスーパーの休憩スペースで見たのと同じようなポスターが画鋲（がびょう）で留められていた。時として民家の塀や外壁にまで自殺相談のポスターは貼られていたが、大半は日焼けしてすっかり色褪（いろあ）せていた。二十年ほど前にピークを迎えた国内の自殺者数は〈手錠〉の普及とプロンプター制度の導入によって相当改善されたと聞くが、未（いま）だに深刻な社会問題であることに変わりはないのだろう。

「尾上さんって煙草吸うんですか？」と突然霞が訊いた。

「吸う」と尾上は簡単に答えた。〈座長〉の話を聞くあいだ、かなりの本数の煙草を吸っていたことを思いだした。「臭うか？」

「いえ。さっき、一瞬それらしい香りがしただけです」と霞は言った。それから尾上の顔をじっと見つめた。「尾上さんって自殺願望があるんですか？」

「煙草を吸うから？」

「中学の保健の先生が言っていました。今時煙草を吸っているのは、何も考えていないか、潜在的に自殺願望のある人だけだって。尾上さんは何も考えていないようには見えないので、自殺願望があるのかと」

「何も考えていないのかもしれない」

「そうですか。ならよかった」

どう答えればいいのかわからず、尾上は曖昧に肯いた。

「何も考えないのはよいことです」としばらく後で霞が言った。「私もそうあろうと努力しています」

「上手くいくといいな」

「こうやって夜に散歩していると、結構上手くいくことがあります」

「今は？」

「今は、尾上さんが退屈していないといいなあと考えています」

「してないよ」

本心だった。少なくともこの町に来てからは、一度も退屈を覚えたことはない。

「社交辞令かもなあと考えています」

「そんなことは考えるだけ無駄だ」と尾上は言った。「それに、俺も散歩は好きだ。たぶん、君と同じような理由で」

やがて高台の広場に出た。二人は木製のフェンスの前に据えられたベンチに近づき、座面が濡れていないことを確かめてから腰掛けた。そして何をするともなく夜の町を眺めた。

霞がしきりに「煙草吸っていいですよ」と勧めてくるので、尾上は少し離れたところに移動して一本だけ煙草を吸った。尾上が煙草に火をつける前に〈手錠〉を外すのを見て、「喫煙者が喫煙前に〈脱獄〉するのって本当なんですね」と霞は感心したように言った。

夜風に煽られた煙草はいつも以上にひどい味がした。なぜそんなものを吸っているのか、それは尾上自身にもよくわからない。緩慢な自殺なのかもしれないし、霞の言うように何も考えていないのかもしれない。あるいは慢性的に手持ち無沙汰なだけかもしれない。

町には視界を遮る大きな建物もなく、広場からは町の端の方まで見渡せた。家々の明かりが途切れたあたりから広がるのっぺりとした闇の中に、ぽつんと孤立している光があった。おそらく病院の明かりだろう。かつて小崎が入院していて、尾上が見舞いに行った病院だ。

そういえば小崎は俺がサクラじゃないかと疑っていたな、と尾上はふと思い出した。小学生の時点でサクラ妄想に片足を突っ込んでいるというのは、今思えばなかなかのレアケースだ。長期の入院生活によって、そのような妄想が育ちやすい土壌ができあがっていたのかもしれない。

いや、違う。尾上は思い直す。小崎のそれは厳密にはサクラ妄想とは呼べない。ただ相手を見誤っただけで、彼には実際にサクラがついていたはずだ。おそらくは彼の言う「病院の友達」の中に、偽物が紛れ込んでいたに違いない。そしてその人物は小崎の自殺の阻止に失敗した、と考えるのが妥当だろう。

あの頃からサクラは身近な存在だったのだ。

「あ、今何も考えていませんでした」尾上がベンチに戻ると霞がそう報告した。

「それはよかった」

「でも、そろそろ先のことを考えないといけません」

「ちょうどそのことを話そうと思っていた」と尾上は言った。「実はもう、次に会いに行く人は決まっている」

「ああ、座長さんが紹介してくれたんですね?」

「そうだ。向こうの都合で、会えるのは来週になりそうだが」

「なんて方です?」

「名前は知らない。女性で、君のお姉さんと仲がよかったらしい」

「ああ、先生ですか。良い人選です」

「先生?」

「新入りに率先していろんなことを教えてくれる人で、皆からそう呼ばれていたらしいです。姉がずいぶんお世話になっていたようで、私も何度か会って話をしたことがありますが、優しそうな人でした。ただ、聞いたところによると、その人は劇団の解散が決まる前に自分から劇団を離れたらしいです」

「それは……君のお姉さんがきっかけで、ということか？」

「わかりません。でもその可能性は高いと思います。それまで、姉とはかなり親しくしていたようですから」

「話を聞いてみる価値はありそうだ」

「ええ。先生なら、私たちの知らない姉の姿を知っているかもしれません。何か新しいことがわかるといいですね」

　二人はベンチから立ち上がり、来た道とは別の道でスーパーマーケットまで戻った。

　霞に合わせて無心で歩いているうちに、このままいくと鯨井（くじらい）の家の前を通ることに尾上は気づいた。鯨井が実家に残っているとは考えにくかったが、それでも家のそばまで来ると自然と早足になった。そのせいで、あと少しのところで「売物件」の看板を見逃すところだった。

　どうやら鯨井一家は既にこの町を去ったようだった。澄香だけではなく、もう一つの脅威の方も知らぬ間に取り除かれていたらしい。

　尾上はしばらくその看板の前で立ち尽くしていた。

「お知り合いの家ですか？」と霞が隣に立って尋ねた。

「いや」と尾上は言った。「ずいぶん空き家が増えたと思ってな」

　霞がまだ何か訊きたそうにしていたので、尾上は別の話題を持ち出した。「ところで、卒業後はどうするか決めてるのか？」

「姉の通っていた大学に進学することになっています」と霞は言った。「今となってはその意味もなくなっちゃいましたけどね。もっと上の大学を目指せばよかった。私、成績は結構よかったんですよ」

「お姉さんを近くで支えたかった？」

「まあ、そんなところです」彼女はその話題にはあまり乗り気ではなさそうだった。「尾上さんは今何をしているんですか？　大学生？」

「いろんな仕事を転々としてる」と尾上は答えを濁した。まさかマッチングアプリのサクラをやっているなどとは言えない。「今は相談員みたいなことをやっているけれど、仕事内容についてはあまり話せない」

「守秘義務というやつですね」

「そう。守秘義務だ」

「尾上さん、そういう仕事に向いてそうです。人の話をちゃんと聞いている感じがして」

「君は何を目指してる？」

霞は唸(うな)った。「今のところ特にありませんが……強いて言えば、幸せな花嫁ですね」

「それも立派な目標だ」

「なれると思います？」

「さあな。花嫁のことは難しくてよくわからない。幸せのことも」

「私もよくわかりません」と言って霞は微笑(ほほえ)んだ。「とても難しい問題です」

〈先生〉との面会は一週間後になっていた。それまで特にすべきこともない。古アパートで漫然と過ごし、時折買い物に行き、雪が降れば雪かきをする、判で押したような日々が続いた。

四日が過ぎたところで霞から電話があった。明日アパートに遊びに行ってもいいか、という確認の電話だった。もちろん断る理由はない。好きなときに来るといいと尾上が言うと、「では午前十時にうかがいます」と言って霞は電話を切った。

部屋のドアがノックされたのはその夜の十時頃だった。ノックの音は霞の華奢な手からは絶対に発せられないような重みを備えていた。間違いなくそれは霞以外の誰かで、しかし霞以外にこの部屋を訪ねてきそうな人物は一人も思いつかなかった。〈座長〉にこのアパートのことは教えていない。郵便の配達時間もとっくに過ぎている。隣人が部屋を間違えでもしたのだろうか？

息を潜めて様子を窺っていると、ドアが再びノックされた。今度はさっきよりも強い、確信に満ちたノックだった。部屋の明かりは外に漏れているだろうし、居留守は使えそうにない。尾上は玄関まで行って錠を外し、身構えつつドアを開けた。

そこに立っていたのはやはり尾上とは面識のない人物だった。スーツの上にオリーブ色の軍用パーカを着込んだ長身の男だ。目元の感じから言って、年は尾上と同じくらいだろう。脂ぎった前髪と無精髭で顔の大部分は覆い隠されていたが、その上からでも一目でわかるくらいに彼の目鼻立ちは整っていた。まるで落伍者のメイクをした映画俳優みたいだ、と尾上は思った。どれだけ汚したところでかえってその美しさが際立ってしまう、そういう顔立ちだ。

外は吹雪き始めていたにもかかわらず、男の上着にはほとんど雪が付いていなかった。男の背後には、古アパートの駐車場にはそぐわない大型の四輪駆動車が停められていた。それでここまでやってきたようだ。

　男はしばらく無言で尾上と向き合っていた。男の方も尾上と同じくらい面食らっているように見えた。

「なんの用ですか？」と尾上は尋ねた。

　男はそれが聞こえなかったかのように尾上を眺めつづけた。尾上はそのままドアを閉めてしまいたい衝動に駆られたが、それで男が大人しく帰るとも思えなかった。

　やがて男は口を開いた。「となると、あなたが尾上さんでしょうか？」

「そうですが」と尾上は認めた。「そちらは？」

「やはりそうでしたか」と男は一人得心したように肯いた。「〈座長〉から聞いていたんです。最近になって澄香の死の真相を調べ始めた男がいる、と」

〈座長〉の呼称を用いているということは、この男は劇団員の一人なのだろう。しかし尾上は〈座長〉に住所を教えた覚えはなかったし、男もここに尾上がいると思って訪ねてきたわけではなさそうだった。

「なるほど、ここに住んで奴の帰りを待つというのは面白い考えです」と男は感心したように言った。「少なくとも僕は思いつかなかったし、思いついたとしてもそうそう実行できることじゃない。あなたの澄香に向ける想いは本物のようですね」

　まるで話についていけなかった。一体この男は何を言っているのだろう？　奴の帰りを待つ？

「何か誤解されているみたいですが」と尾上は丁寧な口調を心がけて言った。「俺がここに住んでいるのは、誰かの帰りを待つためじゃありません。このあたりで住まいを探していて、ちょうど空き部屋があったから借りただけです」

すると男は再び黙り込んだ。好きなときに喋り、好きなときに黙るタイプの人間らしい。

「それが本当なら」とやがて男は言った。「あなたはとんでもない強運の持ち主ということになります」

「どういうことです?」

「僕もあなたの仲間です」と男はにこやかに言った。「澄香の不審死の真相を、あれ以来ずっと追いかけてきました。そして僕の推測が正しければ、あなたの住んでいるこの部屋こそがゴールなんです。ゴールテープはもう消えてしまいましたが」

尾上はその男に〈探偵〉という仮称を設定した。尋ねれば名前くらい教えてもらえるだろうが、特に知りたいとも思わない。

部屋には来客用の椅子も座布団もなかった。尾上が対応に迷っていると、〈探偵〉は「ここで構いません」と言ってドアに背中を預けた。「長居するつもりはありませんので」

尾上は肯いた。向こうが構わないというならそれでいい。

「僕から話すより、あなたの話を先に聞いた方が手っ取り早そうですね」と〈探偵〉は言った。

「澄香の死についてどこまで知ってるんです?」

「澄香の妹さんと〈座長〉から聞いた以上のことは知りません」

「〈座長〉からはどのように?」

「劇団を散々に引っかき回した末に謎の自死を遂げた、と」

〈探偵〉はそれをあしらうように口元を歪めて笑った。「彼がそのように考えるのも無理はありません。肝心なところではずっと蚊帳の外でしたからね。もっともそれは、彼にとっては不幸中の幸いでした。劇団は解散してしまいましたが、それでも一部の団員が受けた打撃に比べれば、彼のそれはずっと軽微なもので済みました」

〈探偵〉の苦々しげな口調から、尾上は彼が澄香の元恋人の一人だろうと見当をつけた。彼が澄香に対し良かれ悪しかれなんらかの執着を抱いていることは明らかだった。

「では、あなたは彼女の自殺をどのように考えているんです？」と尾上は尋ねた。

「僕は彼女の死が自殺ではないことを確信しています」と〈探偵〉は断言した。

「なぜ？」

「彼女が自殺なんてするはずがないからです」

そんなのはわかりきったことじゃないか、と彼の顔には書いてあった。この男は未だに澄香にかけられた魔法から逃れられていないのだろう、と尾上は思った。いや、ひょっとしたらその魔法は、澄香の死によって完全に彼に定着してしまったのかもしれない。

「信じていないようですね」と〈探偵〉は尾上の心を読んだように言った。

「自殺するはずがないから自殺ではない、というのでは何も言っていないのと一緒ですよ」

すると〈探偵〉は尾上が気の利いた冗談でも言ったみたいに笑い出した。

「確かにそうだ。あなたが正しい」と〈探偵〉は言った。「ですがね、長いあいだ芝居に携わっていると、そういうのがちょっとずつわかるようになるんです。演技というのは真剣であればあるほど見破りやすいんですよ。必死に隠したものほどかえって見つけやすくなってしまうのと同じことです。そして彼女は僕たちを相手に、とても真剣に何かを演じていた。だからこそ、彼女の行動が本心から出たものではないとわかるんです」

〈探偵〉は今さら寒さを感じたみたいに軍用パーカの前を掻き合わせた。

「彼女には死ぬ気なんてありませんでした」と彼は尾上の目を見据えて言った。「少なくとも、彼女の死は百パーセント彼女の意思に依った純粋な自殺ではありませんでした。それは保証します」

「彼女が殺されたとでもいうんですか？」と尾上は言った。そして皮肉のつもりで付け加えた。「たとえば、彼女に浮気されていた六人のうちの誰かに」

「自殺よりはまだその可能性の方が高いですね」と〈探偵〉は平然と言った。「彼らが本当に澄香を恨んでいたとすれば、の話ですが」

「あなたも『彼ら』の一人なんでしょう？」

〈探偵〉は無言で微笑んだ。

「まあ、初対面の人間にこんなことを言われて信じろという方が難しいでしょうね。でも本当なんです。だから、あなたもまた澄香の他殺を確信しているってわかるんですよ。きっと他殺と信じるだけの根拠があるんでしょう？　僕にも教えてもらえると助かるのですが」

尾上はそれには答えず、代わりに尋ねた。「ところで、『奴』というのは？　この部屋がゴールだとあなたは言っていましたね」

「あなたが入居する前にここに住んでいた男のことですよ。団員の一人です。もし澄香の死について何か重要な情報を握っているとしたら、それは奴にほかなりません。それ以外の関係者の話は聞くだけ無駄です。結局のところ、彼らの知識は『澄香がどんな芝居をしていたか』の段階に留まっていますからね。しかし奴は澄香の死とほとんど同時に消息を絶ってしまいました。だから定期的にここを覗いて、帰ってきていないか確かめていたんです」

「でも俺がここに入居できたということは、その人はとっくに退居しているということでしょう」

「そうなりますね。しかし他に彼の行き先を示す手がかりもありません。そういった意味で、現状ここが我々にとっての終着点なんです」

「袋小路の間違いでは？」

「僕は前向きに物事を捉えるようにしているんです」と〈探偵〉は言った。「ところで、澄香がどこでどのように命を絶ったか、ご存知ですか？」

「知りませんね」

「よければ、これから二人でそこへ行ってみませんか？」


その柔らかな物腰に反して、〈探偵〉の運転は荒っぽかった。時折タイヤが雪道の深い轍を捉え、車体は激しく揺さぶられた。しかし彼は意に介さずさらにアクセルを踏み込んだ。澄香の自殺現場が近づいて気が立っているというのではなく、普段からこういう運転なのだろうと尾上は想像した。

大きな川に架かる橋の手前で脇道に入り、緩い坂を下っていった先に河川公園があった。入口には案内板もなく、駐車場までの道は荒れ果てていて、公園という割には来訪者を拒むような造りだった。当然除雪もされておらず、何もかもが雪に埋もれていた。

駐車場に一つきりの外灯の下に〈探偵〉は車を停め、エンジンを切った。耳の奥の残響が抜けきると、何かの間違いに思えるくらい完璧な静寂がそこにあった。閉館後の巨大な映画館に取り残されてしまったかのような過剰な静寂だ。じっとしていると、聴覚に引きずられて視覚や触覚までおかしくなっていく気がした。

「ここで彼女は命を絶ちました」と〈探偵〉が囁くように言った。

「どうやって？」と尾上は尋ねた。その声は耳栓をしたまま喋っているみたいに内側に籠もって聞こえた。

「こんな風に車を停めて、テープで目張りをして……まあ、お決まりのやり方です」

尾上はその様を想像した。想像が進むにつれ、次第に車内の空気が薄くなっていく錯覚にとらわれた。

ドアを開けて車外に出た。地面に降り立つと、ブーツは踝まで雪に沈んだ。風は穏やかだったが、川を渡ってくる湿った冷気が肌を刺した。尾上はダッフルコートのボタンを襟元まで留め、固い雪をざくざくと踏みしめて駐車場を横切り、遊歩道があったと思われるあたりを進んでいった。〈探偵〉もその後ろをついてきた。外灯から離れるにつれて闇は濃さを増したが、これだけ雪が積もっていると足下が見えようが見えまいがほとんど変わらない。

これ以上進めないというところまで来ると、尾上は足元の雪を掬い上げて雪玉を作り、川のある方向めがけて高々と放り投げた。雪玉は瞬時に闇に吸い込まれて見えなくなった。数秒が過ぎても水音はしなかった。川まで届かなかったか、枝に引っかかるかでもしたのだろう。

「寂しい場所でしょう」と〈探偵〉が背後で言った。

「そうでもありませんよ」尾上は振り返り、冷たくなった両手を擦り合わせながら言った。「今は確かにひどい有り様ですが、ここは春になればちょっとしたものが見られるんです」

〈探偵〉はしばらく返事をしなかった。暗闇のせいで彼の表情は読み取れなかった。

「そういえばあなたは地元の人間でしたね。有名な場所なんですか？」

「いえ。偶然知っていただけです」

「面白い偶然ですね」と〈探偵〉は面白くもなさそうに言った。「もっとも、彼女が命を絶ったのは夏の終わりです。もちろんそれは偶然ではなかったし、彼もそれを承知しているようだった。

あなたの言う『ちょっとしたもの』は見られなかったでしょうね」

「それは残念」と尾上は言った。

＊

中学三年生になる前の春休みに、三人で桜を迎えにいったことがあった。

桜の町における春休みは春の名を冠してはいるものの、実態は冬休みその二といった方がよい。卒業式に桜が開花することはまずないし、四月に入ってもしばらくは雪がちらつく。コートをしまうのは四月中旬以降だ。その日の三人も、真冬と変わらない服装でストーブを囲んでいた。

発案者は鯨井だった。ソファにふんぞり返って古雑誌を捲（めく）っていた彼が、出し抜けに「桜を迎えにいこう」と言った。

尾上と澄香は顔を見合わせ、それから再び鯨井を見た。

「つまり、桜前線の来ているところまで南下してみようってことか」と尾上が意訳した。

「今どのあたりまで来てるの？」と澄香が訊いた。

「思ったより近くまで来てる」鯨井はスマートフォンに地図を表示し、桜前線の位置を指し示した。「さすがに徒歩じゃ無理だけど、バスと電車で二時間もあれば行ける」

翌日の昼過ぎ、三人は町を出発して桜を迎えにいった。空は晴れ渡り、柔らかな日差しが地表に降り注いでいた。吹きつける風は真冬のそれと大差ない冷たさだったが、時折その中にほんのりと甘い香りが混じった。

尾上は本心では桜なんてどうでもよかったが、それが三人で出かける口実になるのなら、なんであれ歓迎だった。鯨井だって本来花を愛でるような趣味はないはずで、別に桜だろうが梅だろうが桃だろうがなんだって構わなかったのだろう。

結果から言えば、桜を迎えることはできなかった。バスの乗り換えを間違えて、まるで見当違いな方角へ向かってしまったのだ。見知らぬ土地だったというのもあるし、移動中に何かの話題で盛り上がり、現在地をろくに確認していなかったというのもある。自分たちの不注意を笑った後、三人は来た道を引き返して桜の咲いていない桜の町に帰った。

翌週は暖かい日が続き、例年より早く桜の町に本物の春が訪れた。それからもう一週間待って、三人は再び花見に出かけた。自転車を漕いで町を巡っているうちに偶然行き当たったのが、例の河川公園だった。林が目隠しになって外からはわからなかったが、広場は満開の桜に囲まれ、足下は花びらの絨毯で覆われていた。その光景を見て三人は思わず息を呑んだ。

「こんなに早く咲くなら、わざわざ迎えにいくこともなかったね」木陰で気持ちよさそうに伸びをしながら澄香がそう言った。

「俺たちが迎えにいったから、気を利かせて急いでやってきたんだよ」と芝生に寝転んだ鯨井が言った。「感謝してほしいね」

三人のほかに花見客は見当たらなかった。春風と呼ぶにはやや慎ましさの足りない風が園内を吹き渡り、人目を盗んで咲いた桜を急ぎ足で散らしていた。

風に乗ってひらひらと舞う無数の白い花びらは、吹雪というよりは蝶(ちょう)の群れのように見えた。

*

〈探偵〉の運転する四輪駆動車がアパートに戻ったのは零時近くだった。尾上が車を降りて部屋に戻ろうとすると、〈探偵〉に呼び止められた。

「もし奴が帰ってくるようなことがあったら教えてください」

〈探偵〉は窓から腕を出して自身の〈手錠〉を示した。尾上は彼に近づき、〈手錠〉同士を触れ合わせて連絡先を交換した。

「澄香が死ぬ前に最後に会いにいったのが、この部屋の前入居者の男なんです。いつもふらりといなくなってあちこちを放浪しているような男だったんですが、澄香が自殺する数日前にこの町に帰ってきて、彼女と二人きりで密会している。そしてその後、完全に姿を晦(くら)ませてしまいました。彼が澄香の死について何か知っていることは、まず間違いないでしょう」

「その人が戻ってくるようなことがあったら連絡しますよ」

「ありがたい。僕の方でも何か進展があったら報告します」と〈探偵〉は言った。それから思い出したように付け加えた。「鯨井祥吾（しょうご）、というのがその男の名前です。一応記憶に留めておいてください」

「ええ」と尾上は平静を装って言った。「一応記憶に留めておきます」

7

〈探偵〉の車が行ってしまうと、尾上は部屋に戻ってドアを閉めた。六畳間は屋外と同じかそれ以上に冷えきっていて、ヒーターをつけても一向に暖まる気配がなかった。まるで留守のあいだに部屋が特別な冷気だけを選んで招き入れたみたいだった。

シャワーを浴びてすぐに布団に潜り込んだが、体の熱はあっという間に逃げていき、手足の先に不愉快な冷えがまとわりついた。起き上がって台所に立ち、湯を沸かしてそのまま飲んでから布団に戻った。それでもなかなか眠気はやってこなかった。

この部屋に少し前まで鯨井が住んでいたのだ、と尾上は真っ暗な天井を見上げながら思った。実家が空き家になっていたから町を離れたものとばかり思っていたが、そうではなかった。鯨井はこの部屋を借りて町に残り、さらには澄香と同じ劇団に所属していた。

もちろんどちらも偶然ではあるまい。町に残ったのも、劇団に入ったのも、そこに澄香がいたからに決まっている。やはり鯨井にとって澄香は特別な人間だったのだ。

いや待てよ、と尾上はそこで考え直す。今の俺が霞のサクラとなっているように、鯨井が澄香のサクラになっていたという可能性はないだろうか？　中学卒業後の彼女はひどく危うい状態にあったと霞は言っていた。澄香の身近な人間であり、且つサクラ適性が飛び抜けて高い鯨井がサクラに選ばれていたとしても不思議はない。

しかし、だとすれば鯨井はサクラとしての義務を果たせなかったということになる。そんなことが果たして起こり得るだろうか？　あれほどサクラの才に長けた男が、おそらくは自身の想い人でもある澄香の自殺を止められないなんてことがあるのだろうか？

　彼に不利な条件もある。鯨井と澄香はかつて共に尾上のサクラを演じた身だ。サクラ経験のある人間のサクラを務めるのはカウンセラー経験がある人間をカウンセリングするようなもので、そこには様々な困難がつきまとうだろう。互いを知りすぎているというのも、サクラを演じる上ではかえって障害になるかもしれない。

　だがそれでも尾上は納得できなかった。それくらいに彼は鯨井の能力を高く評価していた。何しろあいつは一度俺を完全に欺いた男なのだ。

　そこでふと、尾上はもう一つの可能性に思い至った。もし鯨井という人間を知らなかったら、真っ先に立てていたであろう仮説。

　鯨井こそが澄香を殺めたのではないか？

　澄香に欺かれた六人の団員のように、彼もまた澄香に裏切られ――あるいは鯨井自身にこそ害は及ばなかったものの、その件で澄香に失望し――彼女の殺害に及んでしまったのではないか？

　しかしこちらの説もサクラ説と同じくらい説得力がなかった。尾上の知る鯨井は、かっとなって他人に危害を加えるような衝動的な人間ではない。

　わからないことだらけだった。現時点で手元にある材料だけでこれ以上考えても意味はなさそうに思えた。

　ただ、鯨井と入れ替わるようなかたちでこの部屋に自分が越してきた偶然については、尾上は納得のできる説明を用意できた。写真の隠し場所と同じだ。俺たちはそういうところでは妙に気が合う。それだけの話だ。

窓から青白い朝陽が差し込み始めた頃、尾上はようやく眠りについた。それから三時間後にアラームが鳴り、彼は短い眠りから叩き起こされた。なぜアラームをセットしておいたのかしばらく思い出せなかったが、そういえば今日は霞が遊びに来る日だった。


実家を出てから今日に至るまで、尾上の部屋を訪ねてきた知り合いは一人しかいない。四年前、アルバイト先の同僚がなんの予告もなく訪ねてきたのが最初で最後だ。

二つか三つ年上の大学生で、地味な容貌の女だった。仕事の要領はよかったが、ひどく無愛想で、職場では尾上と同じくらい浮いていた。よく店の裏の喫煙所で鉢合わせたが、言葉を交わすことは稀で、つまり尾上にとってはもっとも付き合いやすい人種だった。

ある日、尾上は体調を崩して彼女にシフトを代わってもらった。電話に出た彼女は相変わらず無愛想だったが、二つ返事で穴埋めを引き受けてくれた。体調を気遣う言葉もなく電話は切られ、それが尾上には心地よかった。彼女のような人間ばかりなら俺ももうちょっと生きやすくなるのに、と思ったほどだ。

だから夜になって彼女が家を訪ねてきたときも、きっと仕事に関連した用事だろうと早合点してうっかりドアを開けてしまった。彼女の手に提げられた買い物袋とぎこちない微笑みを見た途端、彼はドアを開けたことを後悔した。こいつは有能なサクラだ、と尾上の脳は瞬時に判断した。

彼女は意外な粘り強さを見せた。いくら追い返そうとしてもなかなか引き下がろうとしなかった。誰の世話にもなりたくない気持ちはわかるよ、と彼女は宥めるように言った。でも君はそういう生き方をするにはまだ未熟だし、危なっかしすぎる。時には誰かに肩を借りることも覚えないと、やっていけないよ。

三十分にわたる押し問答の末に、尾上はなんとか彼女を追い返した。おかげで体調は悪化し、さらに数日間寝込むことになった。別れ際に何かひどいことを言った気がするが、熱と頭痛のせいで忘れてしまった。職場に復帰した後も彼女は以前と変わらない態度で接してくれたが、尾上は翌月には退職届を出して逃げるように町を離れていた。

彼女がサクラだったのかどうかはわからない。でも、おそらくそうではなかったのだろう、と今となっては思う。彼女にあのような行動をとらせたのは、職場に馴染めない者同士のささやかな同情以上の何ものでもなかったのではないか。

今の尾上ならもっと慎重な判断をするだろう。表面上は彼女の厚意を受け入れた上で、自然に距離を置くこともできる。でもあの頃は特にサクラ妄想が激しい時期で、話しかけてくる人間全員がサクラに見えていた。

いずれにせよ、霞の前で同じ失敗を繰り返すおそれはなかった。欺かれることは考えず、欺くことだけ考えていればよい。それは本当に単純で、気楽な関係性だった。犬や猫を相手にしているようなものだ。

十時ちょうどに霞がアパートの呼鈴を押した。

尾上の部屋に上がった霞は、部屋全体を軽く眺め回してから、物問いたげに尾上の顔を見た。

「尾上さん、この部屋、普段からこんな感じなんですか?」

「こんな感じ、というと？」

「室温のことです」

「一応ヒーターはつけているけれど、寒い？」

「かまくらって意外と暖かいんですよ。知ってました？」と彼女は言った。「それと同じくらいには暖かいです」

「かまくらには入ったことがない」

「こんなところで暮らしていたらいずれ体を壊します。尾上さん、見たところ、お金に困っている感じではないですよね？」

「物をあまり増やしたくないんだ。いつここを出ることになるかわからないから」

「それでも、いくらなんでもこれはひどすぎます。何か暖まるものを買いに行きましょう」

悪くない提案だった。正直なところ、女の子を部屋に招いた後でどのようにして親睦を深めればいいのか、尾上にはさっぱり思いつかなかった。

ホームセンターに着くと、二人は時間をかけて店内を見て回った。アクアリウムや防災用品のコーナーを意味もなく眺め、ワゴンセールになっている使い途（みち）のわからない商品について意見を交換しあい、断熱シートと分厚いカーテンを買って車に戻った。

「車でお出かけするのって久しぶりです」と霞が今さらのように言った。

「楽しい？」

「とても」

両親はボランティアに忙しくてとても霞には構っていられないのだろう、と尾上は想像した。

「どこか行きたい場所はあるか?」

「連れていってくれるんですか?」

「それほど遠くでなければ」

霞はいつになく真剣な表情で考え込んだ。

「植物園って、尾上さんは好きですか?」

「ずいぶん昔に一度訪れたきりだな」と尾上は言った。「行ってみるか?」

「ぜひ」霞は力強く肯(うなず)いた。「冬になると、あそこの温室が恋しくなるんです。私もかなりご無沙汰ですが」

尾上は植物園に車を向けた。道中も霞と軽口を交わしあってはいたが、植物園という言葉が彼女の口から出てきたことに、内心では深く動揺していた。

*

澄香と二人きりで植物園に行ったのは、確かまだ親しくなって間もない頃だった。鯨井がサクラに加わるより前のことだ。

春休み目前で、校内は学期末に特有の弛緩(しかん)した空気が流れていた。午後の授業を終えて帰り支度をしていると澄香が寄ってきて、これから二人で植物園に行かないかと誘ってきた。

「今月末まで、植物園が夜遅くまで営業しているらしいの。それで、照明を落とした真っ暗な温室の中が見られるんだって。楽しそうじゃない?」と澄香は悪巧みの相談でもするみたいに言った。

　尾上はもちろん誘いに乗った。真っ暗な温室には興味があったし、第一それは澄香の誘いだった。断るわけがない。

　平日の夜ということもあって、植物園は閑散としていた。受付で入場券を買って小型の懐中電灯を受け取り、二人は温室へ向かった。

　毒々しい色をした食虫植物の展示された細い通路の先に、温室が見えた。澄香の言っていた通り明かりはついておらず、通路の明かりがガラスに反射して中の様子は窺えなかった。

温室に通じる自動ドアが開かなかったせいで、二人は危うくドアにぶつかりかけた。立ち止まってその場で何度か足踏みをしてみると、ドアはがたがたと音を立てて開いた。

「閉まっているのかと思った」と尾上はほっとして言った。

「自動ドアって、たまに反応しないときがあるよね」と澄香は後ろを振り返りながら言った。

「俺は初めてだ」

「私はしょっちゅうだよ」

「背丈の問題かな?」

「私より小さい人もいっぱいいるよ」と澄香は心外そうに言った。「きっと、機械に認識されにくい体質とか、そういうのがあるんじゃないかな」

　夜の温室が昼のそれとどのように違っていたか、尾上はよく覚えていない。澄香と二人きりで夜を過ごしているという事実で胸が一杯で、植物なんか目に入らなかった。ただ、遠くの非常口の緑色の明かりがいやに眩しかったことだけは覚えている。

通路の途中に細い橋があり、そこを渡るとき澄香は尾上にぴったりと身を寄せた。彼女の姿は闇と混ざり合ってほとんど見えなかったが、かえってそれで彼女の存在が濃密に感じられた。

少しでもその時間を長引かせるために、尾上は取り立てて興味のない植物の前で立ち止まってライトで隅々まで照らしてみたり、意味もなく引き返してみたりした。そんな努力も虚しくあっという間に出口は近づき、二人は再び光の中に戻された。もう少しゆっくり見て回ればよかったね、と澄香も名残惜しそうにしていた。

二階のジオラマ展示を眺めていると閉園を知らせる放送が流れ、二人は慌てて建物を出た。エントランス脇にある自販機で缶コーヒーを買い、ベンチに座って一息ついた。外は雪がちらついていたが、温室の熱はまだ身体の内側に残っていて、冷気が肌に心地よかった。夏と冬を一瞬で往き来したみたい、と澄香がぽつりと言った。


それから二人は自殺について語り合った。

非日常的な暗闇を通り抜けてきたせいか、普段よりも死が身近に感じられた。ライトを消すと自分の手足さえ目視できないような闇の中では、肉体を置き去りにして魂だけで動き回っているような浮遊感があった。

小崎の自殺については一度澄香と腹を割って話しておきたいと前々から思っていた。そして今この瞬間ほどそれにふさわしいタイミングはなかった。それで思い切って、澄香にこう尋ねた。

「君は小崎の自殺についてどう思った?」

さぞ驚いたことだろう。プロンプターとして見守っていた自殺ハイリスク者が、いきなり自殺に言及してきたのだから。

澄香は空き缶を握ったまま宙を仰ぎ、しばらくその問いについて考えていた。

「私なら、冬に死のうとは思わないな」と彼女は言った。「春を選ぶと思う」

「なぜ?」

「春ならよく眠れそうだから」

変な理由だ、と尾上は笑った。変な理由だね、と澄香も笑った。

それから彼女は訊き返した。「尾上くんならどの季節を選ぶ?」

「俺も小崎と同じように冬を選ぶかもしれない」

「どうして?」

「いろんなものが死ぬ季節だから、自分の死も受け入れやすいだろう」

澄香は口もとに手を当てて唸った。

「でも尾上くんって、どっちかというと『皆が死ぬなら、俺はあえて生きてみようかな』ってなりそうじゃない?」

「かもしれない」と尾上は認めた。「やっぱり、そのときになってみないとわからないな」

わからないままでいたいね、と澄香は言った。尾上もそれに同意した。

*

それが澄香の死が自殺ではないと尾上が考える根拠だ。彼女が死ぬなら春を選ぶ。

中学時代に口にした他愛のない冗談といえば、それまでの話だ。けれども、その冗談は少なからず彼女の本心を反映していたように思える。そもそも彼女はサクラの立場上、自殺という行為そのものを否定しなければならないはずだったのだ。にもかかわらずあのような答えを返したということは、その問いには彼女なりに譲れないものがあったのだろう。

春ならよく眠れそうだから。

澄香はよく眠る女の子だった。昼休みになるとよく尾上を〈お昼寝〉に誘い、静かな空き教室に忍び込んで眠っていた。しかもなぜかそれは鯨井がいないときに限られていて、そんな状況で尾上がすんなりと眠れるはずもなかった。そういうとき、彼は頃合いを見計らって顔を上げ、彼女の寝顔を密(ひそ)かに眺めたものだった。

今思えば、彼女は尾上と二人きりで喋(しゃべ)るのが億劫(おっくう)で、その時間を昼寝にあてていただけなのかもしれない。あるいは彼の前で無防備に眠ってみせることで、心を開いているように見せかけていたのかもしれない。

ただ、それが狸(たぬき)寝入りでなかったことだけは確かだ。彼女はちゃんと眠っていた。狸寝入りの熟練者となっていた尾上には、それがわかった。

植物園はあの頃と変わらずそこにあった。

受付で入園料を払うと、尾上と霞は温室を目指した。平日の昼間ということもあって――すっかり曜日の感覚をなくしていたが、たぶん平日なのだろう――植物園は空(す)いていた。地元の植物を展示しているコーナーに、若い女の子の二人連れを見かけただけだった。

澄香と夜の植物園を訪れたときの話をすると、霞は喜んだ。

「そういう話、もっと聞かせてください」

「また何か思い出したら話すよ」

「そっか。夜に来るとそんな面白いものが見られるんですね」と霞は口惜(くや)しそうに言った。「いつかまた二人でここに来ましょう。今度は真夜中の、一番暗い時間に」

「真夜中はさすがに閉園しているんじゃないか」

「じゃあ、そこそこ暗い時間に」

食虫植物の通路を抜けてドアを開けると、湿っぽい夏の空気が二人を包んだ。葉でも花でも果実でもなく、地面を掘り返したばかりのような濃い土の匂いが最初に鼻に届いた。子供の頃によく嗅いでいた匂いだ。

温室の中にもやはり他の客はいなかった。どこかに人工の滝があるらしく、ホワイトノイズにも似た水音が聞こえたが、それを別にすれば静かなものだった。人の声も聞こえなければ、音楽も流れていなかった。

澄香と二人きりでそこを歩いたときと同じように時間をかけて、尾上と霞は温室の通路を進んでいった。ラベルの解説をじっくり読み、葉の一枚一枚までじっくり観察した。何十種類もの植物が温室には植えられていたが、どの植物も天井まで届く芭蕉(ばしょう)や椰子(やし)の木を前に萎縮しているように見えた。

霞はいつになく楽しそうだった。こういう施設に来るのが久しぶりなのだろう。でもそれだけではあるまい、と尾上は思う。おそらく彼女は、俺と一緒だから楽しいのだ。俺はその点にもう少し自信を持っていいはずだ。

順路を進むうちに、人工池にかかる橋が見えた。欄干のない狭い橋で、二人で並んで渡るにはやや窮屈そうだった。橋の手前まで来ると、尾上はさり気なく霞の肩を抱いた。彼女は一瞬体を強張らせたが、すぐに体の力を抜き、彼の腕に身を委ねた。

橋を渡り終えて霞の顔を見ると、頬がうっすらと赤くなっていた。やはり彼女は少なからず俺に好意を持っているのだ、と尾上は確信を深めた。あとはもう、この関係を維持するだけで十分かもしれない。

温室を出て少し歩いた先に、カフェを兼ねた売店があった。商品棚には観葉植物や瓶詰めのジャムや動物のぬいぐるみといった雑多なものが並んでいた。休憩がてら、カフェで軽食を取っていくことにした。

「半月後に卒業式があるんです」と食事中に霞が言った。「その練習をさせられたわけなんですが、卒業式の練習をするって、なんだか間抜けじゃありませんか？」

「確かに、感動は半減するかもしれない」と尾上は言った。「反面、失敗させたくないという学校側の気持ちもわかる」

「卒業式、私はこれといって泣く理由がないんですが、強いて言えばその事実が泣けますね」

「悲しくないのか」

「全然。かといって、すっきりするわけでもないんです。尾上さんはどうでした？」

「高校の卒業式？」

「ええ。泣きました？」

「体育館がひどく寒かったことを覚えてる」

「それだけ？」

「それだけ」

「やっぱり尾上さんはこちら側ですね」霞は嬉しそうに目を細めた。「まともそうに見えるから」

「俺としては君がこちら側なのが意外だよ」と尾上は返した。「まともでないということです」

「まともでない人から見てまともということは、まともでないということです」

尾上は少し考えてから同意した。「そうかもしれない」

食事を終えると、二人は植物園を後にした。

帰りの車の中で、「卒業といえば」と霞が話を続けた。

「これは本当に素朴な疑問でして、他意はまったくないんですけど」

「うん？」

「どうして中学を卒業した後、姉と会わなくなっちゃったんですか？」

いずれ来る質問だとは思っていた。当然、答えも用意してあった。

「ちょっとした環境の変化があってね。誰にも頼らず、一人で生きていく能力を一刻も早く身につける必要があった。気がつくとずいぶん長い期間疎遠になってしまっていて、関係をもとに戻すきっかけが摑めなくなっていた。向こうはもう俺のことなんて忘れて新しい友人たちと仲よくやっているかもしれないと思うと、なかなか電話をかける気も起きなかったんだ」

「尾上さんも色々大変だったんですね」霞は神妙な顔で肯いた。「でも、姉は尾上さんのことをずっと覚えていたと思いますよ」

「だといいが」

「高校時代はほとんど友達付き合いがなかったみたいで、いつもまっすぐ家に帰ってきて、休日もめったに外出しませんでした。尾上さんと離れ離れになって、寂しかったんじゃないかと思います。昔はしょっちゅう私に尾上さんの話をしていましたから」

「どんな風に?」

「それは……内緒です」霞は懐かしそうに微笑んだ。「一応言っておきますと、姉が尾上さんと離れ離れになって落ち込んでいたのは劇団に入るまでの話です。だから、姉があんな風になっちゃったのと、尾上さんは関係ないと思います」

ありがとう、と尾上は言った。

残念だな、と本当は言いたかった。

俺という存在が、なんらかのかたちで澄香の自殺に寄与していればよかったのに。

車を降りるとき、霞は言った。

「なんだか最後にしんみりしちゃいましたね。いろんなことが終わったら、また一緒に植物園に行きましょう。今度は夜を選んで」

そうはならないことを確信した上で、尾上は肯いた。

〈先生〉との待ち合わせ場所は駅構内の喫茶店だった。桜の町から七駅先の主要駅だ。車で行くと面倒が多そうなので、電車を使うことにした。

空席だらけのシートの端に座り、終点まで一時間ばかり窓の外を眺めていた。見応えのあるものはこれといってなかった。鉄道林と、雪に埋もれた畑と、古ぼけた町並みが代わる代わる窓の外を流れていった。

　主要駅構内はひどく混み合っていて、おかげで目的の喫茶店を見つけ出すまでに少し手間取った。人々は地味な色のコートに身を包み、雪に濡(ぬ)れた靴で思い思いの方向へ足早に歩いていた。そんなにも大勢の人間がこの世界で生を営んでいることを、尾上は久しぶりに実感した。寂れた町に住みろくに人と関わらずに生活していると、世界が小さな箱庭みたいに感じられてくる。あるいは狭い舞台みたいに。

　ようやく見つけた喫茶店に入ると、〈先生〉は既に席に着いていた。それが一目で〈先生〉だとわかったのは、彼女がいつも真っ黒な服を着ていることを事前に〈座長〉から伝えられていたからだ。

　確かに彼女はカラスみたいに真っ黒だった。コートも真っ黒だが細身のジーンズはそれ以上に黒く、彼女の脚のあるあたりの空間にぽっかりと穴が開いているかのようだった。そしてそれだけの黒を纏(まと)っているにもかかわらず、〈先生〉からはどことなく軽やかな印象を受けた。喫茶店全体を見渡しても、彼女はどちらかといえば存在感の薄い方だった。不思議なものだと尾上は思った。きっとある種の擬態生物のように、風景に上手(うま)く溶け込む術(すべ)を心得ているのだろう。

黒衣(プロンプター)。彼女は舞台においても優秀な黒衣だったのかもしれない。もっとも現代の演劇において、プロンプターの出番は滅多にないらしいが。

〈先生〉はつまらなそうな顔で目の前のスパゲティを口に運んでいた。食欲がないというよりは、もともと食という行為に関心のない人間の食べ方だった。何か食べないと生きていけないから仕方なく食べている、とでも言いたげな。

尾上が挨拶をして席に着くと、〈先生〉は「悪いけど食べ終えるまで待っててくれる？」と顔も上げずに言った。一刻も早くそのスパゲティを片付けてしまいたいようだった。

尾上はカウンターに行き、時間をかけてメニューを眺めてからコーヒーのみを注文した。店内の席はほとんど埋まっていて、どの客も何かに追い立てられるようにサンドイッチを口に押し込んだりキーボードを叩いたりしていた。食器の触れ合う音や店員の呼び声が一体となって背景音楽と混じり合い、雨のように心地よいノイズを作り出していた。

コーヒーカップを手に席に戻ると、〈先生〉はペーパーナプキンで口元を拭い、皿をテーブルの脇に寄せているところだった。

「さて、最初に確認しておきたいんだけど」と彼女は言った。「尾上くん、だったね。君は澄香とはどういう知り合いなの？」

「中学の同級生です。一時期は親しい友人でした」

「それだけ？」

尾上は少し迷ってから言った。「彼女は俺のプロンプターでした」

「プロンプター」と〈先生〉は繰り返した。「それって、自殺しそうな人間を陰から支えるとかいう、あのプロンプター？」

「そのプロンプターです。サクラと呼ぶ人も多いですが」

「なるほど」〈先生〉は顎に人差し指を当て、それが意味するところについて考えていた。それから尾上に尋ねた。「そうか、サクラね。それで、君はどっちのタイプ？」

「というと？」

「サクラに素直に感謝してるのか、それとも逆恨みしてるのか」

「中間です」と尾上は嘘をついた。感謝していると答えるよりは、こちらの方が彼女の心証がよいだろうという直感に基づく嘘だった。

「まあ、そういうものだよね」〈先生〉は肯いた。「座長からは、もう大筋は聞いているんだったね？」

「はい。澄香と親しかったあなたなら、もっと詳しい事情を知っているかもしれないと」

「大したことは知らないよ。そりゃ、座長よりはいくらかましかもしれないけれどね。私は劇団が解散するより一足早く退団しているから、一番肝心な場面は見逃してる」

「つまり、澄香の危うさに真っ先に気づいたのはあなただった。そうでしょう？」

　短い沈黙があった。それから彼女の表情がふと緩んだ。

「うん。それはその通りだ。私が最初に気づいて、そして逃げ出した。それでも遅すぎたくらいなんだけどさ。本当はもっと早くあの子から離れるべきだった」

「あなたと澄香とのあいだで何があったのか、お聞かせ願えますか？」と尾上は言った。

「構わないよ。最近、ようやく私の中であの子の件の整理がついてさ。そろそろ誰かの前でぶちまけたいと思ってたところなんだ。君はちょうどいいところに現れたよ、尾上くん」

「それは幸いです」

「ただ、代わりと言ってはなんだけど、こちらの話が済んだら君にも尋ねたいことがあるんだ。大したことじゃないけど」

「俺が答えられることであれば、お答えします」

「よかった」と言って彼女は微笑んだ。「さて、どこから話したものか」

〈先生〉はグラスに手を伸ばして水を一口飲み、ペーパーナプキンのスタンドの手前、昔なら灰皿が置いてあったあたりをしばらくじっと見つめていた。

やがて彼女は語り始めた。

*

入団当初、なかなか劇団に馴染めずにいた澄香に最初に手を差し伸べたのは〈先生〉だった。もともと新入りの世話役のようなことを進んでやってはいたが、今回に限っては動機の性質がいつもとは違った。純粋な善意から近づいたのではない。そこには密かな打算があった。

団員の誰より早く、〈先生〉は澄香の才能の奥深さを見抜いていた。この子からは私と同じ匂いがしない、というのがその根拠だった。私と同じ匂いというのは、つまるところ凡人の匂いだ。そしてその匂いがしないということは、この子には何か特別なものがあるということだ。

彼女のこういった勘は、昔から驚くほどよく当たった。彼女が特別と見なした人々は、そのほとんどが後に大なり小なりなんらかの成功を収めていた。

〈座長〉を納得させるだけの演技力を持ちながら、芝居については基本中の基本も知らない澄香は、言うなれば未加工の原石だった。今のうちに彼女に近づき、教育者のようなポジションを得ておくことで、私は自分の内からは決して引き出せない種類の達成に関与することができるのではないか――それが〈先生〉の目論見（もくろみ）だった。

　自身の才能にはとっくに見切りをつけていた。自分にはこの狭く薄暗く埃（ほこり）っぽい稽古場より先はないことを、彼女はよく知っていた。劇団内では常に裏方に回り、他の団員のサポートに徹した。そうすることで、スポットライトは浴びられずとも、ライトの熱くらいは感じられるのではないかと思ったからだ。

　澄香に取り入るのは簡単だった。親しい団員もおらず心細い思いをしている彼女に、押しつけがましくならない程度に優しくしてやるだけでよかった。ほどなく澄香は〈先生〉を慕うようになった。それからは〈先生〉の側から働きかける必要はなく、澄香の方から積極的に距離を詰めてきた。親しくなるのは難しいが、一度親しくなるとどこまでも深い関係を築こうとしてくるタイプらしかった。澄香はその中でもかなり極端な方で、知り合って一月もする頃には、数年来の友人のような顔で〈先生〉の隣を歩くようになっていた。

　そのうちに澄香は、〈先生〉のちょっとした言葉遣いや仕草を真似るようになっていった。〈先生〉の身につけているもの、本や音楽の趣味、チェックしているテレビ番組、ブックマークしているサイト等、とにかく真似できるものはなんでも彼女の真似（まね）をした。

　そういう女の子を、〈先生〉は何人も知っていた。特定の友人の何もかもを模倣せずにはいられない女の子。気がつくと、化粧品や美容院の担当まで同じになっている。どのような心理が働いているかはわからないけれど、どんなところにも一人はそういう子がいる（不思議と男でそういうことをする人は見たことがない）。

　もし相手が澄香以外の誰かだったら、いくらか気味悪く感じたかもしれない。でも澄香に真似をされる分には一向に構わなかった。というか、〈先生〉にとってそれは誇らしくさえあった。私はこの優れた生き物に全面的に認められているのだ。そう思うと、自分が人間として一段高みに上ったような気分になれた。

　思えばそれまで才能とは無縁の人生だった。物心ついたときからずっとそうだ。自身に才能がないというだけではない。優れた資質を持つ人々は同類で身を寄せ合い、凡庸な人間とは一線を画した人間関係を築く。一見誰とでも別け隔てなく接するように見える人格者でも、それは変わらない。

　その一線が目の前に引かれていくのを、彼女はこれまで何度となく目にしてきた。自分はいつだってあちら側ではなくこちら側だった。今身を置いている劇団の中にだって、はっきりとした境界線が存在する。しかし澄香だけは、あちら側から身を乗り出してこちら側の私に微笑みかけてくれるのだ——少なくとも今のところは。

　澄香からの尊敬を失いたくないがために、〈先生〉は陰で血の滲むような努力をした。演劇の基礎を一から学び直し、劇団での稽古とは別に一人稽古に励み、有名な劇団の公演に熱心に足を運んだ。とにかく寝ても覚めても芝居のことを考えつづけた。

　彼女の前向きな変化は団員たちにも認められ、これまでだったら絶対に任されなかったような重要な役職を任されるようになった。澄香はそれを我がことのように喜んでくれた。

　この子と一緒ならば、いつか私もスポットライトを浴びられるかもしれない。そう〈先生〉は心のうちで密かに思った。

　そのような幸福な関係が、二年ほど続いた。

その話をどこで読んだのか、〈先生〉自身も覚えていない。本ではなく、そういう芝居を見たのかもしれない。

あるところに、生活にちょっとした問題を抱えた男がいる。その男のもとに、彼と瓜二つの分身が現れる。分身は初めのうちは男に友好的な態度を見せ、男は分身と協力して問題を解決していこうとする。しかし本物以上に有能な分身は、少しずつ男の立場を乗っ取っていく。男は分身に散々振り回された挙げ句、周りの人々から狂人と見なされ、精神病院に入れられる。

そんな話だったと思う。

澄香の入団から二年後の秋、〈先生〉の身に起きたのは、要するにそういうことだった。

その日、彼女は〈座長〉に呼び出されて一本のビデオを見せられた。ビデオには澄香が映っていた。稽古の最中の映像のようだが、〈先生〉には見覚えのないものだった。澄香の演技は完璧で、たとえそれがどういう芝居か知らない人でも一瞬で納得させられてしまうような説得力を備えていた。

そして澄香が演じていたのは現在劇団が取り組んでいる芝居において、〈先生〉に割り当てられたはずの役だった。

「どう思う?」と〈座長〉は遠回しに訊いた。

「澄香が演じるべきですね」と〈先生〉は即座に答えた。そのような返答が望まれているのは明らかだったし、用意周到な〈座長〉のことだ、とっくに他の団員にもこの映像を見せているに違いない。この劇団は実力主義だ。ここで不平を言い立てても〈先生〉の側につく者はいない。

役を横取りされて悔しい気持ちがないわけではなかったが、その相手が澄香であったことは、彼女にとっていくらか救いになった。私の役を奪おうとしたというよりは、私を必死に追いかけてくれた結果なのだろう。澄香に芝居のいろはを教えたのは私なのだし、むしろ教育が上手くいったことを誇るべきだ。〈先生〉はそう自分に言い聞かせた。

しかしそれからというもの、〈先生〉が劇団において占めていたポジションは、少しずつ澄香に取って代わられていった。その上澄香はただ〈先生〉のポジションを奪うだけでなく、そこで求められる仕事を〈先生〉より数段上手くやってのけた。それを見せられてしまった後では、〈先生〉にできることは何一つなかった。

気がつくと、身の置きどころがなくなっていた。自身の存在意義を見失った〈先生〉は、団員の輪の中に自然に入っていくことに困難を覚えるようになった。ちょうど入団当時の澄香がそうだったように。

こんなのはおかしい、誰かこの状況に違和感を覚えないのだろうか、と〈先生〉は助けを求めるように周囲を見回した。でも澄香と〈先生〉の入れ替わりに疑問を持つ者は一人もいないようだった。催眠術にでもかけられたみたいに、団員たちはその変化を受け入れていた。

次第に、〈先生〉の劇団での役割は裏方仕事中心に戻っていった。しかし以前は率先して取り組んでいたその仕事に、彼女は今ではまったく熱意を傾けることができなくなっていた。これは私の本当の仕事ではない。私にはもっと相応(ふさわ)しい場がある。なぜ昔の私はこんな役回りを好んで引き受けていたのだろう?

冬を迎える頃には完全に立場が逆転していた。そうなってからも、澄香は相変わらず〈先生〉

の模倣を続けていた。服装も化粧も言葉遣いも仕草も、何もかもだ。だがもはや澄香が〈先生〉を模倣しているという風には見えなくなっていた。むしろ〈先生〉の方が澄香の不器用な後追いのように見えた。同じような服を着ても澄香の方が上手に着こなしたし、同じような化粧をしても澄香の方がずっと見映えがよかった。同じようなことを言っても澄香の方が感心されたし、同じようなことをしても澄香の方が喜ばれた。

やがて〈先生〉は何をしているときも劣等感に苛(さいな)まれるようになった。澄香がそばにいなくても、無意識に自分と澄香を重ねて比較してしまう。**澄香ならもっと上手くやるだろう、澄香ならこんなヘマはしないだろう**、と何者かが彼女の耳元で囁(ささや)く。途端に澄香以外のすべてが意味を失って色褪(いろあ)せていき、途方もない無力感が彼女を襲う。

頼むから私の真似をやめてくれ、と一言言えばそれで済む話なのかもしれない。澄香はあっさり引き下がって、あっさりそのポジションを明け渡してくれるかもしれない。私の真似をやめて、今度は別の誰かになりきろうとするかもしれない。

でも仮にそのように事が運んだとして、そのとき私はこの劇団で以前の私と同じようにふるまえるだろうか？　まず不可能だろう。他の誰も気にしなかったとしても、私はもう知ってしまっているのだ。私という個性が、代替可能な取るに足らない要素の塊でしかないことを。

中学生の頃、よく教員やクラスメイトの物真似をして友人を笑わせていたことを〈先生〉は思い出した。本人の前で物真似をすると、された側は大抵腹を立てる。物真似が似ていれば似ているほど怒りの度合いも高まる。きっと自身の死角にある秘密を暴露されたような気になるのだろう、と当時の彼女は考えていた。

それ自体は間違いではあるまい。でもそれだけではなかった。自分が真似をされる立場になったことで、ようやくわかった。真似られるということは、奪われるということなのだ。優れた模倣は対象の本質を白日の下に晒した上でそこに唾を吐きかける。それが本人の考えているほどには特別なものではなく、容易に一般化可能な傾向の一つに過ぎないと示すことで、意味や意義を粉々に打ち砕いてしまう。私に物真似をされた彼らはうっすらとそれを感じ取っていて、だからこそ真剣に腹を立てていたのだ。

澄香に何もかもを奪われて抜け殻になった〈先生〉は、次第に稽古に顔を出さなくなった。団員たちの「なぜこの人はここにいるのだろう?」という視線に——それは彼女の打ちのめされた自尊心が生みだした錯覚だったかもしれないが——耐えられなくなったのだ。

やがて〈先生〉は劇団を去り、澄香との連絡を絶った。

*

「それで私の話はおしまい」と〈先生〉は言った。「つまんない話だったでしょう?」

彼女のその言葉で尾上はようやく現実に引き戻された。氷の溶けたグラスの水を一息に飲み、それでやっとまともに返事ができるようになった。

「いえ、俺が聞きたかったのは、まさにそういう話です」

「あくまで私の目から見たら、の話だからね。無意識のうちに事実を捻じ曲げてしまっているかもしれない。ひょっとしたらすべては私の僻みから来た妄想で、澄香はただ私よりも有能で、皆に好かれていたというだけの話なのかもしれない」

「そんなことはないでしょう。澄香はそれを、きっとどこまでも意識的に行っていたと思います。動機はさっぱりですが」

「そう、そこがポイントなんだ」〈先生〉は生徒の着眼点を褒めるように言った。「果たして澄香は、なぜ私なんぞに対してそんな嫌がらせをしなきゃならなかったのか」

　そこで〈先生〉は尾上に考えるための時間を与えた。

「あなたの中では既にその答えが出ているんでしょう？」と尾上は訊いた。

「まあね。でも先に君の考えを聞いてみたい」

「見当もつきませんね。災害の気持ちを想像しろっていうようなものです」

「災害か」彼女はその表現を気に入ったように繰り返した。「災害。割と私の考えに近いかもしれないね」

「動機なんてなかった、ということでしょうか」

「いや。私が思うにね、あの子はエイリアンだったんだ」

「エイリアン？」

「別にエイリアンに会ったことがあるわけじゃないけどさ、私たちと文化も言語も科学も宗教も何もかも違う知的生物がいたとするでしょう。そういう連中が我々地球人と会ったとき、最初に何をするかって言ったら、たぶんこっちの真似をしてみると思うんだよね。私たちの言葉を鸚鵡（おうむ）返しにするとか、手を差し出されたら差し出し返すとか。そうやって、『ああ、これは私たちでいうところのあれにあたるんだな』って理解していくの」

彼女がいつの間にか尾上と鏡写しのポーズを取っていることに、彼はそこで気づいた。

「あの子はそういうやり方でしか他人とコミュニケートできなかったのかもしれない」と〈先生〉は続けた。「ただ、その能力がいささか並外れていたせいで、結果的にトラブルを招くことになったんじゃないかな。六股の件にしたってそう。団員の男たちの目には、きっと高砂澄香という女の子が、神様が自分のために用意した女の子みたいに見えていたはずだよ。瞬時にこちらの本質を見抜いて、それにぴたりと合わせてくれるんだからね。恋に落ちるなという方が難しい。そしてあの子は誰かに求められたら、どこまでも純粋に求め返すことしかできなかったのかもしれない。それ以外の対応を知らなかったから」

「これまで聞いた中では、一番好意的な意見ですね」と尾上は言った。

「そりゃそうだよ。だって私は今でもあの子のことが好きだし、あの子も最後まで私を好きでいたことに違いはないからね」〈先生〉は尾上の鏡像でいることをやめて姿勢を崩し、椅子の背に身を預けた。「そう思うことにしてるんだ。あの子は私に恨みがあったとか悪意を持っていたとかそういうのじゃなくて、ただそれ以外に愛情の示し方を知らなかっただけなんだって」

〈先生〉はそこで話を打ち切り、食器を持って席を立った。残された尾上は、彼女の話について自分なりに情報を整理した。

今日に至るまで、俺は澄香という人間について様々な可能性を検討してきた。にもかかわらず、彼女がサクラであったという前提だけは、一度も疑ったことがなかった。だがここに来て、その盤石と思われていた前提が揺らぎ始めている。

仮に澄香が〈先生〉の考える通りの人物――相手の言葉を繰り返すことしかできない、山彦の妖精のごとき性質を備えた人物――だったとしよう。俺が彼女を好きになれば彼女も俺を好きになり、俺が彼女を嫌いになれば彼女も俺を嫌いになる、そういう単純な力学が二人のあいだに働いていたとする。

あの大雪の日、俺は彼女の好意が偽物であることを指摘し、澄香はそれを認めた。でも思い返せば、俺はあの場で「サクラ」やそれに準ずる言葉を一度も口にしていない。「本当は、俺のことなんて全然好きじゃなかったんだろう?」と尋ねただけだ。

だが、「お前がサクラであることを俺は見抜いているぞ」という意味で俺が発した言葉を、「お前の好意に中身がないことを俺は見抜いているぞ」という意味で彼女が受け取っていたとしても、あのときの会話は同じように成立する。いや、それどころか、彼女の返事は単なる反響(エコー)でしかなかったという可能性すらある。そこには「あなたが私を嫌いになるなら、私もあなたを嫌いになるよ」以上の意味はなかったのかもしれない。

その時点まで、彼女は曲がりなりにも俺に好意を向けていたのかもしれない。

しかし忘れてはならないのは鯨井の存在だ。こちらに関しては言質(げんち)が取れている。自分がプロンプターであったことを、彼ははっきりと認めている。当時の俺がサクラを宛がわれるべき自殺ハイリスク者であったことは疑いなく、とすれば澄香もサクラであったと考えるのがやはり自然だろう。

そもそも彼女がサクラでなかったからといって、それで何かが変わるわけではないのだ。あの頃俺が信じていたものが全部偽物であったことに違いはない。もし俺たちの関係が中学三年生の冬に破綻していなかったとしても、いずれは似たようなところに着地していただろう。

鯨井。そういえば鯨井についても一応話を聞いておかなければならない。

食器を下げて戻ってきた〈先生〉に、尾上は尋ねた。

「団員の一人から聞きました。鯨井という男が澄香の自殺に関与しているかもしれないと。彼について知っていることを教えてほしいんですが」

「鯨井か」と〈先生〉は不意を突かれたように言った。「その名前自体、久しぶりに聞いたよ」

「彼は澄香とはどういう関係でしたか？　あなたの目から見て」

「鯨井と澄香？」〈先生〉は目を伏せて考え込んだ。「あの子、人前では男が苦手みたいにふるまってたし、鯨井もあまり稽古に来ないから、二人が面と向かって話してるとこすら見たことないな。同じ劇団に所属している、って以上の接点は特になかったと思うけど。あいつが澄香の死に関わってるなんて話、初めて聞いたよ」

尾上は〈探偵〉から聞いた話をそのまま伝えた。澄香の死の直前に鯨井が町に帰ってきて、二人きりで密会していたという話。

「たぶん、深い意味はないと思うよ」と〈先生〉はあっさり切り捨てた。「というか、消去法じゃないかな？　その頃にはあの子、劇団中から恨まれてたでしょう。劇団と一定の距離を置いてる鯨井くらいしか、気安く話せる相手が残っていなかったんじゃない？」

「かもしれませんね」

確かにそういう見方もある。彼女の言う通り、そこには深い意味なんてないのかもしれない。

「二人は何を話したと思います？」と尾上は訊いた。

「さあね。それればかりは鯨井に直接訊いてみないとわからない」

結局そこに行き着くのだな、と尾上は溜息(ためいき)をついた。〈探偵〉の言った通り、鯨井を探し出さないことにはこれ以上先へは進めないのだ。

　とはいえ、霞への手土産としては十分な量の情報が得られた。これだけの情報を持って帰れば、霞は俺が真剣に調査に取り組んでいると信じてくれるだろう。

「さて、もう質問はないかな?」と言って〈先生〉は席を立ちかけた。

「俺の方からはありませんが」と尾上は言った。「何か、こちらにも質問があると言ってませんでしたか?」

「そうだ、忘れるところだった」先生は慌てて椅子に座り直した。「君、〈座長〉とは霞ちゃんの紹介で知り合ったんだよね?」

「ええ」

「あの子、最近様子はどう?」

「落ち着いてますよ。澄香の死からも、ある程度は立ち直ったようです」

「へえ?」と〈先生〉は意外そうに言った。それから質問を変えた。「君、霞ちゃんとはどんな関係なの?」

「もともとはただの顔見知りです。澄香の家を訪ねた折に再会して、今は澄香について調べる手伝いをしてもらっています」

「それだけ?」

「それだけです」と尾上は言い切った。彼女のサクラを担っている件まで明かす義理はない。

「ふうん」

「何か不都合でも？」

「私はね、君があの子にとって姉に代わる新たな精神的支柱――平たく言えば、恋人なんじゃないかと想像したわけ」

「恋人」と尾上は無感情に繰り返した。

「君は知らないだろうけど、あの子、ちょっと前までかなり塞ぎ込んでたんだよ。姉にべったりな子だったからね。澄香が死んだ直後は学校にも行かず引きこもってたみたい。その頃に一度だけ町ですれ違ったことがあったんだけど、最初はあの子だって気づかなかった。あんなにやつれた人を見るのは生まれて初めてだったな。ろくに食事も睡眠もとってなかったんじゃないかと思う。姉の後を追っちゃうんじゃないかって、団員の人たちも心配してた」

「きっと自力で立ち直ったんでしょう」と尾上は言った。「俺が彼女と関わり合うようになったのは先月のことで、その頃には今と同じ調子でした」

「もしくは、君の前では立ち直ったふりをしているか」と〈先生〉は尾上の言葉に繋げた。「まあ、いずれにせよ君のことを気に入ってるみたいだね。君にとっては澄香のついでかもしれないけれど、霞ちゃんのことをよろしく頼むよ」

「彼女が姉の死を受けて深く傷ついていることは理解しているつもりです。あまり弱みは見せてくれませんが、俺なりに力になれればと思ってます」

「いい返事だ」と言って〈先生〉は笑った。「君なら、彼女のプロンプターになっても安心だね」

もちろんそれは彼女なりの冗談だった。だから尾上も笑っておいた。

8

その後、尾上は〈座長〉の伝手でさらに数人の劇団の関係者に会いに行った。その中には澄香に六股をかけられていたという男も二人含まれていたが、〈座長〉と〈先生〉、そして〈探偵〉から聞いた話以上の情報は得られなかった。〈探偵〉の言っていた通り、やはり尾上の住むその部屋が差し当たりの終着点のようだ。そこから先に進むには、鯨井の居所を探し当てるほかない。

だがそこまで深入りするつもりは毛頭なかった。澄香の自殺を調査していたのはサクラとして霞と交流を深めるための口実づくりでしかない。そして一通り調査を終える頃には、もはや口実など必要なくなっていた。用事がなくても霞は数日おきに尾上のアパートに遊びに来て、尾上と他愛のない話をしたり、尾上に料理をふるまったり、尾上の布団で昼寝をしていったりした。

週末や霞の両親の帰りが遅い日には、彼女を助手席に乗せて片道一時間半程度のドライブをした。行き先は決めず、気に入った場所があればそこで降りて散歩をした。彼女は尾上と過ごす時間そのものを楽しんでいるようで、行き先はどこでも構わないようだった。

植物園で肩を抱かれてからというもの、霞の尾上を見る目は少し変わっていた。機会を見つけては尾上の体にそっと触れたり、尾上が自分の体に触れるように仕向けてきた。さりげないやり方ではあったが、彼女はそれを通じて何かを確認しようとしていた。私たちはそういうことでいいんですよね、と彼女のスキンシップは暗に語っているようだった。

尾上がそれに同じやり方で応えると、幸せそうに笑った。

俺は今どの程度まで目標を達成しているのだろう？　霞と別れて一人になるたびに尾上は考えた。次に会ったとき俺がサクラであることを明かしたら、彼女はどれくらい傷ついてくれるだろう？　現状彼女はどれくらい俺に信頼を置き、どれくらい俺に依存しているのだろう？

　恋人でもなんでもない関係の相手としては、霞はこれ以上ないくらい俺に懐いているように見える。しかしその信頼は、かつて俺が澄香や鯨井に対して抱いていたのと同程度にまで達しているだろうか？　彼女との付き合いはまだ一ヶ月足らずと短い。本来であればようやくスタート地点に立てるかどうかというところだ。だが最愛の姉を失った彼女が新たな心の拠り所を求めていることは確実で、今その位置を占めている俺に行き場のなくなった愛情が急速に注がれたとしてもおかしくはない。

　もし霞との交流が普段の仕事のように端末越しで済まされるなら、尾上は容易に彼女の心の動きを見通すことができただろう。たった数行の文章からでも、相手の気持ちの微細な揺れを感じ取れたかもしれない。でも彼女の生身の身体を前にし、肉声を耳にし、その仕草を目で追っていると、彼のセンサーは情報過多で使いものにならなくなった。

　結局のところ、何ものをも介さない直接の対人経験の不足が問題だった。中学を卒業して以来、誰にも好かれず誰をも好きにならないように努めてきた。他人の好意に鈍感になろうとしてきた。どんな笑顔の裏にも必ず笑えない何かが潜んでいると考えるようにしてきた。マッチングアプリのサクラを問題なくこなせたのは、相手の好意が自分のつくりあげた架空の人物に向けられていたからだ。自分に直接向けられた好意となると、ノイズが混じりすぎて正常な判断が不可能になる。

一度霞と会うのをやめて、しばらく端末越しにのみ接することも本気で考えた。そうすれば条件は仕事のときと変わらなくなる。でもおそらく手遅れだ、と彼は思う。俺は既に高砂霞という人間を知ってしまっている。たとえ文字だけのやりとりでも、彼女の表情を、声音を、身振りを想像せずにはいられないだろう。

尾上は神経を研ぎ澄ませて霞を観察し、彼女の本心に繋がる何かをそこに見出そうとした。おかげで彼女と会った後はいつもひどく気疲れし、彼女の何気ない行動や発言が意味するところについて何時間も考え込む羽目になった。まるで恋をしている人間みたいに。


その点、〈探偵〉との関係は気楽なものだった。

澄香の自殺の調査が一段落した頃、〈探偵〉は再び尾上のアパートに現れた。連絡先を交換したものの、それ以来一度も連絡を取り合っておらず、彼との関係は既に終わったものと考えていた尾上としては予想外の訪問だった。

〈探偵〉はまず調査の進捗状況を尋ねた。前回会ったときから尾上が実質的に一歩も前進していないことを知っても、〈探偵〉は呆れもしなければ残念がりもしなかった。そうなることは初めから織り込み済みのようだった。鯨井があれから一度もアパートに戻ってきていないことも、彼はもちろん把握していた。

「今日は別件でこちらに伺ったんです」

〈探偵〉はそう言うと、車に引き返してトランクから何かを運んできた。右手にはボストンバッグを、左手には黒い大きな筒を携えていた。バッグを開けると、尾上にとっては見慣れたものが出てきた。小型のプロジェクターだ。それで黒い筒の正体もわかった。プロジェクターの映像を投影するスクリーンだろう。

〈探偵〉は筒の留め具を外してスクリーンを広げ、それをカーテンレールに手際よく取りつけた。そして三脚を組み立ててプロジェクターを固定し、スクリーンに向けて位置を微調整した。準備が整うと、尾上に部屋の明かりを消すように言った。

スクリーンに映し出されたのは、今はなき劇団の練習風景だった。

「うちの劇団では、とにかくすべてを映像に残すようにしていたんです」と〈探偵〉が説明した。

「残すだけではなく、それを見返す時間もきちんと設けていました。自分の演技を客観的に見直すというのは基本中の基本ではありますが、案外そういう基本こそ見逃されがちなものです」

もちろんそのビデオには澄香も映っていた。尾上の知る十五歳の彼女から数年分成長し、数年分美しくなった澄香だった。

おそらく一、二年前の映像だろう。しかし安物のプロジェクターの粗い映像と潰れた音は、その光景を本来以上に遠い過去のことのように見せていた。

尾上は無心でビデオに見入った。気がつくと映画一本分の時間が経過していた。そのあいだ、二人とも一言も言葉を発さなかった。尾上に至っては〈探偵〉が隣にいることすら忘れていたほどだ。

ビデオが終わると、〈探偵〉はプロジェクターの電源を切って尾上に尋ねた。「どう思いました？」

尾上はその声で我に返り、「どうって？」と訊き返した。

「澄香の古い友人であるあなたなら、何か僕らとは異なる気づきがあるのではないかと思ったのですが」

「この映像だけで、現場にいた人たちが気づかなかったようなことに気づけるとは思いませんね」

「でしたら、今度また別の映像をお持ちします」

そう言うと〈探偵〉は立ち上がり、尾上の返事も聞かず、プロジェクターとスクリーンを残したまま部屋を出ていった。

その後も彼は新しい映像データを携えて何度も尾上のアパートを訪れた。ビデオはどれも二時間から三時間ほどの長さで、澄香が映っているものに限られていた。

そんなものをいくつ見せられたところで、新しい発見などあるはずもなかった。そもそも俺は澄香の死の真相なんて本当はどうでもいいんだ、と尾上は思った。でも〈探偵〉を追い返すことはしなかったし、毎回律儀に長時間のビデオを見通した。

名前も知らない男と、死人を映したビデオを眺めつづけた。

それは奇妙に充実した時間だった。

〈探偵〉の四度目の訪問の夜、尾上は二人分のポップコーンをつくった。一部は焦げてしまい、殻もたくさん残っていたが、〈探偵〉はそれを美味そうに食べた。

「コツがあるんですよ」と彼は指についた塩を舐めながら言った。「全体にじっくり火を通すのではなく、高熱の油で一気に仕上げた方がいいんです」

「覚えておきます」と尾上は言った。そして次に〈探偵〉が来たときには非の打ちどころのないポップコーンを提供した。

尾上が〈探偵〉に鯨井との相似を見出したのは、そこがかつて鯨井の住んでいた部屋だからでも、二人でスクリーンを眺めるという状況が重なったからでも、男という男に自然と劣等感を抱かせるようなあの雰囲気を彼が持ち合わせていたからでもなかった。〈探偵〉と二人でいるとき、尾上は彼を半透明の存在に感じた。長身で存在感のある人物にもかかわらず、尾上の脳は彼を異物として認識しなかった。自分が理解されるか、理解されなくとも尊重はされるという確信が、おそらくはそのような感覚をもたらしていた。

それは鯨井と訣別して以来、久しく味わっていなかった感覚だった。

もしこの男が澄香の影を引きずっていなかったら俺たちは親しい友人になれていたかもしれない、と尾上は思った。だが澄香が死ななければ俺たちが知り合うことはなかったし、仮にその状態で知り合ったとしても、向こうは俺などには興味のかけらも抱かないだろう。結局それも、よくある無意味な仮定のひとつだった。

〈探偵〉の持ってきたビデオの中には、もちろん鯨井が映っているものもあった。尾上は十五歳までの鯨井しか知らなかったが、彼がスクリーンに映り込んだときは一目でそれとわかった。頬の肉が落ち、いくらか精悍な顔つきになってはいたが、基本的な外見はほとんど変わっていなかった。鯨井の場合、成長していないというよりは、十五歳の時点で完成していたというべきなのだろう。ようやく年齢が体に追いついたという印象を受けた。

尾上が二人の演技を直に見たのは十四歳の夏、文化祭の演劇で共に舞台に立ったときが最後だ。

その頃と比べると、二人の演技力は比べものにならないくらい上達していた。素人目に見てもそれは明らかだった。主役を張っている団員と比べても遜色ないどころか、二人の方が幾分か優れているように感じられた。今の俺があの二人と共に舞台に立ったらさぞ悪目立ちすることだろう、と尾上は思った。もっとも二人のうち一人は既にこの世におらず、一人は行方知れずになっているわけだが。

ビデオを通して稽古の様子を眺めているうちに、いつしか尾上は画面の中の澄香のみを追うことをやめ、芝居そのものを鑑賞するようになっていた。映画やテレビドラマとはまるで異なる演劇の文法にも慣れ、自分なりに楽しみを見出せるようにもなった。要するにこれは鑑賞者に能動的な姿勢を求める表現形式なのだ。進んで彼らの狂気を共有するくらいでなければ、それは百メートルも先から舞台を眺めているのと変わりない。

ある夜、いつものように〈探偵〉とポップコーンをつまみながらビデオを眺めていると、突然映像が停止した。プロジェクターの故障かと思ったが、〈探偵〉は無反応だった。目を凝らすと、どうやら役者が無言で動きを止めているだけだったらしく、スクリーンの中の時間は現実と同じ速度で進行していた。

その役者は澄香だった。彼女は舞台の真ん中で呆然と立ち尽くしていた。空中の一点を見つめ、文字通り静止していた。それが台本にない沈黙であることを、芝居を繰り返し見てきた尾上は知っていた。

それまで、澄香が台詞を忘れて言葉に詰まるようなことは一度もなかった。仮に忘れてしまったとしても、アドリブで場を繋ぐくらい彼女なら朝飯前のはずだった。

　ひょっとして画面の外で何か起きたのだろうかと尾上が疑い始めたとき、何事もなかったかのように澄香が演技の続きに戻った。

「今のはなんだったんでしょう?」と尾上は〈探偵〉に尋ねた。「彼女らしくもない」

「わかりません」と〈探偵〉は言った。「僕はこの現場にいませんでした。確かに澄香らしくないミスです。あるいは何か、芝居を中断せざるを得ないようなことが起きていたのかも」

「これはいつ頃の映像なんですか?」

「一昨年の秋頃ですね」

　一昨年の秋頃となると、〈先生〉の立ち位置が澄香に乗っ取られ始めた頃の話になる。でもそれと今の映像とのあいだに関連性を見出すのは難しそうだった。

　ビデオが終わり、スクリーンが初期画面に戻った。〈探偵〉が煙草（たばこ）に火をつけ、尾上もつられるように煙草に火をつけた。煙がプロジェクターの光を浴びて白く浮かび上がった。折り畳みテーブルに置かれた灰皿は、二人分の吸い殻で一杯になっていた。

「あなたは澄香のどんなところに惹（ひ）かれたんですか?」と〈探偵〉が尾上に尋ねた。

　尾上はしばらく返事に迷っていたが、正直に打ち明けることにした。

「困っているときに手を差し伸べられたんです。中学一年生の頃のことでした」

「困っていた、というと?」

「余計なことを言ったせいでクラスで孤立していたんです。その中で、唯一声をかけてくれたのが澄香でした」

「なるほど」と〈探偵〉は言った。それからわずかに微笑んだ。「目に浮かぶようです」

「あなたは彼女のどんなところに惹かれていたんです？」と尾上は訊き返した。

「格好いいと言われたんです」

「言われ慣れているでしょう」

「ええ、その通りです」と彼は認めた。「ですが彼女の場合、それだけではありませんでした」

そのときの澄香の言葉を、彼は詩でも読み上げるみたいに引用した。


いつも一人で格好いいですね。

私が格好悪くしてあげましょうか。


根本まで吸った煙草を灰皿に捻じ込んでから、彼は言った。「こうして言葉にするとありふれた台詞のようですが、それは僕が長いあいだずっと求めていた言葉そのものだったんです。もちろん、実際に彼女に言われるまでそうとは気づいていませんでしたが。そして彼女はその台詞を、どこまでも効果的に演出したんです。おそらくはあなたがそうされたのと同じように」

演出、という言葉を彼が用いたことに尾上は驚いた。「つまり、澄香の好意的なふるまいが演技だったと認めているんですね？」

〈探偵〉は肯いた。「何も僕は、自分が彼女に本気で愛されていたと思っているわけでも、彼女が潔白だと思っているわけでもありません。彼女の死が自殺でないと信じているだけです。彼女が六人の男と同時に関係を持っていたのは事実です。僕は彼女に利用された一人に過ぎなかったのでしょう」

そう言うと彼はヒーターの方を向き、両手をかざして擦り合わせた。

「負け惜しみにしか聞こえないでしょうが、澄香の演技を僕は初めから見抜いていました。僕の目に見えている彼女はあくまで僕の理想を映し出す鏡でしかなく、本当の彼女がその鏡のずっと奥に身を潜めているということは、付き合い始めた頃からわかっていたんです。でも鏡だってなんだってよかったんです。それが僕にとって心地よいものであれば」

プロジェクターの電源が自動で切れ、部屋に闇が降りた。二人とも明かりをつけようとはしなかった。〈探偵〉の姿は闇に紛れ、ヒーターの運転ランプだけがそのあたりで光っていた。

「澄香が僕の理想の女の子であることをやめたとき、僕には、彼女が本性を顕(あらわ)したという風には見えませんでした。演技が次のフェーズに移行した、とでもいうのでしょうか。そんな風に見えました。次は僕に嫌われる女の子を演じることにしたんだな、としか思えなかったんです。だから大して悲しみもしませんでした。それよりはむしろ疑問の方が勝っていたかもしれません。彼女はこの一連の芝居を通じて何を成そうとしているのだろう、と」

そこで彼は尾上の返事を待つように黙り込んだ。でも尾上は口を閉ざしていた。

それは〈探偵〉の意見に賛同できないから、ではなかった。

「おそらく澄香にとっては、劇団の崩壊さえ過程に過ぎなかったんです」と〈探偵〉は言った。

「彼女がその先に何を目指していたかは想像もつきませんが、少なくとも自殺ではなかったはずです。彼女は不条理劇を好みませんでした。悲劇なら明快な悲劇、喜劇なら明快な喜劇を好んでいました。登場人物の誰かが死ぬときはそこに必然性を求めたということです。ですから、生前の彼女の行動が脈絡を欠いているように見えるのは、その芝居が不本意に中断させられてしまったからではないかと僕は思うんです」

言い終えると、〈探偵〉は立ち上がって部屋の明かりをつけた。

闇の中にうっすらと漂っていた澄香の気配が、その瞬間に霧散したように感じられた。

「意外と理性的な思考から出発していたんですね」と尾上は〈探偵〉の話に短いコメントを返した。

彼は朗らかに微笑んだ。「そう思ってくれるのはあなたくらいのものです。劇団の人たちは皆、狂人を見るような目で僕を見ます」

「理性的であることと狂人であることは、必ずしも矛盾しませんよ」と尾上は言った。

澄香の映っている最後のビデオを見終えた晩、尾上は重大なミスを犯した。機材の片づけを手伝っている最中、〈探偵〉にコードの収納場所を尋ねようとして、うっかり彼を「鯨井」と呼んでしまったのだ。

〈探偵〉がそれを聞き逃すはずもなかった。彼は作業の手を止めてゆっくりと尾上を振り返った。

「自然にその名が口をついて出るくらい、彼と親しい間柄だったのですね」と彼は穏やかに言った。「黙っていたのは、僕にあらぬ疑いをかけられそうだったからですか？」

「それもあります」と尾上は言った。「でも、やつを庇っていたわけじゃありませんよ。俺と鯨井が友人だったのは中学生の頃の話だし、そこに澄香の死に繋がるような要素は何ひとつありません。だからあえて明かすまでもないと思ったんです」

〈探偵〉は短い沈黙の後で言った。「信じますよ」

二人は機材を持って部屋を出て、黒い四輪駆動車にそれを積み込んだ。

「尾上さんから見て、鯨井はどんな男でした？」

「あなたに少し似ています」

「ほう」と〈探偵〉は興味深そうに言った。「それで、彼は澄香を殺せるような人間に見えましたか？」

「まずあり得ません」と尾上は即答した。「澄香に殺してくれと頼まれでもしていたら、話は別ですが」

「よほど彼を信頼していたようですね」

「信頼とは違います。客観的事実です。単にそういうタイプの人間ではなかったということです」

〈探偵〉は肯いた。「しかし、人を殺めるタイプの人間だけが人を殺めるとは限りませんよ」

彼の車が走り去り、その尾灯が見えなくなった後、尾上は先ほどの自分の言葉を思い返した。

澄香に殺してくれと頼まれでもしていたら。

鯨井を犯人と仮定した場合、それはもっとも妥当な動機であるように感じられた。幼い頃からの想い人が少しずつそのかがやきを失っていくのを見るのは、鯨井にとっても耐えがたいことだっただろう。もし澄香本人から頼まれれば、彼はその依頼をためらいなく遂行したかもしれない。朽ちゆく花を摘んでそっと薄紙に挟み、押し花にして保存するみたいに。

気分が落ち着かず部屋にじっとしていられないとき、何はともあれ車に乗り込むのが尾上の習慣だった。用事や行き先は乗り込んでから考える。そういう衝動に駆られるのは決まって夜中で、大半の施設は既に閉まっている。だから行き先も大体似たような場所になる。

桜の町に戻ってきてからというもの、尾上は国道沿いにある銭湯によく通っていた。アパートからは近すぎず遠すぎないほどよい距離にあったし、何より深夜まで営業しているのがよかった。広い湯船で汗を流してから帰ると、その夜はぐっすりと眠れた。

その夜も尾上は銭湯を利用し、ロビーの籐椅子に座って温まりすぎた体を冷ましていた。時計は午後の十一時を指していた。夜の客と真夜中の客とが入れ替わる、一番静かな時間帯だ。目を閉じると古い建物の匂いがした。木と畳と煙草の煙と人の汗、そんな色々なものが入り交じった匂いだ。

その女が入店してきたとき、尾上の意識は眠りの一歩手前にあった。だから彼女がロッカーからまっすぐ彼の方に向かってきていることにも気づかなかった。

「すみません」と女は尾上に声をかけた。

顔を上げると、品の良い格好をした女が尾上の前に立っていた。年は三十代半ばというところで、体型は中肉中背、潤いを欠いた髪を無造作にひっつめていた。何かに腹を立てているようにも見えたが、たぶんもとからそういう顔立ちなのだろう。

女は尾上に話しかけたはいいものの、その次のことまでは考えていなかったらしく、しばらく無言で固まっていた。それからふと思いついたようにハンドバッグを開けて中を探り、取り出したものを尾上に向けて差し出した。

それは淡いピンク色の封筒だった。

一拍置いて、尾上の心臓は高鳴り始めた。

足下が揺らぐ感覚があった。

どこかで俺はミスを犯したんだ、と思った。きっと気が緩んでいたのだ。〈システム〉は再び、俺をサクラの庇護が必要な弱者と判断したのだ。

もちろんそれは冷静に考えれば筋の通らない話で、霞のサクラである尾上にサクラがつくはずはなく、サクラが自身の正体を自殺ハイリスク者の前で明かすはずもない。でも目覚めたばかりの頭ではそこまで考えが回らなかった。

彼女がすぐにその誤解を正してくれなかったら、次の瞬間には尾上は逃げ出していたかもしれない。

「私は高砂霞さんのプロンプターです」と女は言った。「尾上さん。あなたと同じように」

尾上は浮かせかけた腰を椅子に戻し、それから大きく溜息をついた。

冷たい汗が腋の下を伝っていくのがわかった。

女は封筒をハンドバッグにしまい、隣り合った籐椅子に静かに腰を下ろした。

「なぜ俺もそうだと?」と尾上はまず尋ねた。

「私がプロンプターに選ばれて、あなたが選ばれないわけがないからです」と女は言った。「後をつけるような真似をして申し訳ありません。他の場所では霞さんの目に留まる危険があったものですから。私、こういうものです」

女は名刺を差し出した。飾り気のないモノクロの名刺で、「教諭」の二文字と所属する高校の名が記されていた。尾上は女の名前をろくに見ずに名刺をポケットに入れた。自分以外のサクラの名前なんて知りたくもなかった。

「昨年春から、高砂霞さんの担任教諭をしております」と彼女は名刺の情報を補足した。「九月頃に彼女のプロンプターに選任されました。それ以来、霞さんの自死を防ぐべく尽力しております。失礼を承知で、あなたについて少々調べさせてもらいました」

尾上からすれば、桜の町に戻ってから二人目の〈先生〉だった。こちらは本職の先生のようだが、劇団の〈先生〉と区別するため、便宜的に彼女を〈教諭〉と呼ぶことにした。

「自らプロンプターであることを明かすのは禁じられていたはずでは？」

「その通りです。ですが、そうも言っていられない状況なのです」

「というと？」

「あなたは自分が霞さんの何番目のプロンプターか、ご存知ですか？」

尾上は一瞬言葉を失った。「二人だけではない、と？」

「そういうことです」と〈教諭〉は言った。「正確な数は存じ上げませんが、確認を取れただけでもあなたを除いて三人。確認が取れない者を含めると、親しく交際している人間全員がサクラであってもおかしくない状況だ。「そんなことってあり得るんでしょうか？」

「六人」と尾上は思わず繰り返した。「そんなことってあり得るんでしょうか？」

「私もほかにそのような話は聞いたことがありません。相当特殊な事例と言ってよいでしょうね」

尾上はしばらく考えてから言った。「仮に六人のプロンプターが事実だったとして、そこまで自殺リスクが高まっているなら、もはやプロンプターなどの出る幕ではないのでは？」

「では、霞さんを無理矢理病院まで引っ張っていって措置入院でもさせますか？」と〈教諭〉は硬い声で言った。「彼女は表面的にはどこまでも正常なのです。〈システム〉の診断のみを根拠に、そこまで介入することはできないでしょう」

「親御さんは知っているんでしょうか？　娘にプロンプターが大勢配されていることを」

「どうでしょう。何しろ前例のないことなので」

〈教諭〉が嘘を言っているようには見えなかった。思い込みで物事を決めつけるような人間にも見えなかった。ひとまずその発言は事実として呑み込むほかなさそうだ。

　尾上の質問が尽きると、今度は〈教諭〉が尋ねた。

「これまで何人ものプロンプターが霞さんの善き友人になろうとして失敗してきました。私もその一人です。尾上さん、あなただけが彼女と理想的な関係を築くことに成功しています。あなたと他のプロンプターとで、何が違ったのでしょう？」

「わかりません。一番彼女を救う気が薄かったからかもしれませんね。あの子はそういうわざとらしい気配に敏感ですから」

「なるほど」〈教諭〉は尾上の答えに少し失望した様子だった。「あなたは霞さんの自殺念慮の原因をどのように考えていますか？」

「普通に考えれば、姉の死が原因でしょう。姉のことを神様みたいに慕っていたようです」

「そうですね。でも、それだけではないとは考えられませんか？」

　静かな一時が終わり、少しずつロビーを行き来する客が増えていた。一人客ばかりで、どの客も尾上と〈教諭〉には目もくれずに通り過ぎていった。

「確かに家族の死というのは悲しいものです」と彼女は同情を込めて言った。「私にも経験があります。特別慕っていた相手の死なら、その悲しみは尚更（なおさら）でしょう。しかし、どんな感情にもピークというものがあります。そこを乗り越えれば、どれだけ尽きることがなさそうにみえた激情も、少しずつ薄れていくものです」

　尾上はそれに反論しようとしたが、言われてみればその通りにも思えて口を閉ざした。彼の澄香に対する恨みは今でも残っていて、それは霞への代理復讐（ふくしゅう）を企てさせるほどに根が深い。しかし当時ほどの強烈な感情が持続しているかと言われれば、自信を持ってそうだと断言することはできなかった。

「彼女は若い。問題対処能力も高いし、感情のコントロールにも長（た）けている。それに加え、あなたという理想的な友人を得たことで、最近は生活にも張りが出てきたようです。一見、すべては順調に見えます。しかしそれにもかかわらず、彼女のプロンプターは今も増えつづけているようなのです。尾上さん、あなたは最後のプロンプターではないのですよ。こうなると、姉の死以外にも原因があると思えてなりません」

「〈システム〉の不良ということは考えられませんか?」

「私も真っ先にそれを疑いました。もしくは、何か〈システム〉に誤解されやすい因子を霞さんが備えていて、それが誤診を招いているのではないかと。調べてみたところ、そういう例はまったくないわけではないそうです。しかし不自然な診断が繰り返された場合、〈システム〉はすぐに基準を修正するようにできているということでした」

「では、その修正が遅れているだけかもしれませんね」

「ええ、そうであることを祈っています」と〈教諭〉は言った。「私が霞さんのプロンプターでいられるのはこの冬が最後です。彼女が卒業して高校を去れば、私は彼女のプロンプターから外されることでしょう。その程度の薄い繋がりです。結局、私は教師らしいこともプロンプターらしいことも彼女にしてあげられませんでした。だからせめて、今後も彼女に寄り添っていられるであろうあなたに、私の知る限りのことをお伝えしておこうと思ったんです」

〈教諭〉は深々と頭を下げて去っていった。義理堅い人だ、と尾上は感心した。こんなにまともな教師を見るのは初めてだった。いや、もしかしたらこれまで俺が出会った教師の中にも、彼女のように立派な志を持った人はいたのかもしれない。一人の友人もつくらず教室の隅で息を潜めている俺を見て心を痛め、なんとか力になってやろうとしていた教師だっていたのかもしれない。

すっかり湯冷めしていたので、体を温めなおすことにした。湯船に肩まで浸かって目を閉じ、時間をかけて体の芯まで熱を染み込ませた。そして先ほどの〈教諭〉の話を思い返した。

六人ものサクラに囲まれているというのは一体どんな気分なのだろう？　俺だったら耐えられそうにない。というか悪夢そのものだ。もちろん霞本人はまだそのことに気づいていないのだろうが、俺がそれを霞に告げてしまったらどうなるだろう？

いや、何もかもを教えてやる必要はない。むしろ彼女には、サクラは俺一人だと思い込ませた方が都合がよい。六人のサクラがいたという衝撃は、個々の裏切りがもたらす傷をやわらげてしまうだろう。信頼する人物に裏切られる経験の純度を高めるためにも、彼女のサクラは俺一人ということにしておくべきだ。

かつて澄香がそうであったように、霞も尾上の前で寝顔を見せることに抵抗がないようだった。「今日は体が怠いから」「昨晩あまり眠れなかったから」などと言って、たびたび尾上の部屋を仮眠室代わりに使った。布団に横になってからあっという間に眠りにつくところを見ると、寝不足というのは嘘ではなさそうだった。

だからチャンスはいくらでもあった。その日も霞は尾上と他愛のないお喋りをしているうちに眠ってしまった。尾上は彼女を布団に寝かせると、座卓に置いてある彼女のスマートフォンを手に取った。そして霞が熟睡していることをもう一度確認してから電源キーに触れた。

ロック方式は古き良き暗証番号方式だった。尾上はあまり期待せずに彼女の姉の生年月日を入力した。自分が今でもそれを覚えているのが気に入らなかったが、この瞬間に限ってはそれが助けになった。ロックは一発で解除され、初期設定のままのホーム画面が表示された。

あまりにすんなりと突破できてしまったことで逆に罠にかけられているのではないかと不安になったが、ここまで来て引き返すわけにもいかない。プライベートな情報が含まれていそうなアプリを片端から起動し、チェックしていった。いずれも彼女くらいの年の女の子が持つ端末にしては異常なほどクリーンで、仕事用のサブ端末でも弄っているかのようだった。思えば彼女が電話以外の目的でスマートフォンを取り出しているところを、尾上はこれまでほとんど見たことがなかった。

諦めて端末をスリープさせようとしたところで、まだチェックしていない場所があったことを思い出した。写真のライブラリを確認するのを忘れていた。プライベートな情報を知りたければ真っ先にチェックすべき項目だが、基本的すぎてかえって見落としていた。

ライブラリを開く。

息を呑んだ。

画面は澄香の写真で埋まっていた。

どれだけ遡っても、澄香の写真しか出てこなかった。それはどこまでも徹底されていた。霞本人はもちろん、両親や友人らしき人物の影もない。風景や食事を撮ったような写真すら見当たらなかった。

とはいえ、そこまでなら尾上もまったく予想していなかったわけではない。霞の姉への執着が並外れていることは知っていたし、それ以外の事物への関心の薄さにも気づいていた。澄香がこの世を去ったことで、その執着はほとんど崇拝の域に達しているようだった。

だがある一枚の写真を眺めているうちに、ふと尾上の背筋を冷たいものが走った。

その写真の日付は昨年の夏頃になっていた。尾上の記憶が正しければ、それは澄香の命日の一週間後だった。

そしてその写真の撮影日以降も、澄香の写真は毎日欠かさず撮影されていた。

幽霊のアルバム。

だが写真を拡大して細部を眺めてみると、その種はすぐに割れた。化粧や髪型、それに撮影角度などで巧みに澄香らしく見せてはいるが、それは霞の扮装(ふんそう)にすぎなかった。

なぜ彼女はそんな写真を撮りつづけているのか？　もちろん、姉に会うためだろう。姉に化けてアルバムを更新することで、澄香がまだ生きているかのような錯覚に浸っているのだろう。

彼女の病理の一端を、ようやく垣間見（かいまみ）た気がした。

目覚めた霞を家まで送ると、尾上はアパートに戻って一人で夕食を取った。食後に酒を飲もうとしたら瓶が空だったので、歩いて近場の酒屋まで買いにいった。でも店はとっくに閉まっていた。ほかに酒を買えそうな場所となると、歩いていけるような距離にはない。諦めてアパートに引き返した。

　夜道を歩きながら町角の掲示板に何気なく目をやると、自殺防止を謳うポスターが目に入った。スーパーマーケットの休憩スペースに貼ってあったのと同じようなものだ。

　一度はそのまま掲示板の前を通り過ぎたが、思い直して引き返し、再び掲示板の前に立った。ポスターには電話番号が記載されており、尾上はそれを暗記した。覚えやすい語呂合わせで、メモを取る必要もなかった。

　部屋に戻った後も、しばらくは電話をかけるのを躊躇（ちゅうちょ）していた。瓶の底に僅かに残っていたウイスキーを啜（すす）り、換気扇の下で煙草を一本吸った。煙草を吸い終える頃に、不意に部屋の明かりが消えた。どうやら電球の寿命が尽きたようだった。幸い、台所の小さな照明はまだ生きていた。でも部屋が暗くなったことで、寒さが一層厳しくなったように感じられた。

　尾上はスマートフォンを手に取り、先ほど暗記した番号を入力した。

　もちろん本気で自殺の相談をするつもりはなく、目的はほかにあった。

　電話は一回で繋がった。こちら——の電話相談窓口です、と男の声が応じた。高くもなければ低くもない、よそよそしくもないが馴（な）れ馴（な）れしくもない、聞き手を落ち着かせる声だった。朗読向きの声、それも台詞ではなく地の文を読み上げるのに長けた声だ。

「本日はどのようなご相談でしょう？」と相談員が尋ねた。

「友人に自殺しそうな人間がいるんです」と尾上は言った。言ってから、いかにも自殺相談に抵抗のある人間が他人の相談という体で話しているみたいだなと思った。誤解されたところで特に問題はないが。「こういう場合でも、相談の対象に含まれるんでしょうか？」

「もちろんです」と相談員は言った。声の調子で、彼が深々と肯いているのがわかった。「というか、見方によっては、本人からのご相談よりもそちらの方が望ましいくらいです。私たち相談員にできることはたかが知れていますが、あなたのような立場にある方にはできることがたくさんあります。そのサポートができるわけですからね」

「そういうものですか」

「ええ、ですからお気兼ねなくご相談ください」

「その友人——女の子なんですが——彼女の身内が、少し前に自殺しているんです。その悲しみから今も脱せていないようで、一見したところでは元気に見えるんですが、ふとした瞬間に、彼女がひどく危うく見えることがあるんです」

「危うく見える、と言いますと？」

「死にたがっているというよりは、死人と同化しようとしているとでもいうか……上手く言えません」

「いえ、よくわかります」と相談員は共感を込めて言った。職業的な〈傾聴〉〈共感〉とは違う、本物の共感が込められた声だった。少なくとも尾上にはそのように聞こえた。この相談員には本当にそれがわかっているのだろう。それを証明するように、彼は尾上の言葉を別の表現に言い換えてみせた。「表現がやや不適切かもしれませんが……命を断とうとしているのではなく、墓に入りたがっている」

「そうですね。それに近いかもしれません」

「ご友人はどのような方なのですか？」

「かなり若いんですが、理性的で、達観したようなところがあって、本来なら自殺とは一番縁がない種の人間です。ただ、その身内のことになると、常識では理解できないような行動を取ることがあります」

「あなたのほかに、ご友人の危機に気づいている人はいないのですか？」

尾上は〈教諭〉との会話を思い返しながら言った。「複数います。ですが、親しい人間としては自分だけです」

「なるほど」と相談員は相槌（あいづち）を打った。「それでお電話くださったわけですね。独力で解決しようとしないのは、実に正しい判断です」

考え込むような間を挟んで、相談員は続けた。

「お話を聞く限りでは、あなたのような方がご友人のそばにいること、それ自体が最大の予防になっているように思います。彼女のために動くだけの愛情があり、状況を俯瞰（ふかん）する冷静さを備え、自分の能力を過信せずに誰かの助けを求めることもできる。理想的な人柄です」

「ですが、彼女の状態は日を追うごとに悪くなっているんです」

「あなたがいなければとっくに彼女は死んでいた、と考えることもできます」と相談員は勇気づけるように言った。「現状、彼女の生存にもっとも寄与しているのはあなたであり、あなたはその役割を十全に果たしている。私が心配なのはむしろ、妙に気負いすぎてあなたが彼女より先に潰れてしまうことです。責任感の強い方のようですから」

なかなかに口の上手い男だ、と尾上は密かに感心した。追い込まれて視野の狭くなっている人間なら簡単に丸め込まれてしまうかもしれない。

「それに、自殺願望というのは伝染しやすい。あなたが彼女に影響力を持つように、彼女もまたあなたに影響力を持っている。他人に親身になれる人間ほどその影響を受けやすい。相手を引き上げるつもりが、気づけば引きずり込まれていたということもめずらしくありません」

「そうですね。そこは気をつけるようにします」と尾上は言った。「ただ、俺の責任感が強いというのは間違いです」

「責任感のある方は皆そう考えます」と相談員は笑い混じりに言った。

「俺は彼女のプロンプターなんです」

相談員の表情が固まるのが電話越しに感じ取れた。

「本気で彼女を救いたいとは思っていません。今のところは好奇心でその役目を引き受けていますが、いつ放り出すかもわからない」

相談員は黙り込んだ。今度の沈黙は、今までのように計算され尽くしたものではなさそうだった。

「なるほど」と相談員はやっとのことで言った。「それは、他の誰にも打ち明けられなくて大変だったでしょう。ここでの会話は外には漏れませんので、ご安心ください」

「そうですか。では、遠慮なく打ち明けさせてもらいます」と尾上は言った。自分がその会話に薄暗い楽しみを覚えつつあるのがわかった。「自殺の危機にある女の子ですが、高砂霞というのが彼女の名です」

再び電話が沈黙した。手応えのある、重い沈黙だった。

自分の読みが的中したことを、尾上はそれで確信した。

——**姉が亡くなって以来、父も母もボランティアに精を出してるんです。自殺防止活動のボランティアですね。ほら、電話で悩みを聞いてあげる、あれです。その手のサポートを必要とする人たちって、深夜に電話をかけてくることが多いらしいんですよ。だから皆が眠ってからが本番なんです。**

やがて相談員が口を開いた。「私がここで相談員をしていることは、霞からお聞きになったのですね？」

「そうです」と尾上は言った。「まさか一発で当たりを引くとは思いませんでしたが」

「あなたは霞のプロンプターを担っている」と霞の父親は確かめるように言った。「それを私に伝えるために、お電話くださったのですね？」

娘の自殺の危機を知らされた直後にもかかわらず、彼は既に冷静さを取り戻していた。

「もしかして、既に知っていたんですか？」と尾上は尋ねた。

「いえ、そういうわけでは」と霞の父親は静かに否定した。「ただ、きっとそんなところだろうとは思っていました。残念なことです」

さほど親しくもない知人の不幸を悼むような言い方だった。

「何か心当たりのようなものがあるんですか?」

「いえ、そんなものはありません。ですが……」

そこで彼の声は突然途切れた。受話器を置かれたのかと思ったが、耳を澄ますとまだかすかな物音が聞こえた。

「後ほどあらためてこちらから電話を差し上げてもよろしいでしょうか?」と霞の父親は言い、さらに声を落として続けた。「この場ですとお話ししにくいこともありますので……」

オペレーターの並んだコールセンターのような場所を尾上は想像した。いくら真夜中に相談が増えるといっても、全員が常に通話しているわけではないだろう。手隙の相談員は彼の会話にそれとなく聞き耳を立てているのかもしれない。

「わかりました」と尾上は言った。「それでは後ほど」

すみませんね、と言って霞の父親は電話を切った。

折り返しの電話がかかってきたのは一時間後だった。電話が遅くなったことを彼はまず詫びた。今は人のいない場所からかけているから自由に話せる、と言った。

「どこからかけているんですか?」と尾上は興味本位で尋ねた。少なくとも自宅ではないだろう。

「電話ボックスです」と霞の父親は答えた。「なぜこんなところに設置されているのか不思議になるくらい、人通りのない場所にある電話ボックスです。近くを通りかかるたび、一体誰がこんなところから電話をかけるんだろうと思っていたものですが、まさか私自身が使うことになるとは」

「毎日こんな遅くまで電話相談にあたっているんですか?」

「そこまでではありません。週の半分ほどです。優秀なチャットボットが年中無休で対応してくれていますからね。それでもやはり、この手の相談となると生身の話し相手を求める人が多いもので、結局私たちが駆り出されるわけです」

「基本的に無報酬なんですよね、その手のボランティアは」

「その通りです。とても難しい問題です」と彼は重々しく言った。「ですが私個人の話をすれば、十分な見返りは得ているつもりです。決して見返りを求めてこの仕事をしているわけではありませんが、相談者たちとのやり取りを経て、結果的に私は様々なことを学んでいます」

「たとえばどのようなことを学んだんでしょう？」

「そうですね、たとえば――」一呼吸置いてから彼は言った。「結局のところ我々が救えるのは、自殺願望のない人間だけだということです」

　尾上はその言葉をひとまず字義通りに受け取ることにした。

「電話をかけてくるのは自殺願望のある人間だけなのでは？」

「本人はそのように認識しているでしょうね」と彼は持って回った言い方をした。「もちろんこれは、自殺願望を自ら口にするような人間が実際に自殺することはない、などといった的外れな言説とは無関係です。私が言いたいのは、相談者の中には、自殺願望によく似た別の何かを自殺願望と取り違えている人々が多くいるということです。私たちの役目はその誤解を、本人にも気づかれないようにそっと正すことです」

「それが誤解でなかったなら？」

「私たちにできることはほとんどありません。今までよく頑張ってきましたね、と労(ねぎら)いの言葉をかけるくらいでしょうか」

「そして霞さんの場合は誤解ではない」と尾上は言った。「そういうことですか？」

霞の父親は否定も肯定もしなかった。そこで尾上は質問を少しだけ変えた。

「澄香さんのときはどうだったんです？　いつからそういった兆候は表れ始めていたんですか？」

「澄香のときですか……」彼は記憶を辿るようにぽつぽつと語った。「あの子がいつからそういった願望を持っていたのかは、今もって定かではありません。ひょっとしたら〈システム〉はいち早くそれを察知してプロンプターを宛がっていたかもしれませんが、本人から名乗り出てくるでもない限り、私たちにそれを確認する術はありません。私たち――私と家内が澄香の異常に気づいたのは、あの子が命を絶つ一月ほど前のことでした」

澄香が自殺を決行したのは半年前、八月頃だ。つまりそれは七月頃の話ということになる。

「梅雨も終わりかけの小雨の夜だったと思います。突然私たちのもとに、澄香の通う大学から連絡がありました。澄香さんから退学届を受け取っているがこのサインは本当に御両親のものか、という確認の電話でした。もちろんそんな話は寝耳に水です。私は慌てて澄香に連絡を取ろうとしましたが、家内に止められました。私たちに何の相談もなくサインの偽造をしてまで大学を辞めようとしている娘に、正面からそれを問い質したところで無駄だろうというのです。まずは落ち着いて様子を見るべきだと。確かに家内の言う通りでした。もともと澄香は聞き分けの良い子でしたが、一度自分でこうと決めたことに関しては、何があっても譲らない性分でした。私たちで説得しようとしたところで、逆に説得されかねません。

それでもひとまず、澄香に会いにいってみることにしました。適当な口実をいくつか拵えて、私一人で澄香のマンションを訪ねたのです。退学届の件には触れず、『最近大学生活はどうか』などと白々しく訊いたりもせず、ただ数分軽い世間話をするだけに留めるつもりでした。訪問を前もって知らせることはしませんでした。今までも澄香のマンションを訪ねるときは特に連絡などしていなかったものですから、今回に限ってそのようなことをしたら怪しまれると思ったのです」

彼はそこで溜息にも似た深さで息を継いだ。

「澄香は留守でした。けれども鍵は開いていました。初めは居留守かと思いましたが、澄香の名を呼びながら部屋に入ってみると、そこはもぬけの殻でした。単に部屋の主がいない、というだけではありません。そこにはベッドもテーブルもチェストも、本棚も冷蔵庫も電子レンジも洗濯機も、何もなかったのです。あるのは部屋の隅に敷かれた布団だけでした。もちろん以前に訪ねたときは、そんな状態ではありませんでした。いかにも若い女の子が住んでいそうな、ごく普通の部屋だったんです」

尾上は澄香の部屋——今は霞のものになっている部屋を思い浮かべた。

「それは死を覚悟した人間が生前に行う身辺整理のように、私の目には映りました。その頃、澄香は所属していた劇団の中で事件を引き起こし、結果的に劇団を解散まで追い込んだのですが、そちらについてはご存知でしたか？」

「ええ、霞さんから伺いました」

「今にして思えば、それもあの子の身辺整理のうちの一つだったのでしょう。あの子は自分が所属していたあらゆるものと縁を切って身軽になろうとしていました。劇団をあそこまで徹底的に破壊したというのは、逆説的に、そこまでしなければ断ち切れないほど強い絆を劇団とのあいだに感じていたと言えるかもしれませんね」

「なるほど」と尾上は言った。これまでで一番シンプルで、筋の通った説に思えた。

「さて、そうなると悠長に様子見などしていられません。澄香の自殺を防ぐべく、私と家内はあらゆる手を尽くしました。あの子を決して孤立させないよう、様々な人々に協力を仰ぎました。しかしあの子はそれらに対してあらかじめ手を打っておいたかのようにするすると逃げ回り、粛々と身辺整理を進めていきました。そして遂には家族との血の繋がり以外のすべてを捨ててしまったのです。

最終的に私たちは澄香を無理矢理家に連れ帰り、二十四時間監視下に置くほかなくなりました。あの子がまだ手のかかる赤ん坊だった頃以上に注意を払い、生活のすべてを娘の生命を維持することに費やしました。一瞬も気を緩めた覚えはありません。にもかかわらず、やはりあの子の自殺は阻止できませんでした。気がついたとき娘の姿は消え、再び目にしたときには既にその生命は失われていました。あの子が本気で何かをしようと思ったら、それを止めることはおそらく誰にもできないのです」

彼はそこで押し黙った。尾上に同意を求めるような沈黙だった。あるいは同情の言葉を。でも尾上は何も言わなかった。自分が彼の話をどう受け止めているのかもよくわからなかった。

「霞は澄香とよく似た子です」としばらくして霞の父親は言った。「そして今の霞からは、あの頃の澄香にとても近い雰囲気を感じるんです。いや、そのものと言っていいかもしれません。こうなると私たちにできることはもう何もありません。あの子が残りの日々を心安らかに過ごせるように見守るだけです」

「それで、霞さんのことは潔く諦めて、それ以外の救える命を救うことに心を傾けていると？」

「皮肉な言い方がお好みなら、そういうことになります」

娘が娘なら親も親だ、と尾上は思った。

「霞さんの自殺願望は澄香さんの死に起因するものなんでしょうか？」と尾上は尋ねた。

「あなたはどうお考えですか？」と霞の父親は問い返した。

「どうも本当にそれだけとは思えないんです。なぜかと訊かれたら答えられませんが」

するとと彼は小さく息を吐いた。声を立てず笑っているように聞こえなくもなかった。

「あなたの勘はおそらく正しい」と彼は言った。「しかし本音を言えば、私も家内も、そんなことは知りたくないのです」

「知りたくない？」

「ひどく漠然とした表現になってしまいますが……どうやら澄香は自ら命を絶つ少し前に、何か、とても恐ろしいことをしてしまったようなのです。ひょっとしたら、霞もそれに少なからず関与しているのかもしれません。ですが、既に二人が手遅れになってしまった今、私たちはあえてその真相を解き明かそうとは思いません」

「なんだか無責任な話のように聞こえますね」

「そうですね。無責任です。そしてあなたも、プロンプターとしての責任を果たせずに終わるでしょう」

そう言われてしまうと尾上は何も言い返せなかった。そもそも責任を果たす気もないのだから。

「霞を救えなかったことを、どうか気に病まないでください。あの子は初めから死んでいたのです。あなたが握っていたのは死人の手なのです」

そう言うと、霞の父親は一方的に電話を切った。

死人の手であるものか、と布団に潜り込んだ後で尾上は思った。

あの手は俺などよりよほど温かかった。

9

三月一日は霞の高校の卒業式で、朝から小粒の雪が降っていた。霞からの頼みで、尾上は午後一時頃に彼女を学校に迎えにいくことになっていた。その後でちょっとしたドライブにでも連れていってください、と彼女は言った。両親は例によってボランティアで忙しく、式には顔を出さないという話だった。既に死んでいる娘の卒業式など見たところで仕方ない、とでも考えているのだろう。

昼前に布団を這い出て朝食と昼食を兼ねた食事を取り、ダッフルコートを着てアパートを出た。途中でコンビニに寄ってコーヒーを買い、霞の高校から少し離れたところにある公園に車を停めた。雪は降ったり止んだりしていたが、どちらにせよ太陽は分厚い雲の向こう側に隠れていた。あまり卒業式にはふさわしくない、薄暗い一日になりそうだった。

コーヒーを飲んでのんびり煙草を吸いながら霞を待った。煙草を吸い終えるとシートを倒して横になり、両手を枕にして目を閉じた。園内で遊んでいる子供たちの声が、風に運ばれて車の中にまで届いた。追いかけっこでもしているのか、甲高い叫び声がきれぎれに聞こえた。

どうして子供たちはこうもよく叫ぶのだろう、と尾上は思った。いろんな理由があるのだろうけれど、何より、叫ぶのが単純に楽しいのかもしれない。喉を震わせて空気を揺らし音を発することが、面白くて仕方ないのかもしれない。だから発する言葉そのものに意味はない。

考えてみれば、それは大人になってもあまり変わらない。人の会話の大部分はほとんど意味がない。数種類の感情を表現できる鳴き声みたいなものだ。そして本来、会話なんてそれで十分なのだろう。意味のあることだけを喋(しゃべ)るようにしていたら、人はいずれ沈黙するしかなくなる。

こんなことを考えるのは、この一ヶ月、久しぶりに仕事以外で他人と——というか霞と——そのような無意味な会話を重ねたからだろう。内容にはまるで意味がない、互いが親密であることを確かめ合うためだけの会話を。

でもそれも今日で終わる。俺はこれから彼女に自分の正体を明かす。この一ヶ月彼女に優しくしていたのはサクラとしての義務に過ぎず、本当はその役割を負担に感じていたのだと冷淡に告げる。

かつて俺が落ちた穴と同じ穴に、彼女を突き落とす。

霞が重度の自殺ハイリスク者であることに、今や疑いの余地はない。既に崖っぷちにいる彼女にここで打撃を加えれば、それは最後の一押しになるかもしれない。というか、ほぼ確実にそうなるだろう。直接手を下すわけではないし、誰に咎(とが)められることもないだろうが、俺自身はそれが殺人であることを知っている。

もし彼女が死ねば、俺はその罪を背負ったままこれからの人生を歩まねばならない。

この復讐(ふくしゅう)に、そこまでするだけの価値はあるのだろうか?

ある、と尾上はしばらく考えた後で自答する。それだけの傷を誰かに負わせないことには、俺はこの世界に対してやり返したことにならない。傷を負わされるだけでなく、傷を負わせることのできる人間であることを俺は証明しなければならないのだ。それが果たされないうちは、俺はいつまでも無抵抗の弱者の立場に甘んじることになる。

決意が固まると、頭が澄み渡って手足に力が湧いてきた。俺はこれから本当に自由になれるんだ、という気がした。自分の高校の卒業式だって、ここまで澄み切った心地にはならなかった。

尾上はシートから起き上がり、霞がやってくるのを待ち構えた。

やがて彼女が公園に入ってくるのが見えた。コートの下はいつもの制服姿だが、胸元にコサージュをつけ、卒業証書の入った筒を小脇に挟んでいた。尾上と目が合うと、手を振って小走りに駆け寄ってきた。

助手席に乗り込んだ霞に、尾上は言った。「それ、いいな」

彼女は初めなんのことだかわからない様子だったが、尾上の視線がコサージュに注がれていることに気づくと、照れ臭そうに笑った。

「尾上さん、つけてみます？」

「俺がつけてどうするんだ」

いいからいいから、と言って霞はコサージュを外して尾上の胸元に取りつけた。クリップ式で簡単に取り外しできるようだ。

コサージュは造花の桜だった。

卒業式の季節、桜の町に桜が咲くことはまずない。満開の桜が見られるのは早くても四月中旬だ。だからそれは別れの象徴でも出会いの象徴でもなく、新しい友人たちと親睦を深めるために見るものというイメージが強い。

桜のコサージュは、まだまだ桜の咲かない町で、せめて春らしい気分を味わってもらうための計らいといったところだろう。

「友達と一緒にいなくてよかったのか？」と尾上は尋ねた。「卒業式の後って、友達同士で色々するものだろう」

「そこまで親しい友達もいませんでしたから」と霞は言った。「卒業しちゃえば二度と会わないような人たちです。だったら、尾上さんと一緒にいた方が楽しいです」

「それはどうも」と尾上は言い、車のエンジンをかけた。

公園から表通りに出ると、コサージュをつけた卒業生たちがまだあたりを歩いていた。彼らと顔を合わせたくないのか、霞はヘッドレストにぴったりと頭をつけて前方を見据えていた。すぐに卒業生たちの姿は見えなくなり、彼女はコートのボタンを外して安堵したように大きく息を吐いた。

二時間近く目的もなく車を走らせた後、霞の提案でショッピングモールに入った。古いモールで、若者向きの店は一つもなく、パーティションで目隠しされた空きテナントが目についた。エスカレーター脇のベンチが老人の溜まり場になっていて、そこだけがやたらと活気づいていた。最上階にある券売機式の食堂に入り、二人で蕎麦を啜った。食堂の壁の西側は全面が大きな窓になっていて、霞が窓際の席を選んだおかげで夕陽がひどく眩しかった。

食後、エレベーターに乗って屋上に出た。その頃には陽は沈みかけていた。屋上は広場になっていたが、人の姿は見当たらなかった。

隅にある喫煙所で煙草を一本だけ吸うと、屋上の縁に沿って霞と歩いた。知らない町の知らない景色が眼下に広がっていた。目を離した隙に別の町と取り替えられても気づかないようなありふれた町並みだった。

「なんだか今さら卒業の実感が湧いてきたみたいです」と霞がつぶやいた。

「おめでとう」と尾上は言った。

「思えば、ろくな高校生活じゃありませんでした」そう言ってから彼女は尾上の方を見て、ふっと笑った。「でも最後の一ヶ月間、尾上さんがいてくれて本当によかったです。私一人だったら、この冬を乗り切れなかったかもしれません」

「俺も君のおかげで色々助かったし、楽しかったよ」と尾上は言った。それはまったくの嘘（うそ）というわけでもなかった。桜の町に戻ってきた後、もし霞と出会わなかったら何をすればいいかわからず途方に暮れていただろう。彼女のおかげで明確な目的ができて、おかげでこの一ヶ月退屈しなかった。


　帰りの車内では霞は大人しく、時折あくびを嚙（か）み殺すように口元を押さえていた。眠かったら眠ればいいと尾上が言うと、霞は「そうさせてもらいます」と言って目を閉じた。

　尾上は車の速度を落とし、彼女の眠りを妨げないように緩やかな運転を心がけた。肝心な場面をクリアな意識で迎えてもらうためにも、今のうちにしっかり休んでおいてもらった方がいい。

　桜の町に着いても霞はまだ目を覚まさなかった。町に入る少し前から雪がちらつき始めていた。一晩降りつづけても一センチ積もるかどうかという控えめな雪だ。


　信号待ちの最中に、一度何気なく霞の寝顔を見やった。すると霞はそれを察知したかのように目を開き、尾上の逃げ遅れた視線をつかまえて微笑（ほほえ）んだ。

「私、どれくらい眠ってました？」

「三十分くらい」と尾上は答えた。「もうすぐ君の家だ」

「あ、本当だ。なんかもったいないなあ」

午後の七時を回ったばかりにもかかわらず、町はしんとしていた。午前三時といっても通用するくらいの静けさだ。除雪車に押し分けられた雪でひとまわり狭くなった道を、車の速度を落としてゆっくり進んだ。

やがて目的地が見えた。黄色と黒の警告色は、遠目にもすぐに判別できた。

踏切の前で車を一時停止させようとしたとき、警報音が鳴って遮断機が下り始めた。

皮肉な偶然だ、と尾上は思う。

そしてその偶然は、今ここでそれを実行しろと尾上に要求していた。

「なあ」と尾上は言った。「プロンプターって知ってるか?」

尾上の声音の変化を、霞は瞬時に聞き分けたようだった。彼女の四肢に緊張が走るのがわかった。

「なんの話です?」と彼女は必要以上に明るく訊き返した。

「プロンプター。サクラって呼ぶやつもいる」

「それは知ってますけど」

「〈システム〉は自殺しそうな人間を見つけると、そいつの身近な人間からサクラを選ぶ。サクラはそいつの自殺を阻止するために、善き友人を演じる義務を負う。自らの立場を明かすことは許されず、あたかも自分の意思でそうしているようにふるまうことが求められる」

霞は顔色を窺うように尾上を横目に見た。「尾上さん、なんか怒ってます?」

「俺は君のサクラだ」と尾上は言った。

列車が轟音を立てて踏切を通過した後も、霞はまだ押し黙っていた。

遮断機が上がると尾上は車を発進させ、踏切を渡った先で道端に寄せて停めた。

ちらついていた雪は、ヘッドライトを消した途端に闇に吸い込まれた。


〈探偵〉の持ってきたビデオに、澄香という人間の内面を窺い知る手がかりはほとんど映っていなかった。カメラが捉えていたのは、あくまで役者としての高砂澄香だ。役が変わるごとに彼女は別人のようになり、時には体格や年齢まで役に合わせて変化するように感じられた。その豹変ぶりは、果たして彼女に本当の自分、素の自分というものがあるのか疑わしくなるほどだった。

役者としての澄香はアドリブを得意としていた。稽古の最中、彼女はよく台本にない台詞を口にした。台本を知っていればそうとわかるが、知らなければ違和感なく聞き流せる程度のアドリブだ。大筋に影響を与えるわけではないし、他の役者を戸惑わせることもない。

でも不思議なことに、そのアドリブを見た後にオリジナルの台本通りの台詞を聞くと、まるでオリジナルの方が間違っているかのように思える。アドリブというよりは、彼女だけが本物の台本を渡されていて、ただその通りに演じただけという風に思えてしまうのだ。

実際、彼女にアドリブの意識はなかったのだろう。台本を真剣に読み込み、舞台の空気に神経を研ぎ澄ませているうちに、「いや、こうじゃない」と直感的に気づいたのではないか。この台詞には何か自然な流れを妨げているものがある、と。そしてより自然な、より適切な台詞をつかまえて、そのまま口にしただけなのだ。

このとき踏切の先で尾上の身に起きたのも、それと似たようなことだった。あらかじめ用意していた台本には、霞を傷つけるための台詞のみが書かれていた。彼なりに時間をかけて練り込んだ台本ではあったが、いざそれを演じようとしたとき、頭の中の誰かが言った。いや、こうじゃない。それは自然な流れから生じた言葉ではない。作為によって捻じ曲げられた、死んだ台詞だ。お前がここで言うべき台詞はもっと別にあるはずだ。

もちろん、澄香のように瞬時に正解に辿り着けるわけではない。ある程度時間がかかる。だからまずは、台本を遡ることにした。一から辿っていけば、自分がどこで引っかかりを覚えているのかはっきりするかもしれない。

「最初に君と会ったときは、まだそうじゃなかった」というところから尾上は始めた。「一月下旬に君と再会した時点では、まだ俺はサクラじゃなかった。澄香が自殺したと聞いて、それが本当かどうか確かめるために町に戻ってきた。君の口からそれが確認できた時点で用は済んで、俺は町を去った。それきりになるはずだった。でもその後自分のマンションに戻ると、薄いピンク色の封筒が届いていた。封筒の中身は俺がプロンプターに選ばれたという通知で、担当する自殺ハイリスク者の欄には君の名前があった。だから再び町に戻って、アパートを借りて、あらためて君に接触した」

尾上はそこで一度言葉を切り、霞の反応を窺った。彼女は両手を太腿の上に載せ、口をきつく結んで窓の外の暗闇を見つめていた。でもその横顔に、緊張や不安の色はなかった。告白の最初の一言を聞いた時点でその結末まで先回りし、一人静かに悲しみと向き合っているように見えた。

尾上は続けた。「どうして俺みたいな人間がサクラに選ばれたのか、ずっと不思議でならなかった。もっと適切な人材がほかにいくらでもいるだろう、と思った。でもどうやら、サクラは俺一人ではないらしい。他にも複数のサクラが君についている。そのうちの一人に聞いた話では、六人前後いるだろうということだった。そして俺はその中ではかなり後発の方だ。サクラ候補がだんだんいなくなって、俺のような外野に近い人間にまで頼らざるを得なくなったんだろうな」

　ポケットから煙草を取り出し、窓も開けずに火をつけた。一口吸い込んで吐き出してから、これも一つの芝居だ、と尾上は思った。会話の間を持たせると同時に、目の前の人間に気を遣うのをやめたことを無言のうちに示す小道具。

「もう一つ不思議だったのは、君が自殺しようとしているという事実そのものだ。一見したところでは、君は自殺なんてするタイプの人間には見えなかった。最初は〈システム〉の誤診じゃないかとさえ思った。あるいは君が機械に誤解されやすい体質なのかもしれない、と。でも先日、君の撮りためている写真を盗み見たことで、考えは変わった。はっきりとした理由はわからないが、君は確かに死のうとしている。もちろん澄香絡みの何かが原因だというのはわかる。君の世界は澄香を中心にして回っていたみたいだから」

　そこまで言ってから、尾上はふと胸元のコサージュを意識した。クリップを外し、少し迷ってからそれをダッシュボードに置いた。作り物の花は今しがた咲いたばかりのような張りと艶を保ち、暗がりの中でうっすらと白く光っていた。

　そのアドリブが次のアドリブを呼んだかのように、自然と台本になかった言葉が流れ出した。

「でも理由なんて、実を言えばどうでもいいんだ。肝心なのは、君がそこら辺の自殺志願者とは比べものにならないくらい強烈に死にたがっているという、ただその一点だ」

　車の後方で、再び踏切が警報音を鳴らし始めていた。

警告灯が濃紺の闇を淡い赤に染めた。

「俺たちは協力し合うことができる」と尾上は言った。「なぜかと言えば、生きていくことにうんざりしているのは俺も同じだからだ」

＊

三日後の夜、霞がアパートにやってきた。尾上の顔を見てもこれまでのような親しげな笑みは浮かべず、「お邪魔します」とだけ言って頭を下げた。そしてショルダーバッグを持って浴室に入っていき、すぐに着替えを済ませて出てきた。グレーのキャミソールにそれよりもう少し濃いグレーのショートパンツという、季節から考えると心もとない格好だった。おまけにそのどちらもぐっしょりと濡れて水が滴り落ちていた。

「先に行ってますね」と目も合わせずに言うと、霞は窓の錠を外してベランダに出ていった。尾上は彼女が床に残していった水滴を眺めながらしばらく煙草を吸っていた。煙草を吸い終えると、それまで着ていたスウェットシャツを脱いでTシャツ姿になり、浴室へ向かった。

シャワーは冷水のままになっていて、水が肌に触れた途端息が詰まりそうになった。それでも歯を食いしばり、全身をしっかりと濡らした。そして水滴を床に垂らしながら足早に移動し、部屋の明かりを消してからベランダに出て窓を閉めた。

ベランダには折り畳み椅子が二脚並んでいた。その一方に座る霞の細い肩は、早くも震え始めていた。もう一方の椅子に尾上も腰を下ろした。室外機の上に置いてあったウイスキーの瓶を摑み、蓋を開けてストレートのまま一口飲んだ。喉が一瞬焼けるように熱くなった。

「私もそれ、いいですか」と霞が言った。

尾上は瓶を差し出した。霞は震える手で瓶の蓋を開け、中身を軽く口に含んだ。平然とそれを飲み下し、「なるほど、こんな味なんですね」と静かに言った。「進んで飲む人の気が知れません」

それでもアルコールは欠かすことのできない小道具の一つだった。霞が調べたところによると、飲酒は低体温症のリスクを大幅に高めてくれるらしい。服を濡らすのがもっとも効果的で、そこに疲労、空腹、不眠なども上乗せされるとなお良い。条件さえ揃(そろ)えば、穏やかな春の夜でも凍死は可能ということだった。

もちろんベランダは凍死に適した場とは言えない。手すりが壁になって風を防いでしまうし、窓一枚隔てた先には絶好の避難所がある。今回はただの予行演習だ。それが実際にはどの程度の苦痛を伴うのか、言い換えればどれくらいの覚悟を持って臨まねばならないのか、前もって知っておきたかった。

凍死の練習をするなんて卒業式の練習をする以上に馬鹿げている、とは思う。だが舞台と日取りは既に決まってしまっていて、そうなると今は稽古くらいしかすることがなかった。

尾上は霞を心中に誘い、彼女は誘いに乗った。その翌朝、尾上の世界は一変していた。窓に張りついた薄い霜も、屋根から伸びた長い氷柱(つらら)も、駐車場に積み上げられた雪も、重苦しい鉛色の空も、その朝は古いフィルム越しの風景のように絵画的な趣を帯びていた。

十年単位の仕事から解放されたみたいな身軽さだった。あまりにも身軽でかえって不安になるほどだ。こんなに楽になっていいはずがない、俺は何か重要なものを見落としているんじゃないか、とつい苦痛の材料を探してしまう。やがてそれがどこにも見当たらないとわかり、安堵すると共に一抹の物足りなさを感じる。そういう種類の身軽さだ。

霞が挙げた条件は三つだった。

今すぐにではなく、春分まで待ってほしい。

死ぬなら姉と同じ場所がいい。

できれば凍死がいい。

なぜ今すぐでは駄目なのかと尾上が尋ねると、「目立つからです」と霞は答えた。

「学生の自殺って、春休みの終盤が多いらしいんです。できればそこに紛れたいんですよね。まだ春休みが始まったばかりじゃないですか」

これから死のうという人間がそんなことを気にしても仕方ないように思えたが、春分というのは一つの区切りとしてちょうどよさそうではあった。

「それとも尾上さん、一刻を争う感じですか？」

「いや、別に急がない。君に合わせる」

霞は無言で肯(うなず)いた。それから少し間を置いて訊いた。

「尾上さんは私がなぜ死にたがっているのかに興味がないということでしたが、私は尾上さんのそれに興味があります」

「君と同じだ」と尾上は簡潔に言った。「澄香絡みだよ」

「本当でしょうか？」と霞は疑わしげに言った。「そもそも尾上さん、あなたが自殺志願者だというのなら、あなたが私のサクラに選ばれるのはおかしくありませんか？　むしろあなたにこそサクラがつけられるべきでしょう」

「昔、実際につけられた。それで訓練した。〈システム〉を欺けるように」

「訓練でどうにかなるものなんですか」

「〈手錠〉は別に心そのものを覗（のぞ）いているわけじゃないからな。診断基準さえわかれば、対策はできる」

「じゃあ、逆に健康な人が自殺志願者のふりをすることもできるんですか？」

「そういう努力をしている人も世の中には大勢いる。でも成功したという話は聞いたことがない。よほどはっきりした証拠がない限り、自殺志願者扱いされることはないんだろう。無罪推定の原則みたいに」

霞は自身の〈手錠〉に視線を移し、それを外してコサージュのそばに置いた。そしてどこか疲れの見える微笑みを尾上に向けた。「〈システム〉は、私の自殺を阻止しようとして、逆に心中の仲立ちをしてしまったわけですね」

「そういうことになる」

「わざわざ私を誘うということは、尾上さん、一人で死ぬのが怖いんですか？」

「怖いさ」と尾上は言った。「そっちは？」

「怖くなかったら、六人もサクラがつくまで待ってませんよ」と言って霞は笑った。

凍死という方法を選んだ霞は正しい、と初回の予行演習を終えた後で尾上は思った。確かに辛(つら)いことは辛い。濡れた衣服は瞬く間に体温を奪っていき、それは寒さや冷たさというよりは痛みに近い不快感に変わる。意識は朦朧(もうろう)としてわけのわからないことばかり頭に浮かぶようになる。夢よりもさらに脈絡を欠いた記憶の断片の連なりが瞼(まぶた)の裏を流れていく。

しかしそこに死の感覚はない。それはあくまで日常的な苦痛の延長線上のように感じられる。アルコールによる酩酊(めいてい)のおかげもあるかもしれない。雪国に生まれ、寒さに慣れ親しんでいるせいもあるかもしれない。自分が今致死的な状態に足を踏み入れつつあるということを自覚しないままに最後までいけてしまいそうな手応えがあった。

部屋に戻ると、二人は何よりも先に凍りかけた服を脱いだ。交代で熱いシャワーを浴び、ヒーターの前に座ってしばらく温風を浴びつづけた。ある程度体を動かせるくらいに回復すると、作り置きのシチューを食べ、ホットココアを飲んだ。それでも体の芯まで染みついた寒気はなかなか取り除けなかった。温かいものを口にしても温まるのは胃のあたりだけで、温風を浴びても表皮が熱くなるだけだった。手足の一部の触覚が鈍くなり、その症状は翌朝になっても治らなかった。高熱を出した後のような気怠(けだる)さが何日も続き、頻繁に眠気を覚えるようになった。

「なぜ凍死を選んだんだ?」と尾上は後日尋ねた。

「どうしてでしょうね?」と霞は問い返した。「私にもよくわかりません。寒い町に生まれたから、最後くらいそれを活(い)かしたいのかもしれません」

奇妙な理屈だったが、言いたいことはわかる気がした。雪の多い土地に生まれるというのはそれだけで一種の罰みたいなものだ。稀(まれ)に得をすることもあるが、トータルで見れば損の方がずっと多い。

だが最後の最後にそれを味方につけられたとなれば、少しはこの土地に生まれた意味があったと思えるかもしれない。

意味がある、という考え方そのものが無意味ではあるが。


一度言葉にしてしまうと、そこからあっという間に考えは固まっていった。霞との会話の中で生まれた即興の台詞から、尾上は自分がなぜこの町に戻ってきたか、なぜ霞のサクラを引き受けたのかをようやく理解することになった。

要するに俺は希望を捨て切れていなかったのだ、と彼は思った。桜の町に舞い戻り、澄香の足跡を辿ることで、自分にとって心地よい事実が浮かび上がってくるのではないかと心のどこかで期待していたのだ。

彼女がサクラだったというのは実のところ真っ赤な嘘で、何か俺を遠ざけなければならない深い事情があったのではないか。あるいは、彼女がサクラであったというのは事実で、しかしサクラを演じるうちにその見せかけの好意は本物となっていたのではないか。彼女がその好意を自覚したのは二人の関係が完全に断たれてしまった後で、それから死ぬ直前までずっと、彼女は当時のことを引きずっていたのではないか。

俺が彼女のことを考えつづけていたように、彼女も俺のことを考えつづけていたのではないか。

彼女の死は、その後悔に起因するものだったのではないか。

俺から和解を申し出さえすれば、彼女は喜んでそれを受け入れたのではないか。

俺は甘美な後悔を期待していたのかもしれない。
だが劇団の関係者や澄香の肉親から彼女の裏の顔を知らされたことで、その淡い希望も完全に断たれた。異なる視点から語られたそれぞれの話を一本に結び合わせることで導き出せる結論は、澄香は他人の理想を映し出す鏡に過ぎない、というものだった。それ以外に彼女の行動原理を説明しようがない。彼女は究極の八方美人、ある意味ではからっぽの人形のようなものだった。尾上が好意だと思っていたそれも、結局は尾上の側からの好意の反射に過ぎなかったのだ。

もっとも、そこにあったのが失望だけなら、死を考えるところまではいかなかっただろう。今まで以上に希望のない人生を送ることにはなっただろうが、そこから自殺まではまだ数段階の猶予があったはずだ。

一体何が俺に最後の一線を越えさせたのだろう?

結局のところそれは霞の影響なのかもしれない、と尾上は思う。俺は霞の毒に当てられて死に惹かれるようになった――最終的には、ただそれだけの話なのかもしれない。

本当のところはよくわからない。実際には原因より先に結果があって、俺は理由があるから死ぬのではなく、死ぬ理由を探し求めていたのかもしれない。久しぶりに故郷に戻ってきて一時的に気が滅入っているだけ、ということだってあり得る。でも〈システム〉に言わせれば、その動機は単一の理由で説明できるものではない、ひどく込み入った複合的なものなのだろう。俺はきっと総合的に死にたいのだ。

霞は凍死の予行演習の中毒になった。数日おきに尾上のアパートにやってきては、着衣のままシャワーを浴びてベランダで寒風に吹かれた。尾上も毎回それに付き合った。そして暖かい部屋に戻るたび、ではなく、そろそろ部屋に戻らなければ取り返しがつかなくなるという頃合いに、名状しがたい幸福感に包まれている自分を発見することになった。精神的な死への距離と肉体的な死への距離が釣り合った瞬間にのみ訪れる調和感が、おそらくはその正体だった。霞が予行演習を繰り返すのも、ひとえにこれに惹きつけられているからだろうと尾上は想像した。

訓練の開始時こそ薄着で震えている霞の存在に気を取られたが、体の発する熱より冷気の方が優勢になり始めると、意識は徐々に内側に収束していき、それ以外は漠然とした外部でしかなくなり、純粋に一人きりの気分を味わえた。意識の内側に籠(こ)もっていると、昔のことばかり次から次へと頭に浮かんだ。走馬灯というほどではないが、この人生が本当に生きるに値しないのかどうか、脳が再検証しているようだった。

あらためて思い返すと、嬉(うれ)しいことも楽しいこともまるでない二十二年間だった。中学時代の致命的な記憶に蓋をしてみたところで、あとはまるっきりの虚無しかなかった。誰に触れることも触れられることもない幽霊のような人生。いや、本当はちょっとくらい良いこともあったのかもしれない。でもそれも記憶に残るほどではなかった。おそらく他者というのは鏡で、鏡のない人生において人は自己を認識できず、従って自己にまつわる出来事を記憶することもできないのだ。

それでも根気強く記憶の底を浚(さら)っているうちに、指先がほのかな温かさに触れた。大した記憶ではない。それどころか、あえて良い記憶として取り上げることでかえって惨めになるような、みすぼらしい記憶だ。

マッチングアプリの仕事に携わるようになってから半年ほどたった頃、サクラ業務での活躍を〈社長〉に褒められたことがあった。すれ違いざまに、お前なかなかやるじゃねえか、とかそんなことを言いながら肩を叩かれた。それだけだ。本当にただそれだけの話だ。

〈社長〉は詐欺業者の社長をやっているとは思えないほど気の抜けた男で、威厳も風格もまるでなかったが、とにかく悪知恵が働くので社員からはそれなりに慕われていた。世辞を言うような人間ではなかったので、彼からの賞賛を尾上は素直に受け入れることができた。

今振り返ってみても、本当にささやかな出来事でしかない。しかしいくら探し回っても、心温まるような思い出はそれくらいしかなかった。あとの記憶は霜に塗れていた。

これでは凍え死ぬのも無理はないな、と尾上は思った。


三度目の予行演習の最中に雪が降った。映写機に照らし出される埃のような、ちりちりとした細かい雪だった。風のない夜だったので雪はベランダまでは入ってこなかったが、霞は裸足で立ち上がって手摺りから身を乗り出し、手のひらを広げて小さな雪片を受け止めようとした。

「尾上さん、知ってました？」と霞は宙を仰いで言った。「心中って、普通は家族や恋人とするものなんですよ」

見知らぬ他人同士がすることだってあるだろうと思ったが、寒さで強張った口を動かすのが面倒で、「ふむ」とだけ尾上は言った。

「家族や恋人とするものなんですよ」と霞は繰り返した。「私たちも、そうなっておいた方が自然かもしれませんね」

霞は折り畳み椅子を持ち上げて尾上の椅子にくっつけ、そこに腰を下ろした。剝き出しの細い肩が尾上の腕に触れたが、それに何かを感じるほどの余裕はなかった。冷たい肩だ、と思っただけだ。

「尾上さん、私の姉のことが好きだったんですよね。だったら、姉に似ている私のことも、その半分くらいは好きでしょう？」

「まあな」と尾上は言った。

「え、そうなんですか？」

「まあな」と尾上はもう一度言った。

「うーん」霞はかじかんだ両手の指をほぐしながら唸った。「否定されるものとばかり思っていたんですが、言ってみるものですね」

「でも恋人にはなれない」

「なぜ？」

「他人と死ぬのが好きなんだ」

霞はしばらく無表情に尾上の顔を見つめていたが、やがて弱々しく微笑んだ。

「変わった趣味をお持ちですね」

そして小さく溜息をついた。冷えきった体から漏れた息は白く染まりさえしなかった。

10

四度目の予行演習の翌日、尾上は昼過ぎに目を覚ました。コーヒーを淹れて昨晩のシチューを温め直し、それらを機械的に口に運んだ。体のあちこちが怠かった。ヒーターの前で寝転んでじっとしているうちに陽が沈み、あっという間に夕暮れになった。まるで予行演習をするごとに時間が加速しているようだった。いや、意識が減速しているといった方がいいかもしれない。どちらにせよ尾上からすれば同じことだった。時間が素速く過ぎ去るのは好ましいことだ。実際的な生活の問題を考慮しなくてもよくなった今では特に。

午後五時過ぎにようやく身を起こして服を着替え、理由もなく車に乗り込んだ。ナビが目的地を尋ねてきたが、もちろんそんなものはなかった。銭湯に行く気も起きなかった。部屋に戻ろうかとも考えたが、使い果たした眠気をなんらかの活動によって取り戻しておきたかった。結局、何も考えずに車を走らせることにした。

運転に意識を集中していると、少しずつ目が覚めてきた。それでいて余計な考えはひとつも思い浮かばなかった。人類が車を愛しているのはひとえにこのためだろう、と尾上は思った。移動手段というのは二の次だ。人は何も考えたくないから車に乗る。別に制限速度を超える必要もない、人体の構造が想定していないスピードに身を任せることで、何もかもを「それどころではない」の枠に押し込めてしまいたいのだ。

車が隣町に入ると、尾上は駅前に車を停めてしばらく歩いた。腹が空き始めていたので飲食店を探したが、それらしい店は見当たらなかった。

　諦めて引き返そうとしたとき、見覚えのある店が目の前に現れた。真っ白なモルタル塗りの建物で、「ＯＰＥＮ」の札のかかったドアだけが青とも緑とも灰色ともつかない上品な色に塗られていた。寝ぼけた家並みが続く町で、その瀟洒な店構えはひどく浮いていた。

　尾上はドアを押し開けてその雑貨店に入った。板張りの店内は暖房が効き、灯油と木の匂いが籠もっていた。鉄柵に囲まれたストーブの上で大きな薬缶が湯気を立てていた。木棚に並んだ商品こそ入れ替わってはいたが、それ以外は中学生の頃の記憶とほとんど変わりなかった。空気も床の軋み方もあのときのままだ。

　八年前にここを初めて訪れたときは、隣に鯨井がいた。澄香へのクリスマスプレゼントを買うために二人で方々を探し回っていたとき、隣町に評判の良い雑貨屋があると知人の誰かから教わったのだ。

　今さら雑貨がほしいとも思わなかったが、居心地の良い空間ではあったので、尾上は商品棚を見て回った。これから死ぬ人間でなくとも不要な美しい無駄のかたまりが、空間を贅沢に使って陳列されていた。

　店員の姿は見当たらなかった。尾上のほかに、若い男の客が一人だけいた。黒いダウンジャケットを着た男で、尾上が店に入ったときから隅の棚の前でずっと立ち止まっていた。誰かへの贈り物を真剣に考えているようにも見えたし、ただ店員が戻ってくるのを待っているようにも見えた。

　そういえば俺はあのとき買った澄香と鯨井へのプレゼントをどこにやったのだろう、と尾上はふと思った。本人に渡さなかったのは確かだ。ガレージで二人の密会を目撃した後は頭がいっぱいで、プレゼントのことなんてすっかり忘れていた。高校を卒業して家を出る際に部屋にあるものはすべて処分したはずだが、そのときにプレゼントの入った紙袋を見た記憶はない。

一体いつの間に消えてしまったのだろう？

そんなことを考えながら歩いているうちに、あっという間に店内を一回りしてしまった。二周目はさらに時間をかけて商品を眺めた。三周目を終えたところで、特に使い途のない手帳を買って店を出た。ジーンズのポケットにちょうど収まるサイズの手帳で、吸いつくような手触りの革がカバーに用いられていた。会計をした店員が七年前と同じかどうかはわからなかった。すっかり顔を忘れてしまっていた。

店の脇に灰皿スタンドがあったので、そこで一服していくことにした。尾上が煙草に火をつけて一口目を吸い込んだとき、ドアが開いてダウンジャケットの男が出てきた。手ぶらで出てきたのを見るに、結局何も買わなかったらしい。尾上はすぐに男への興味を失い、灰皿に視線を落とした。

煙草の二口目を吸い込んだとき、何かを思い出しそうになった。とても重要なことだ。プレゼントの入った紙袋の行方、ではない。もっと最近の出来事に属する何かで、その記憶を刺激したのが先ほどの男であることは間違いなかった。

一体何に関連することだろう？　霞、サクラ、劇団、〈座長〉、〈先生〉、〈探偵〉、〈教諭〉……どれも違う。それらよりももう少し古い記憶だ。おそらくこの町に来る以前の、

高砂（たかさご）澄香が自殺しました。

その声とダウンジャケットの男が結びついた途端、一挙に記憶が蘇（よみがえ）った。

澄香の自殺を告げるだけの不可解な電話。その声の正体が今、やっとわかった。

尾上は慌てて煙草を灰皿に突っ込み、男の歩いていった方角に急いだ。男はそこまで遠くには行っておらず、すぐに追いつくことができた。ちょうど道端に停めてあった軽自動車に乗り込もうとしているところだった。尾上が男の名前を呼ぶと、男は振り返った。困惑に満ちたその表情は、尾上の顔を見つめるうちに、純粋な驚きの表情に変わっていった。


相馬（そうま）は中学時代の同級生だ。彼に関して尾上が思い出せることはそれ以外になかった。同じ教室で二年間を過ごしたにもかかわらず、一度か二度しか会ったことのない相手と同程度の印象しか尾上の頭には残っていなかった。それくらい関係の浅い同級生だ。こうして偶然顔を合わせることがなかったら、一生思い出す機会もなかったかもしれない。

合流地点のファミリーレストランに、二人はほぼ同時に到着した。案内された席に座って注文を手早く済ませると、相馬は「さて」と言って尾上に向き直り、数年ぶりの再会に際して大方の人間が口にするような当たり障りのない言葉をいくつか並べた。尾上もそれに当たり障りのない言葉を返した。

「何を買ったの？」と相馬は尾上の紙袋を指差して訊（き）いた。

「使い途のない手帳」と尾上は答えた。「そっちは何を探しに来てたんだ？」

「何も」相馬は気恥ずかしそうに笑った。「暇な方の大学生をやってるんだ。尾上はどうしてる？」

「ろくでもない方の仕事でなんとか食いつないでるよ」

「立派なことだ」

ひとしきり沈黙があった。食事に誘ったのは相馬の側だったので、尾上は気にせず黙々と食事を続けた。久しぶりに長い距離を歩いたせいか、めずらしく腹が減っていた。

やがて相馬はおずおずと切り出した。

「妙な電話をかけて悪かったね」

「いや、感謝してる」と尾上は言った。そして自分の口からそんな言葉が出てきたことに驚いた。この世を去る決意をしたことで、いくらか心に余裕が生まれているのかもしれない。

相馬はほっとしたように微笑んだ。「帰省する気になったのは、やっぱり僕の電話がきっかけなのかな？」

「ああ。こっちに戻ってくるのは高校を出てから初めてだ」

「でも今は結構長いこと町に留まっているだろう？」

「なぜわかる？」

「一度町ですれ違ってる。そのときは君の方は気づかなかったけれど」

「知らなかった」と尾上は言った。「それで、どうしてわざわざ俺に電話を？」

相馬は再び黙り込んだ。先ほどから彼がまったく料理に手をつけていないことに尾上は気づいた。何度もグラスに口をつけていたが、水は半分も減っていなかった。

店員がやってきて、空になった尾上の皿を下げていった。店は夕食の客で埋まり、ひどく騒がしくなっていた。

相馬は隣の席の四人連れの家族を眺めながら言った。「ねえ、あの頃君は澄香のことをどう思ってた？」

「見ての通りさ」

「好きだったんだね？」

「ああ。四六時中あいつのことを考えてたよ」

「僕もそうなんだ。君にとってのライバルは鯨井だけで、他は眼中になかっただろうけれど、実を言えばあの教室にいた男のほとんどが澄香に恋してた。君たち二人の後ろにも、長い長い行列ができていたんだよ。気づいてた？」

「いや」と尾上は言った。実際のところ初耳だった。「でも、そうだったとしても何もおかしくないな」

「だからさ、君となら、この喜びを分かち合えると思ったんだ」

喜び、と尾上は頭の中で反復した。それはつまり、彼は澄香の死を望んでいたということだろうか。

「喜びという表現はまずかったかな。別に個人的な恨みがあったとか、そういうわけじゃないんだ」と相馬は尾上の心を読んだように否定した。「でも――もし間違っていたら申し訳ないんだけど――僕の知る限りでは、彼女に一番近いところにいた君でも、澄香の恋人にまではなれなかった。そうだよね？」

「そうだな」と尾上は肯定した。相馬の意図はわからないままに。

「そして澄香は死んでしまった」と相馬は言った。「つまり、彼女はついに誰のものにもならなかった。そういう屈折した喜びを、彼女の死を知ったとき僕は最初に感じたんだ。そして、もしかしたら君ともそれを分かち合えるんじゃないかと思って電話をかけた」

「その割には短い電話だった」

「伝えるだけ伝えて満足しちゃったんだ」と言って相馬は笑った。「でもね、その喜びも、先日君と町ですれ違ったときに大きく揺らいでしまった。なぜだかわかる？」

尾上はわからないという風に首を振った。

「そのとき君は、澄香にそっくりな女の子と二人で歩いていたんだ。それを目にした瞬間、僕は中学時代の教室に引き戻されたよ。君の隣で澄香が笑っていて、僕はそれを教室の隅から物欲しそうな目で眺めている。ああそうか、結局澄香はいつだって尾上の隣を選ぶんだ、と思った」

「澄香は死んだよ」と尾上はきっぱりと言った。「あれは妹の霞だ」

「わかってる。単にそういう気がしたというだけだよ」そう言うと、相馬はようやく自分の料理に手をつけた。「本人を相手に話せて楽になった気がする。悪いね、勝手に辛くなったり楽になったりして」

「皆やってることさ」

相馬は冷めかけた料理を半分だけ食べて箸を置き、「そろそろ出よう」と言った。勘定を済ませて店を出ると、夜気がいつになく暖かく感じられた。久しぶりにまともな食事を取ったからだろうか。

「普通なら、連絡先を交換するところだろうけれど」と相馬が立ち止まって言った。「君はそうしたい？」

「いや」と尾上は正直に答えた。

「よかった。僕もなんだ」と相馬は言った。「実を言うと、中学時代の同級生で、今も関係が続いている相手は一人もいない。まともな連中は皆町を出ていって、残っているのは僕も含めてまともじゃない連中だけだ。だから自然と付き合いもなくなった。でもそれでよかったと思ってる。自分のみっともない過去を知っている人間が身近にいないってだけで、心底ほっとするんだ。君のことは嫌いじゃないが、できればこれを最後にしたい」

「俺も同じだよ。昔の知人とは一度も連絡を取っていない」と尾上は言った。「もっとも、中学時代から友達なんていないも同然だったが」

「澄香と鯨井は友達だっただろう」

尾上はあえてそれを否定しなかった。「そうだな。二人だけいた」

「七年後もはっきりと『友達だった』と言える相手なんて、二人もいれば十分だと思うな。僕には一人もいない」

「そして」と尾上は言った。「その二人以外には、電話番号を教えたことさえないんだ」

相馬は何か言おうとして口を開きかけたが、そのまま考え込むように黙り込んだ。

「君が教えてくれた通り、澄香は半年前に死んでる。そうなると俺の番号を知っているのは、家族を除けばあと一人だ。相馬、君はどうやって俺の番号を知った？」

相馬はまるで尾上の声が聞こえなかったみたいにしばらく反応を示さなかった。

　だがやがて、観念したように微笑んだ。

「そうだよ。鯨井から教わったんだ」

「あいつは今どこにいる？」

「知らないよ。別に個人的な付き合いがあったわけじゃないんだ。一年近く前……いや、せいぜい十ヶ月前かな。突然家を訪ねてきて、君の電話番号が書かれたメモを渡してきた」

「その時点では――」

「そう、その時点では澄香はまだ生きてた」と相馬は言った。「でも鯨井が言ったんだ。澄香の身に何かあったら、尾上にそれを知らせてくれって。唐突で一方的な依頼だったし、もちろん断ることもできた。そうしなかったのは、さっき君に説明したような気持ちがあったからだよ。それは嘘（うそ）じゃない」

　尾上は少し考えてから言った。「鯨井は澄香が死ぬことを予期していたのか？」

「どうだろう。彼女の身に何かあったら、という言い方だったから、死ぬことまで知っていたのかどうかはわからない。でも、近いうちに何かが起きることは確信していたみたいだ」

　相馬の口振りに嘘をついている気配はなかった。

「そんな約束をしたことも、すっかり忘れていたんだ。だから余計に君への連絡が遅くなってしまった」

「それ以外に伝言のようなものは？」

「なかったよ。ただその事実を伝えろと」

「一体何が目的で、そんなことを君に頼んだんだろう？」

「さあね。でもなんていうか、そのときの鯨井の態度に、悪意みたいなものは感じられなかったな。彼も僕と同じように、君とある種の気持ちを分かち合いたかったのかもしれない。それでいて、君と直接はそれを分かち合いたくなかったのかもしれない」

　相馬は尾上に背を向けて自分の車に乗り込んだ。エンジンをかけると、間を置かず車を発進させて走り去っていった。尾上は自分の車に戻って煙草に火をつけ、車内に充満していく煙をぼんやりと眺めた。

　相馬が俺に電話をかけてきたのは鯨井の差し金だった。鯨井は澄香の身に何かが起きることを知っていた。それを俺に伝える必要を感じていて、しかし自分で直接伝える気はなかった。もしくはそうしたくてもできなかった。

　やはり鯨井が澄香を殺したのだろうか？　それならば、彼が澄香の死を予見していたことも、俺に直接電話をかけられなかったことも説明がつく。筋が通っている。でも筋が通っているというだけで彼を殺人者と断定するのは、さすがに無理がある。澄香が遠くないうちに何か重大な事件を起こすであろうことは鯨井でなくたって予想できただろうし、相馬の言う通り、鯨井は単に直接は俺と話したくなかっただけということもあり得る。

　だが結局のところ、鯨井が澄香を殺していようが殺していまいが、今の俺には関係がない。確かなことは、鯨井が相馬に妙な依頼をしなければ俺がこの町に来ることもなく、霞と出会うこともなく、澄香の正体を知ることもなく、心中を計画することもなく、今のように穏やかな心境に至ることもなかったということだ。

　それ以外の何が問題になる？

五度目の予行演習が最後になった。春分はもう目の前だった。

尾上と霞はホームセンターに行き、ポリタンクに接続して用いるポータブルシャワーを買った。アパートで動作確認をしてみたが、問題はなさそうだった。「きちんと充電しておくように」と霞は別れ際に言った。まるでちょっとしたレジャーの準備でもしているみたいだな、と尾上は思った。

本番までの残り三日間、特別なことは何もしないと尾上は決めていた。生きているあいだに済ませておきたいことなど一つも思い浮かばなかったし、遺書を書き残したり身辺整理をしたりといったことにも興味がなかった。自分の死後に生じるであろう事態についてあれこれ気を回すのは無意味に感じられた。霞も同様の考えを持っているようで、当日までは春休みの学生らしくのんびり過ごすと言っていた。

最後の三日が始まった。一日目は雲一つない快晴だった。前日から気温が十度近く上がったので、尾上は外に出て雪山を崩しにかかった。人通りのないところに雪を散らし、数時間おいて雪が溶けたところでまた同じように雪を散らした。途中で手を止めて煙草を吸っていると、アパートの屋根から氷柱が落ちてすさまじい音を立てて砕けた。こんな天候で凍死などできるのかと不安になったが、天気予報によれば明日からはまた雪が数日続くということだった。

予報通り、翌日は一気に冷え込んで吹雪になった。その日は町の図書館に行って調べ物をした。心中する人間について書かれた本を探し回り、閲覧席に行って閉館時間までじっくり読み込んだ。目的に適う本は十冊も見つからなかった。探し方が悪かったのかもしれないし、公立の図書館ではそういう剣呑（けんのん）な本を置かない方針なのかもしれない。一時間ごとに外に出て、喫煙所で煙草を吸った。吹雪のせいで、煙草を二本吸い終える頃には指先が震えていた。今日が本番なら良かったのにと尾上は思ったが、普段の訓練からかけ離れた状況は避けた方がよいだろうと思い直した。普通に寒い、くらいがたぶん一番穏やかに死ねるのではないか。

　心中をした人々についての記述を読んでいると、どの自殺者も悲惨としか言いようのない境遇から、やむにやまれず心中という選択をしていた。特に一家心中の話はやるせないものが多かった。それに比べると、自分の動機はひどく薄っぺらく感じられた。実際薄っぺらいのだろう。恋人でもなんでもない、昔憧れていた女の子が自殺した。ありふれた出来事だ。今この瞬間にも世界のどこかで同じことが起きているに違いない。

　だが皆が皆、文献に残るような立派な動機から死ぬわけでもあるまい、と尾上は少し後で思った。くだらない理由で死ぬ人間だって大勢いるはずだ。そしてそういう人間の大半は一人で孤独に死んでいき、記録にも記憶にも残らない。

　そういう意味では俺は幸運なのかもしれない。霞という同行者を得たおかげで、孤独に死んでいかずに済む。サクラに指名されなければそんな奇跡はまず起きなかった。〈システム〉は俺の心の健康に関しては素晴らしい仕事をしたと言える。

　やがて閉館を知らせる放送が流れ、尾上は本を返却して図書館を出た。車に積もった雪をスノーブラシで落とし、エンジンを温めてからアクセルを踏んだ。吹雪のせいで車が立ち往生しているらしく、いつもなら空（す）いている道に長い渋滞ができていた。尾上は車を渋滞の後ろにつけ、煙草を吸いながら赤い尾灯の連なりを眺めた。いくらでも待つさ、と彼は悠然と構えた。これほど渋滞に心を乱されないのは初めてのことだった。車の流れが戻ったときには少しがっかりしたくらいだ。

三日目はアパートで何もせずに過ごすつもりだったが、畳に横になって天井を見上げていると、数日前に雑貨屋で頭に浮かんだ疑問が再浮上してきた。澄香と鯨井へのプレゼントの入った紙袋、あれは一体どこへ行ったのだろう？　もしかしたらそれはまだ実家のどこかにあるのではないか？　家を出るときにすべてを処分したつもりでいたが、あれだけは見逃してしまっていたのではないか？

死んでしまえばそんなことは気にならなくなるとはいえ、あの紙袋の所在だけは今のうちにはっきりさせておきたかった。凍死の直前に在処（ありか）を思い出したりしたらたまらない。

両親が家にいたら潔く諦めるつもりだったが、実家に行ってみると、父親の車も母親の車も見当たらなかった。尾上は物音を立てないように鍵を開けて家に入り、玄関でしばらく耳を澄ました。やはり両親は留守のようだったので、足音を忍ばせて二階に上がった。廊下も階段も記憶より一回り狭く感じられたが、特に懐かしいという感じはしなかった。二階の廊下の突き当たりまで来ると、かつて自分の唯一の居場所だった部屋のドアをそっと開けた。

部屋は尾上が家を出た後は物置代わりになっているようだった。もっとも大したものは持ち込まれておらず、探し物に苦労はしなかった。もちろん紙袋は見当たらなかった。やはりどこかのタイミングで処分して、それを忘れてしまっただけなのだろう。

安心して実家を後にした。これから死ぬという段になっても、最後に両親に会っておきたいという気持ちは微塵（みじん）も湧いてこなかった。それについて何か自己弁護する必要があるとも思わなかった。お互いに運が悪かっただけだ。

実家に足を踏み入れても心を動かされなかったことで、自信がついた。尾上はそのままかつて通学路だった道を行き、中学校を目指した。澄香の家の前を通り過ぎ、畑に挟まれた小道を抜け、線路沿いを歩いていった。やがて踏切に差しかかったが、遮断機が下りる気配はなく、彼が通り過ぎた後も踏切は沈黙を守っていた。

母校の門の前に立ち、校舎を眺めた。どれだけ眺めても、見知らぬ町の校舎を眺めているのと大差なかった。それはただの古びた校舎に過ぎなかった。どうやら俺を脅かすものはもはや何もないらしい、と尾上は思った。未練がないというよりは、未練すら得られなかったというべきなのだろう。しかしそれで構わない。


そのようにして本番までの三日間が過ぎた。もっと長い三日になると思っていたが、時間は伸びも縮みもしなかった。最後の晩もウイスキーのおかげで余計なことを考えつく前に眠りについた。

目が覚めると最後の朝は終わりかけていた。トーストを一枚焼き、冷蔵庫に残っていた卵で目玉焼きを作り、インスタントコーヒーを淹れた。このぱっとしない朝食が最後の朝食になるのだな、とそれらを食べながら思った。

食後は外に出て一昨日積もった雪を掻(か)いた。部屋に戻ってシャワーで汗を流し、コーヒーを温め直して飲んだ。それからスーツケースを開けてぼろぼろの文庫本を取り出し、横になってそれを読み始めた。「人間はその仕組みからして幸せになれるようにはできていない」という主張が五百ページ以上を費やして書かれた本だった。その主張が正しいのかどうか判断できるほどの見識は尾上にはなかったが、社会的に認められた立派な人物が人間の生を否定してくれているというだけで良い心地がした。まだ不安定な生活を送っていた頃、その本にはずいぶん慰められたものだ。著者が今なお健在であることに目をつむれば。

夜更けに霞がアパートのドアをノックした。尾上は戸締りを確認してから部屋を出た。シャワーとポリタンクはあらかじめ車に積んであった。バッテリーの残量と水量を二人で入念に点検してから出発した。

道中は二人とも無言だった。緊張や不安のせいではない。今や話すべきことなど何もないように思えた。車のタイヤが轍を踏んで揺れるたび、後部座席でタンクの中の水がちゃぷちゃぷと音を立てた。

河川公園まで二十分とかからなかった。以前〈探偵〉と訪れたときに比べ、積雪はいくらかましになっていた。それでも一面真っ白であることに変わりはなく、ヘッドライトの照らす狭い視界では遠近感がまるで摑めなかった。

駐車場と思しき広場に到着し、目印となる外灯の下に尾上は車を停めた。エンジンを切ると分厚い静寂が降りてきて車ごと覆い込んだ。

このまま本番に臨めば〈手錠〉が生命の危機を検知して〈システム〉に通報してしまうので、二人は〈手錠〉を外してダッシュボードに置いた。

霞はグローブボックスを開けてウイスキーの小瓶を取り出した。それに応じるように、尾上もコートのポケットから睡眠薬の箱を取り出した。市販薬なので大した効果は期待できないが、それでも気休めに、容量の数倍の錠剤をウイスキーで流し込んだ。それから交代で瓶を回してウイスキーを啜(すす)り、時間をかけて脳を弛緩(しかん)させていった。小瓶の中身がなくなると、車を降りて後部ドアを開け、シャワーとタンクを出して組み立てた。そしてそれを持って二人で公園の奥へと入っていった。

駐車場から十分に距離のある広場まで来ると、尾上はタンクを下ろした。暗闇では作業がしづらいだろうと思って懐中電灯を持ってきていたが、月明かりのおかげでその必要もなさそうだった。雪が降っていないのが残念だが、こういう晴れ渡った空の方が夜の冷え込みが激しいことを尾上は経験的に知っていた。

霞はコートを脱いで薄手のワンピース一枚だけになり、尾上に向かって両手を広げた。

「さあ、やっちゃってください」

尾上は肯(うなず)いてシャワーの電源を入れた。駆動音だけが数秒続き、それから思い出したようにシャワーヘッドが水を吐き出し始めた。水が肌に触れると、霞はくすぐったそうに笑った。もしも季節が夏で、公園を覆い尽くしているのが雪ではなく木々の緑だったら、あるいはそれは微笑(ほほえ)ましい光景に見えたかもしれない。

霞の全身がずぶ濡(ぬ)れになったところで二人は役回りを交代した。尾上もダッフルコートを脱ぎ、霞に水を浴びせてもらった。水はそれほど冷たくは感じなかった。外気よりは水の方が温かいのだろう。でも衣服が吸い込んだ水はたちまち風に冷やされ、急速に体温を奪い始めた。

腰を下ろすのにちょうどよさそうな場所を探していると、不意に霞が尾上の腕を掴んだ。その意味を考えるよりも早く、尾上は霞に引き倒された。二人で並んで雪の上に仰向けに倒れる格好になった。霞は声を押し殺すようにしてくすくす笑っていた。酒と異様な状況でハイになっているか、あるいはハイになったふりをしているようだった。尾上は一度は起き上がろうとしたが、思い直して再び仰向けに倒れ込んだ。

それから長いあいだ、二人は無心で月を見上げていた。月は卵形に近い、半月とも満月ともいえない曖昧なかたちをしていた。きっとそのかたちにも正しい呼称があるのだろう。今さら知ったところで何の役にも立ちそうにないが。

「どうして澄香はここを死に場所に選んだんだろう?」と尾上は独り言のようにつぶやいた。

「尾上さんなら、それをご存知かと思ったんですが」と霞が言った。

「昔、澄香ともう一人の友人と、三人でここに桜を見に来たことがある」

「じゃあそれが理由ですよ」

「そうかもしれない」と尾上は言った。「思い出の場所というよりは、人目につかない場所として記憶していただけだろうが」

「いいえ、思い出の場所だったんだと思いますよ。ここを選んだのは、きっと尾上さんへのなんらかのメッセージだったのではないでしょうか」

「どうだか」

「話をしていると気が紛れますね。もっと話しましょう」

尾上はしばらく考えてから訊いた。「この三日間、何をしてた?」

「死ななかった場合の人生を想像していました」

「未練の一つでも湧いたか？」

「今ここにいることが答えです」

「言われてみればそうだな」

尾上は無意識にジーンズのポケットを探って煙草を取り出したが、先ほどの水浴びのせいですっかり湿ってしまっていたので放り捨てた。

「実を言うと、死ぬ気はなかったんです」と霞が言うのが聞こえた。

「なら、やめればいい」と尾上は言った。

「姉のことです」と霞は平板な声で言った。「あれは自殺じゃないんです」

思わず尾上は霞の方を見た。でも彼女の横顔は半分雪に埋もれ、その表情までは窺えなかった。

「姉の遺書を見つけたとき、私には姉の居場所を確実に知る手段があったんです」と霞は続けた。

「でも私は知らないふりをして、ただ遺書を見つけたことを両親に知らせただけでした。それもすぐには知らせず、半日ほど遅らせて、姉が完全に手遅れになったところで知らせたんです。どうしてそんなことをしてしまったのか、わかりますか？」

「わかるさ」と尾上は即座に言った。「これ以上、澄香に澄香を汚してほしくなかったんだろう？」

霞の告白に、尾上はほとんど驚きもしなかった。ずっと前から気づいていたのかもしれない。少なくとも誰かが澄香を殺したとすれば、動機はそれ以外ではあり得なかった。

鯨井を疑ってしまったことを、ほんの少しだけ後ろめたく思った。

霞はさらに続けた。「おそらく姉に本気で死ぬつもりはありませんでした。それは私に救出されることを前提にした狂言自殺だったんです。周りに反省しているところを見せたかったのかもしれないし、病院みたいな場所に逃げ込みたかったのかもしれません。とにかくそれは手段に過ぎなかったんです。そして私を百パーセント信頼して、計画を実行に移したんです。でも私は姉を見殺しにしました。遺書を見た次の瞬間には、その発見時刻をごまかす方法を考え始めていました。これはまたとないチャンスだ、と思ったんです。もう私の好きだった姉はどこにもいないとわかっていたから。これ以上、高砂澄香という存在に泥を塗ってほしくなかったから」

霞の声は震えていたが、その頃には尾上の体も震えが止まらなくなっていた。だからその震えが寒さから来るものなのか、感情の昂(たかぶ)りから来るものなのかは判断がつかなかった。

「さて、どうします?」と霞が気を取り直したように言った。「高砂澄香を殺した犯人が見つかってしまったわけですが」

「どうもしない」と尾上は言った。「それに、君は澄香を甘く見すぎているんじゃないか。彼女のことだ、君が自分をどんな目で見ているか、とっくに勘づいていただろう。見殺しにされる可能性だって最初から視野に入れていたはずだ。その上で、救われようが見殺しにされようが、どっちでもいいと思っていたんじゃないか? 確実に救出されるつもりだったらもっと別の方法を選んだだろうし、二重にも三重にも保険をかけたはずだ。いくら君を信用していようと、そんな偶然に左右されかねない綱渡りをするはずがない。俺が思うに、澄香は少し前の俺たちと同じように最後の一歩をなかなか踏み出せずにいて、だからこそそんな半端なやり方を選んだんだ。弾倉から弾丸を一つ抜いて助かる可能性を残すことで、引き金を軽くするみたいに。澄香が最初からコインの裏に賭けていたのだとしたら、君は見事彼女の期待に応えたということになる」

気を紛らせるために適当な言葉を並べただけのはずだったが、あらためて検討してみると、それほど的外れな説でもないように思えた。

彼女が呆気に取られているのが息遣いで伝わってきた。

「素敵な考え方です」と霞は言った。「私が姉を見殺しにした事実が変わるわけではありませんが、それでも」

尾上は何か返事をしようとしたが、もう思考がうまく言葉を成さなかった。手足だけでなく頭の中まで冷気で強張り、小刻みに震えて正確な動作を妨げてしまっていた。寒さとも痛みとも異なる、あの重く不快な痺れが全身の隅々を満たしていた。

「思ったほど楽な死に方ではないかもしれない」と尾上は言った。

「次にやるときは別の方法にしましょう」と霞は笑いながら言った。

霞の笑い声が止むと、沈黙が暗闇を満たした。風の音すら聞こえなかった。淡い夜空と木々の黒い影だけがそこにあった。

「私のサクラが尾上さんでよかったです」

ずっと後になって霞がそう言った。いや、本当は数分もたっていなかったかもしれない。その声は奇妙に遠くから聞こえた。

「私が今日まで死なずにいたのは、いずれ尾上さんがサクラになることがわかっていたからかもしれません」

尾上は短い言葉を返したが、自分でも何を言ったのかわからなかった。そしてそれを言い終えた途端に、強烈な怠さが意識と肉体を同時に襲った。

11

尾上の意識を目覚めさせたのは寒さや冷たさではなく、全身の、特に四肢の強烈な痛みだった。初めに指先が痛み、それを痛みと認識した瞬間に麻酔が解けたかのように体中がずきずきと痛み出した。咄嗟に起き上がろうとしたが手足が思うように動かず、体勢を崩して雪の中に頭から突っ込んだ。

顔を上げたとき、車に置いてきたはずのダッフルコートが体を覆っていることに気づいた。でもそれが何を意味するのかというところまでは頭が追いつかなかった。もう一度立ち上がろうとしたがやはり上手くいかず、それでも全身を襲う苦痛から逃れようと、這うようにして駐車場に停めてある車を目指した。意識は混濁していたが、そこに行けば安心を得られることは体が覚えていた。

夢の中で走ろうとしたときみたいに、尾上の体はちっとも前に進まなかった。見えない力で少しずつ後方に引っ張られている気さえした。きっと雪の下に空洞ができて蟻地獄のように俺を呑み込もうとしているんだ、と彼は朦朧とした頭で思った。しかしある地点までくると急に道が平坦になり、そこからは膝歩きでゆっくりとだが着実に前に進めた。

車に辿り着いてドアに手をかけた。しかしハンドルを引いてもドアは開かなかった。尾上は感覚のない指でポケットを探った。鍵はどこにも入っていなかった。意識が遠退きかけたが、もう一度ハンドルに手をかけて力任せに引くと、今度は硬い音を立ててドアが開いた。鍵が閉まっていたのではなく、凍りついていただけだったようだ。

よじ登るようにして運転席に座り、差しっぱなしだったキーを震える指で回してエンジンをかけた。暖房の出力を最大にして温風が出るのを待ったが、送風口からは外気よりはいくらかましといった程度の冷風しか出てこなかった。祈るような気持ちでアクセルを踏んで何度も空吹かしさせていると、少しずつ風が暖まってきた。

尾上は両手を送風口の前にかざして指先を温め、温まった指先で首元を温めた。何度も何度もそれを繰り返した。毛布が車に積んであったことを思い出し、後部座席から引っぱり出して両肩の上からケープのように羽織った。震えは一向に治まらなかったし、車内の温度が上がるにつれて、体中の得体の知れない痛みは激しさを増していった。手足は意識を失っているあいだに何か別のものに置き換えられたのではないかと思うくらい重く冷たかった。

そこまでの一連の行動はほとんど無意識のうちに行われた。いつの間にか空が白み始めていた。グローブボックスから予備の煙草（たばこ）を取り出して封を開け、痺（しび）れた指で苦労して一本を抜き取り、唇に挟んでライターで火をつけた。それが最初の意識的な行動だった。煙草の香りが鼻腔（びこう）を満たしたとき、ようやく我に返った。

俺は生き延びてしまったんだな、と尾上は思った。良いことでも悪いことでもなく、ただ事実としてそれを受け止めた。その事実に対して、どのような種類の感情も湧いてこなかった。赤子が生まれ落ちたときその善し悪（あ）しを判断などせずひたすら泣き喚（わめ）くように、彼は無心で震えつづけていた。

そして次に思う。霞（かすみ）はどこに行ってしまったのだろう？

濡れていた衣服が乾き、まともに歩けるくらいにまで体が温まると、尾上は毛布を羽織ったまま目覚めたときの地点まで戻った。ダッフルコートを拾い上げて雪を払い、それからあたりを眺め回した。霞の姿はなかったが、彼女の寝ていたあたりから小さな足跡が続いているのが見えた。足跡を辿っていくと、尾上の這いずり回った痕跡と合流していた。そこから先の足跡は辿れなかったが、車まで戻ったと見て間違いなさそうだった。そういえば車内に彼女のコートは見当たらなかった。おそらくは〈手錠〉も。自分のコートと〈手錠〉を回収し、尾上にコートを被せた後、霞は歩いて公園を出ていったのだろうか。

体の震えがぶり返してきたので車に戻った。案の定、車から公園の出口に向かって霞のものと思しき足跡が続いていた。でもこの足跡を追いかけたところで彼女に追いつけはしないだろう。公園を出たあたりで途切れてしまっているはずだ。

今では寒気と痛みの上に、空腹と喉の渇きが加わっていた。ひょっとしたら霞が戻ってくるかもしれないと思い、尾上はそれから二時間ほど公園に留まった。もちろん霞は戻ってこなかった。彼女は死ぬのを思い留まり、一人でここを去ることにしたのだろう。ひとまずそう結論づけるしかなかった。

だとすればそれはどこまでも正常な判断だ、と尾上は思った。

車に戻り、公園を出た。手足の動きは相変わらずぎこちなかったが、ハンドルを握るとどういうわけか普段と変わらない調子で運転することができた。よくできた機械だ、と尾上は今さらのように感心した。死の淵から生還して最初に感心する対象が自動車というのはあまり適切なこととは思えなかったが、そのときの尾上には自動車の方が人間よりよほど上等な存在に感じられた。

機械には意思がない分間違いがない。

念のために公園から半径数キロ内を車で走り回ってみたが、やはり霞らしき人影は見当たらなかった。尾上は今度こそ諦めてアパートに戻った。

部屋に帰り着くとヒーターの電源を入れ、レトルトのシチューを温めて食べた。湯を沸かして白湯（さゆ）のまま何杯も飲んだ。火傷（やけど）するくらい熱いシャワーを浴びて服を着替え、人心地ついたところで横になり、それから何時間も眠りこけた。途中で一度目を覚ましかけたがすぐにまた眠り込み、数時間後に空腹で目を覚まして食事をとると、そこからさらに長い眠りに入った。

次に目を覚ましたときには日付が変わっていた。三度の眠りで意識はいくらか明晰（めいせき）さを取り戻していた。クリアになった頭で、あらためて考えた。霞はどこに行ってしまったのだろう？　電話をかけてみようかとも思ったが、それに応じる意思が彼女にあるなら、とっくに向こうから連絡がきているはずだ。もしくはこのアパートを直接訪ねてくるはずだ。

意識を失う前に交わした会話を思い出し、彼女が一体どの時点で心変わりをしたのか考えた。澄香（すみか）の死が狂言自殺の失敗に見せかけた自殺であるという説を尾上が唱えたときも、彼女の意思に変化はなかった。姉を見殺しにした事実に変わりはない、と彼女は言った。

「私が今日まで死なずにいたのは、いずれ尾上さんがサクラになることがわかっていたからかもしれません」

それが意識を失う前に聞いた、霞の最後の言葉だ。それを口にしたときも、彼女はやはり死を受け入れているように見えた。

それから尾上はふと気づいた。ひょっとしたら、彼女は生きる道を選んだわけではないのかもしれない。

彼女は一人で死ぬ道を選んだだけなのかもしれない。

最後に俺の命を救うことで、澄香を見殺しにした後悔を埋め合わせようとしたのかもしれない。

そのような心構えができていたおかげだろう。〈探偵〉が部屋を訪ねてきて霞の死を知らせたときも、尾上は落ち着いてそれを聞き入れることができた。


彼女の遺体が発見されたのは昨日の早朝で、例の河川公園から二キロほど離れた林の中で首を吊っていた。通報を受けて救急隊員が駆けつけた頃には、既に彼女は息を引き取っていた。〈探偵〉がやってきたのはちょうど外灯がともり始めた頃だった。ノックの音を聞いた尾上が部屋のドアを開けると、彼がそこに無表情で立っていた。そして霞の死を簡潔に告げた。

尾上の返事は、「そうですか」の一言だけだった。

「驚かないのですね」と〈探偵〉は言った。「ひょっとして、あなたは最初からこうなることを知っていたんじゃないんですか?」

取り繕おうと思えば、いくらでもそうすることはできた。でも真実を打ち明けて立場が危うくなったところで、今の尾上にとってはどうでもよいことだった。だからすべてをありのままに話した。自分が霞のサクラだったこと。彼女の周りに複数のサクラが配されていたこと。自らサクラであることを明かし、彼女に心中を持ちかけたこと。心中の最中に彼女が澄香の死の真相を打ち明けたこと。目を覚ましたら霞が消えてしまっていたこと。

「もし彼女の死が他殺だったら、真っ先に疑われる立場ですね」と〈探偵〉は呆れ顔で言った。

「しかし、おそらくあなたは事情聴取すらされないでしょう。それくらい完璧に、彼女の死は一点の曇りもなく自殺でした」

「なぜあなたがそこまで詳しい事情を知っているんです？」

「知人の伝手（つて）です。確かな情報であることは保証しますよ」

尾上は台所に立って湯を沸かし、二人分のコーヒーを淹（い）れた。コーヒーを受け取った〈探偵〉は、それを一口啜（すす）ってから言った。

「霞さんの死、そして先ほどのあなたの話から、ようやく澄香の死の全貌が見えてきました。まだいくつか疑問点は残りますが、それもほどなく解消されるでしょう」

「全貌も何も、霞の語ったことがすべてじゃないんですか？」

「だとすれば、なぜ霞さんは途中であなただけを生かして帰す気になったのでしょう？」と〈探偵〉は言った。そして畳の上に腰を下ろし、尾上を見上げた。「澄香、そして鯨井（くじらい）、あなたがこの二人とどのような関係にあったのか教えてください。今度は正直に」

尾上は少しためらったが、結局すべてを話すことにした。もしかしたらこの男なら、俺の過去から俺とは異なる解を導き出せるかもしれない。俺の過去の意味を塗り替えることができるかもしれない。

「二人はかつて、俺の親友でした」と尾上は言った。「ですがそう思っていたのは俺だけで、実は二人は俺に宛がわれたサクラでした。中学一年の冬に澄香と親しくなり、二年の春に鯨井とも友達になりました。三年の冬までその関係は続きました。しかし二人が密会している現場を偶然目撃したことをきっかけに、俺は二人がサクラではないかという疑いを抱くようになりました。

直接問い質してみたら二人ともそれを認めたので、そこで俺たちの関係は終わりました」

しかし〈先生〉の話を聞いた後、澄香が本当にサクラだったのかどうかわからなくなっていることも尾上は語った。高砂澄香という人間はただの鏡に過ぎず、尾上の猜疑心をそのまま反射していただけだった可能性もある。一方鯨井に関しては、彼がサクラであったことに疑いの余地はない。「お前に苛ついていた」という捨て台詞まで彼は残している。

そこまで話し終えると、尾上は〈探偵〉の反応を窺った。今の説明ではやや言葉足らずかもしれないと思ったが、〈探偵〉は特に質問もしなければ補足も求めなかった。人差し指の関節で顎をつつきながら、懸命に思考を巡らせていた。

ひとしきり考え込んだ後で、〈探偵〉は「参りましたね」と言った。

「あなたの今の話で、ようやく澄香の真意がわかりました。最初から鯨井を探す必要なんてなかったんだ。あなたを根気強く問い詰めていれば、それで済む話だった」

「どういうことですか？」と尾上は言った。自分でも驚くくらい大きな声が出た。「俺の話から、一体どんな答えが導けたというんですか？」

〈探偵〉は曖昧に笑い、床に手をついて立ち上がった。「遠からず明らかになりますよ。あなたは既に十分な材料を手にしている」

「遠からずではなく、今それを知りたいんです」

〈探偵〉は首を振った。「僕の口からそのすべてを語るのは控えます。この手の真実には、自分自身の力で辿り着いた方がいいんです。先に他人の口から知らされてしまえば、それはあなたにとって、言うなれば開封済みの真実になってしまいます。セカンドハンドの品というのは、それがどれだけ完全な品に見えても、どうしても心を預けきれないものです。ですから、あなた自身の手で開封することが望ましい。まっさらな未開封の真実を」

「俺なりにずっと考えてはいるんです。でも澄香の考えていたことは一向にわからない。せめて何か一つくらい教えてくれませんか？」

「では、比較的害のない真実を。僕の予感が正しければ、いくらここで待っても鯨井とは会えないと思いますよ」

そう言うと、〈探偵〉は部屋を出てドアを閉めた。


おそらく俺は悲しむべきなのだろう、と尾上は思った。一度は運命を共にしようとしてくれた女の子が、一人でこの世を去っていってしまったのだから。でも〈探偵〉が部屋を去った後、尾上は早くも霞の死に適応し始めている自分を発見することになった。もちろん彼女に二度と会えないのは残念だが、あらかじめ定められていた別れが少し早くなったに過ぎないという感覚があった。彼女の父親の予言のせいもあるかもしれない。

霞を救えなかったことを、どうか気に病まないでください。あの子は初めから死んでいたのです。あなたが握っていたのは死人の手なのです。

そして尾上は心のどこかで、澄香と霞を一対の存在として認識していた。ゆえに霞の死は、澄香の死の延長線上にある必然的な現象のように感じられた。

霞との関係があれほど上手くいっていたのも、彼女が最初から死人だったからと考えると納得がいく。死人相手に対人恐怖は生じない。

霞の死を受け入れて、しかしそれで終わりではなかった。〈探偵〉は先ほどすべての謎を解き明かしたようだったが、尾上はそうではない。澄香の死の真相も、霞の死の真相もわからないいまだ。遠からずそれは明らかになると〈探偵〉は言っていたが、ただ口を開けて待っていれば誰かが答えを運んできてくれるわけではないだろう。そのタイミングは尾上次第で数日後にも数年後にも変わりうる。

尾上はその謎が解けるまで桜の町に留まることを決めた。それからの数日間、眠っているあいだ以外はひたすら思考を働かせた。〈探偵〉が尾上の短い話から澄香の死の真相を引き出せたということは、尾上にはそもそも初めから真相に至る材料が与えられていたということになる。そして「いくらここで待っても鯨井とは会えないと思いますよ」という言葉の真意。〈探偵〉は尾上の中学時代の話を聞いただけで、鯨井とはもう——少なくともこのアパートでは——会うことができないと断定した。尾上の過去は澄香の死の真相のみならず、鯨井の現在とも繋がってくるのだ。

俺の話のどこにそんな要素があったというのだろう?

尾上は町を歩き回りながら〈探偵〉との会話を、そして霞との最後の会話を反芻しつづけた。そして思い出したことや思いついたことを、雑貨店で買った手帳に片端から書き殴っていった。

アパートに越してきた頃に比べると、町の寒さはいくらかやわらいでいた。空はあいかわらずどんよりと曇っていたが、雪が降っても積もる前にすぐ止んだ。除雪車が道脇に押しやった雪は大部分が溶け、それまで曖昧だった歩道と車道の境界がようやく顔を出した。町を往く人々は重ね着を減らしたおかげで一回りすっきりして見えた。

死者たちのことを考えるには悪くない季節だった。

鍵となるのはおそらく、澄香が俺のサクラであったこと、ではない。俺が澄香をサクラだと思い込んでいたことだ。両者には大きな違いがある。澄香がサクラであるというのは俺の勘違いだったとひとまず認めよう。その前提から出発しなければ、おそらく俺は真実には辿り着けない。これまで七年間ずっとそうだったように。

高砂澄香は俺のサクラではなかった——その場合、俺と澄香が最後に交わした会話をどのように解釈すればよいのだろう？　霞の言葉を信じるならば、澄香が死に場所としてあの河川公園を選んだのは俺に対するなんらかのメッセージであり、彼女は中学を卒業した後もずっと俺のことを想（おも）いつづけていた。だとすれば、一体何が彼女に「全然好きじゃなかった」などと言わせたのか？

あるいはそれは、俺に対する気遣いだったのかもしれない。「俺のことなんて全然好きじゃなかったんだろう？」という俺の言葉が、彼女には「後腐れなく別れさせてくれ」という風に聞こえたのかもしれない。彼女はその要求を呑んだに過ぎなかったのかもしれない。

だが仮にそうだったとして、それがどのように彼女の死に繋がってくる？

尾上の思考はそこで行き詰まった。〈探偵〉の言うように、この時点でほとんど答えは出ているようなものだったのだが、彼は無意識のうちにある考え方を避けていた。だから行き詰まったというよりは、自身で歩みを止めてしまったといった方が正確かもしれない。

四月初めの夕暮れに町を吹雪が襲った。すぐ近くまで来ていた春を追い返してしまうような、猛烈な吹雪だった。

雪は夜通し降り、翌朝にようやく止んだ。アパートの中も一気に冷え込み、尾上は目が覚めてもしばらく布団から出られなかった。やっとのことで布団から這い出ると、湯を沸かしてコーヒーを淹れ、〈手錠〉を外しベランダに出て震えながら煙草を吸った。サンダルも何も履いてなかったので足の裏が霜焼けになりそうだった。早朝に除雪車の音を聞いたので予想はしていたが、アパートの前には道路から押し出された雪が土嚢（どのう）みたいに積み上がっていた。

このままだと車を出せないので、外に出て雪に埋もれた除雪スコップを見つけ出し、アパートの前の雪かきに取りかかった。車一台分の通り道を確保すればそれで用は足りるのだが、敷地内に入り込んだ雪をすべて片づけるまで尾上は手を止めなかった。体を動かすことが思考の助けになるのではないかと思ったのだ。でも作業が終わったとき、残ったのはずっしりとした疲労感だけだった。

スコップを雪山に突き刺して部屋に戻ろうとしたとき、アパートの二階の廊下から誰かがこちらを見下ろしていることに尾上は気づいた。老人と呼んでも差し支えない年代の男だ。灰色のニット帽を被り、丈の長いウールのコートを着ていた。尾上と目が合っても視線を逸（そ）らさず、ゆっくり歩いて外階段を下りてきた。何か文句でも言われるのではないかと身構えたが、老人は互いの顔がよく見える距離まで来ると、尾上にぼそぼそと労（ねぎら）いの言葉をかけた。どうやら雪かきについて礼が言いたかっただけのようだ。

老人は尾上の積み上げた雪山を眺めて満足げに肯（うなず）くと、手招きをして、何も言わずにアパートの階段を上っていった。意図はよくわからなかったが、尾上がついてくることを期待しているようだった。

老人は二階廊下の突き当たりのドアを開け、振り返って尾上がついてきていることを確認してから中に入った。上がっていけということなのだろう。

部屋はひどく散らかっていた。円筒形の石油ストーブが部屋の中央に鎮座し、それを取り囲むように細々としたものが散らばっていた。何より目を引いたのはチラシと新聞の山だった。それらは部屋の隅に雑然と積み上げられ、高い山を成していた。何かの拍子に火がついたらあっという間に燃え広がるだろう。おまけにその部屋の火種はストーブだけではなく、使い捨てのライターがあちこちに転がっていた。老人は重度の喫煙者らしく、部屋のあらゆるものから煙草の匂いがした。古い温泉旅館の喫煙所の匂いだ。

老人はストーブに載っていた薬缶(やかん)で茶を淹れてくれた。何の変哲もない普通の焙(ほう)じ茶だったが、寒い屋外で作業をした後では何にも増して美味(うま)く感じられた。このところコーヒーばかり飲んでいたので、その素朴な味が舌に優しかった。

「いつからここに住んでるんだ?」と老人が尋ねた。「そんなに前じゃないよな?」

二ヶ月前からだと尾上は答えたが、正確なところは自分でも覚えていなかった。

「前にあんたの部屋に住んでたのも、あんたと同じくらいの若い人だった」と老人は何十年も昔を振り返るみたいに言った。「入れ替わったことに、しばらく気づかなかったよ」

「その男、俺の知り合いなんです」と尾上は言った。「ここに住んでいる頃、そいつはどんな様子でした?」

「雪かきをしてたよ」と老人は言った。「大雪が降るたびに部屋から出てきて、一人で黙々と雪を片づけてた。あんたが使ってたスコップも、あの兄さんの私物だろうな。一度だけ話したことがあるが、若いのに寡黙な人だった」

老人は〈手錠〉を外し、煙草を取り出して火をつけた。数十年間喫煙を続けてきた人間ならではの流れるような所作に、尾上は一瞬だが目を奪われた。

「それからしょっちゅう留守にしてた」と老人は煙草の灰を落としてから言った。「何しろ静かな人だから、いなくなってもそうそう気づかないんだが、車が何日も戻らないことがよくあった」

尾上は肯いた。重要な情報はあまり期待できそうにない。

鯨井についてそれ以上思い出せることがなくなると、老人は窓の外に目をやり、雪に話題を転じた。今年の冬の雪は特にひどかったが、三十年ほど前にもっとひどい年があったと彼は言った。倒木であちこちの道が塞がれ、町は一週間ほど陸の孤島と化したという。そこに停電と断水が重なり、どうしようもないので知人とひたすら酒を飲んでいたという話だった。

話が一段落して老人がまた煙草に火をつけようとしたところで、尾上は茶のお礼を言って引き上げようとした。すると老人が「なあ」と尾上を呼び止めた。

「どうして俺が今日まであんたに声をかけなかったと思う?」

尾上はわからないという風に首を振った。見当もつかない。

「あんたがサクラかもしれないと疑ってたからさ」と老人は言った。「哀れな老人を救うべく遣わされた、善良な隣人を演ずる役者じゃないかってな。こういう場所でこういう生活を送ってると、たまにそういうのが差し向けられるんだ。放っておかれるよりそっちの方が百倍惨めになるってことも知らずにな。だから俺は誰が相手でも、しばらく様子を見るんだ。その態度にどこか不自然な点がないか、わざとらしいところがないか、じっくり探りを入れる。あんたは俺の顔色を窺うどころか、俺の存在に気づいてすらいないみたいだった。それでやっと声をかける気になったのさ」

　尾上は無言で肯き、老人の部屋を後にした。

　その気持ちは痛いほどわかります、なんて言ったところで信じてもらえないだろう。かえって彼のサクラ妄想を刺激するだけだ。

　自分の部屋に戻った後、尾上は上階で孤独に暮らす老人の人生に想像を巡らせた。サクラ妄想が彼の人生を孤独にしたのか、孤独な人生がサクラ妄想を育んだのか、どちらが先かはわからない。いずれにせよ、俺もこのままいけばあの老人と同じような一生を送ることになるのは確かだ。孤独が深まれば深まるほどサクラが現れる可能性も高まり、サクラ妄想が深まって一層孤独になる。

　あの老人が救われることがあるとすれば――俺たちが救われることがあるとすれば――それは一体何がきっかけになるだろう？　この人は百パーセントサクラではないと確信できる人間がどこからともなく現れて、惜しみない愛情を注いでくれたら、俺たちは救われるのだろうか？

　おそらくそうではない。そのとき、俺たちは新たな恐怖と直面することになるだろう。別にサクラでなくたって人は演じるし裏切る、という当然の事実に打ちのめされることになるだろう。

　俺たちを閉じ込めているのは見当違いな恐怖ではなく、見当違いな憧れなのかもしれない。

尾上は目を閉じて、老人の部屋で目にしたものを一つ一つ思い浮かべていった。ずっしりとした石油ストーブ、新聞とチラシの山、染みだらけの畳、角の磨り減った卓袱台、焦げついた薬缶、茶渋のついた湯呑み、長年の喫煙によって黄ばんだ天井。ひょっとしたら、あの部屋で彼は緩慢な自殺を遂げているのかもしれない。あの新聞とチラシの山は、彼自身を火葬するための焚きつけのようなものなのかもしれない。

そこまで想像を広げたところで、ふと尾上の意識は自分の部屋に向いた。そういえば、この部屋に来てからチラシというものを受け取ったことがない。アパートには集合ポストがあったはずだが、目につきにくいところに設置されているせいもあって、今の今まで存在自体を忘れていた。このアパートは一時的な仮住まいと想定していたから、郵便物の転送は手配していない。だから重要なものが届いていることはないだろう。とはいえ、今頃ポストはチラシで溢れているかもしれない。

入居したときに渡された資料でポストの暗証番号を確認し、集合ポストを見にいった。ダイヤルを回してポストを開けた。数枚のチラシが入っているだけだった。尾上はそれらを取り出してひとまとめにし、ポストを閉じて部屋に戻ろうとした。

そのとき何かがチラシの束の中からこぼれ、雪の上に落ちた。

尾上は身を屈めてそれを拾い上げた。

鍵だった。大きさと形状から察するに、おそらく車の鍵だ。

それが鯨井の残していったものであることは、一目見た瞬間からわかっていた。

鍵にはキーホルダーが取りつけられていた。靴べらのかたちをした革製のキーホルダーで、革はよく使い込まれた革に特有の光沢を放っていた。

それは尾上が七年前に鯨井に贈るために雑貨店で買ったものだった。

紙袋の行方がようやくわかった。あの日ガレージで二人の会話を盗み聞きした尾上は、プレゼントの入った紙袋をガレージの脇に置いてきてしまったのだ。そして鯨井がそれを見つけた。

そこまではいい。

しかしこのキーホルダーが今ここにあるということは、鯨井はつい最近まで、尾上からの贈り物であるそれを身につけていたということになる。

わけがわからなかった。鯨井は俺のことを嫌っていたはずではなかったのか？

尾上は鍵を手にしたまま、しばらくポストの前に立ち尽くしていた。

いずれにせよ、ここに鯨井が戻ってくることは二度とない。彼がここに鍵を残していったのは、それが既に不要になったからだろう。

こんなものを俺が持っていても仕方ない。

いっそどこかに捨ててしまおうか、と尾上は思った。

そしてそれを最後に何もかも忘れてしまおう、とも。

澄香と霞と尾上、三人が死に場所に選んだ河川公園を、彼は鍵の捨て場所に選んだ。こういう因縁めいたものはひとまとめにしておいた方がよさそうに思えたからだ。

駐車場に車を停め、煙草を一本吸ってから外に出た。相変わらず公園に人影はなかった。ダッフルコートのポケットに両手を突っ込み、尾上は湿った雪に足を取られながら川岸まで歩いていった。

雪に縁取られた川は黒く、静かに流れていた。尾上はポケットの中の鍵を掴んだ。振りかぶって鍵を放り投げようとしたそのとき、頭上の木の枝に積もっていた雪が彼の眼前にこぼれ落ちてきた。砂袋を落としたような重く鈍い音が静かな公園に響き渡り、雪煙が暗い視界を埋めた。あと一メートルも前に出ていたらまともに雪を浴びることになっていただろう。尾上は自分の立っている場所の安全を確かめようとして真上を見上げ、

ほのかに赤く色づいた桜の蕾が、そこにあった。


思えばこの公園は、初めは死とは無関係に俺たちの前に現れたのだ。

その日、桜を迎えにいこうと言い出したのは鯨井だった。桜前線の来ているところまで南下して、一足早く満開の桜を見ようとした。結局バスを乗り違えて、後日この公園であらためて花見をすることになったが、本来であれば俺たちはその日——四月十日に桜を迎えられていたのだ。

そして奇しくも、今日がまさにその四月十日だった。

蕾と花の境界線で、鯨井が待っている気がした。

12

商用車や大型のトラックが行き交う深夜の高速道路を、尾上(おがみ)は無心で突き進んだ。音楽もラジオもつけず、運転に集中した。等間隔に並んだ道路照明が照らす単調な風景が、飛ぶように視界の後方へ流れていった。

道程の半分ほどまで来たところでナビから休憩を提案された。運転が荒くなってきているのは自覚していたし、ここで事故を起こしては元も子もないので、サービスエリアに入って車を停(と)めた。自動販売機で缶コーヒーを買い、喫煙所へ向かった。煙草(たばこ)を取り出そうと腰のあたりを探って、いつもの位置にポケットがないことに気づき、高速に乗る前に服を新調したことを思い出した。閉店前のデパートに駆け込んで、ジャケットとセーターと靴を買って着替えてきたのだ。

不思議なものだ。霞(かすみ)が隣にいたときは服装なんて気にしなかったのに、鯨井(くじらい)に会いに行くと決めた途端、急に自分の格好が気になり始めた。みっともない姿で鯨井の前に出るわけにはいかない、と思った。どうやら俺はこの期に及んで彼に失望されることを恐れているらしい。とっくの昔に袂(たもと)を分かった相手だというのに。

もしこれから会う相手が澄香(すみか)だとしても、俺は服のことなんてろくに気にかけなかったはずだ。鯨井と会うときにだけそのような緊張が生じるのは、やはり俺たちが男同士だからだろう。半ば価値観に相通じるところがある分、必要以上にいろんなことが伝わってしまうのだ。

尾上はポケットに両手を突っ込んでヘリンボーンの生地を軽く引っ張り、ジャケットを体に馴(な)

染ませた。南下するにつれて徐々に暖かくなるだろうと予想してジャケットの上には何も着てこなかったが、ある程度桜の町を離れた今も指先が震えるくらい寒かったし、煙草の一口目は煙のものだけではない白さをまとっていた。とても桜を見に行くような天候とは言えなかったが、それでもこの国の大部分では既に桜が咲いているのだ。

吸い殻を捨てて車に戻り、夜風に醒まされた頭でもう一度考えた。俺は今何をしようとしているのか。鯨井が桜前線の位置にいるという俺の予感は本当に正しいのだろうか？　確証はない。それどころか、ほとんど当てずっぽうと言っていい。

俺たちはそういうところでは妙に気が合う。根拠はそれだけだ。

残りの道を急いだ。煙草を咥えて窓を開けると、風の質が今までとは明らかに異なっていることに気づいた。どことなく柔らかい、春の予感を孕んだ空気だ。

ナビの指示に従って高速を降り、下道を走ること数十分、ようやく目的地に到着した。バス停は町外れの巨大な橋の手前にぽつんと立っていた。尾上は車を道端に寄せてエンジンを切った。ヘッドライトが消えた途端、あたりは闇に包まれた。懐中電灯を取り出してポケットに突っ込み、ドアを開けて車外に出た。先ほど窓を開けたときに感じた予感の正体のような匂いが、今度ははっきりと感じられた。

まずはその場で伸びをして、長時間の運転で強張った体をほぐした。履き慣れない革靴の靴紐を結び直し、踵で何度か地面を叩いて具合を確かめると、車に鍵をかけてバス停まで歩いていった。そして利用者が勝手に設置したであろう粗末なプラスチックの椅子に腰を下ろし、煙草に火をつけた。

さて、これからどうしたものか。

煙草を咥えたまましばらく思案し、ひとまずこの地に桜が咲いているかどうかを確かめるべきだろうという結論に至った。ろくに明かりもない田舎道を飛ばしてきたものだから、道中でそこまで確認する余裕がなかったのだ。

バス停の周辺にそれらしい樹木は見当たらなかった。もっとも尾上は花のついていない桜の木を桜の木として認識することができないから、それが既に彼の視界にあったとしても気づくことはない。いずれにせよ、開花している桜がないことは確かだった。

もう一度周辺をぐるりと見回してから、尾上は町明かりの見える方角とは反対側の闇に向かって歩み始めた――鯨井ならきっとそうするだろうという勘に従って。

歩を進めるにつれて道は荒れていき、緑の匂いが濃密になっていった。見晴らしのよい場所を求めて坂道を上っていくと、道端の茂みのあいだから細い階段が伸びているのが目に入った。丸太でできた古い階段で、どの丸太もばらばらの角度に傾いていた。尾上は導かれるようにその階段に足をかけて上っていった。

長い階段を上り切った先には鳥居が立っていた。神社への通路だったようだ。何かのついでに建てられたような、小さな神社だった。尾上は鳥居の手前で一度足を止めて息を整えた。鳥居は長年の雨風によって塗装が剝がれ落ち、二本の柱を結ぶしめ縄はほつれて今にも千切れそうだった。額には神社の名と思(おぼ)しき文字が書かれていたが、すっかり掠(かす)れて判読できなくなっていた。

その鳥居を潜(くぐ)った先の未舗装の参道に沿って、目当ての木が立ち並んでいた。

桜だ。

月明かりの下、その花はぼんやりと青白い光を放っていた。夜風に吹かれ小刻みに体を揺らす花々は、尾上に波間の夜光虫を連想させた。暗く荒れ果てた神社の中で、その青白さだけが異様な生命感を帯びていた。

尾上はしばらく参道に立って桜を見上げていた。立ちくらみのような感覚が時折彼を襲った。花の枝の不規則な動きに合わせて、時の流れも伸び縮みしているようだった。だからどれほどのあいだそこに立ち尽くしていたのか、正確なところはわからない。

実を言えば、彼は最初から気づいていた。鳥居を潜った直後に、それらしきものが拝殿の陰にちらりと見えたのだ。すぐにそこに向かう気になれなかったのは、半ば願望めいた直感が的中したことへの戸惑いと、何か一つ大きなものが終わろうとしていることへの名残惜しさのような感覚のせいだった。

それでもここまで来て引き返すという手はなかった。尾上は参道を横切り、拝殿の裏手に回った。そして敷地の隅で落ち葉を被（かぶ）ってうずくまっている車の前に立った。懐中電灯で照らすと、それは尾上の乗ってきた車と同じ色で、同じ型式だった。ナンバーだけが違っていた。あの老人が二人の入れ替わりにしばらく気づかなかったのも無理はない。

ポストに入っていた鍵は、運転席の鍵穴にぴたりと収まった。鍵を捻（ひね）ると、大袈裟（おおげさ）な音を立ててドアが解錠された。尾上は運転席のドアを開けて車に乗り込んだ。座席の位置と角度を調整してリラックスできる体勢になると、大きく溜息（ためいき）をついた。

もちろん車の持ち主は不在だった。灰皿は煙草の吸い殻で一杯だったが、どれもつい最近吸われたという感じではなかった。車体を覆う落ち葉の量からいって、車は長いこと放置されていたようだ。古い油と錆（さび）が混じったような臭いが車中に漂っていた。

鯨井が自分の車をこんな場所に置いていくとは考えにくかった。仮に何かの事情で車を処分せざるを得なくなったとしても、こんな風に雨晒（あまざら）しで朽ちるに任せるようなやり方は選ばない。そういう男だ。ここで車を降りた後、彼の身に何かが起きたとしか思えなかった。

尾上は車内を一通り調べていった。座席の下やフロアマットの裏まで探してみたが、鯨井の行方に繋（つな）がるようなものは何ひとつとしてなかった。

調べられそうなところは調べ尽くし、諦めて煙草に火をつけようとしたとき、ふとあることを思いついた。運転席のドアのハンドルポケットに爪を立てて上に引っ張ると、あっさりポケット部分が外れた。そしてその下から小さな布袋が出てきた。

尾上が車の中に小銭を隠すときのやり方とまったく同じだった。

布袋に入っていたのは、ポケットに収まるサイズの手帳だった。

尾上は手帳をしばらく手の中で弄んだ後、懐中電灯の明かりをつけ、表紙を捲（めく）った。

*

手紙を書いてお前に送ろうかとも考えた。でもその手紙に書かれるであろう真実を、自分が本当にお前に知ってもらいたがっているのか、俺自身にも判断がつかなかった。このまま最後まで隠し通した方が互いにとっていい気もした。

だからこの手帳に記し、車の中に隠しておくことにする。どちらかと言えば、誰にも見つからず読まれない可能性の方が高い。それ以前に、俺の危惧しているような事態は起こらないかもしれない。起こったとしても、その事実をお前が知ることはないかもしれない。知ったとしても、お前はそれを気にも留めないかもしれない。気に留めたとしても、わざわざ町に帰ってはこないかもしれない。帰ってきたとしても……こんな風に、お前はいくつもの「もしも」をクリアしなくてはこの車に辿り着けない。いくら妙なところで気の合う間柄とはいえ、その確率はせいぜい十パーセントってところだろう。せっかくここまで辿り着いても、この隠し場所に気づかないってこともあり得るからな。

　でもその方がいい。誰にも読まれないかもしれないと思うと、自分でも驚くほど正直に書ける。百パーセント読まれるとわかっていたら、無意識に話を作り替えてしまうだろう。俺は俺を被害者として書いてしまうかもしれない。あるいは逆に、過度に自罰的なストーリーに仕立て上げてしまうかもしれない。本当はまったく後悔なんてしていないのに。

　本来であれば、何年も前にお前にすべてを話しておくべきだった。そうしなかったのは、ひとえにお前に澄香を渡したくなかったからだ（こんな風に書くとなんだか芝居がかっていて自分でもおかしくなるが、実際その通りだったのだから仕方ない）。

ただ誤解のないように言っておくと、澄香をお前に渡したくなかったからといって、自分のものにしたかったわけでもない。もちろんそうなればどんなにいいかとは思っていたけれど、そうならなくても別にいいとも思っていた。

　このあたりの事情を誤解なく伝えるには、俺と澄香との関係を一から説明しておく必要があるだろう。しかしどうも俺は順序立てて物事を説明するのが苦手なものだから、先に一番重要な答えを書いておく。

澄香はお前のサクラだったか？

サクラではなかった。

俺はお前のサクラだったか？

サクラではなかった。

俺の見た限りでは、あのときお前の周囲にサクラらしき人物は一人もいなかった。

次にお前が当然抱くであろう疑問。では、なぜ澄香はお前から離れていったのか？

答えはこうだ。澄香もまた、お前をサクラだと思い込んでいたからだ。

もっとも、最初からそうだったわけじゃない。澄香はお前に突き放されるまで、お前のことを本物の友人だと思っていた。

いや、お前だけが本当の友人だと思っていた。

やはり結論だけ書いても何もわからないだろうな。

どこから話すべきか。

バイオリンの話から始めるとしよう。


六歳の頃、俺は隣町にあるバイオリン教室に通っていた。自宅を教室にして、安月謝で十五人ほどの生徒を相手にしているような、つましい個人教室だ。俺の両親には音楽的素養なんてなかったが、だからこそ一人息子にはきちんとした教養を積ませたかったのかもしれない。

レッスンは講師側の都合で平日夜にしか受けられなかった。当時の俺はバイオリンそのものにはまるで興味がなかったけれど、学校から帰って早めの夕食を取った後、車に乗り込んで隣町に行くっていうのは特別な感じがして好きだった。一日の最後に別の短い一日が付け加えられるみたいで。

俺の家は親が共働きで、車が出せない夜も多かったから、よく他の生徒の車に相乗りさせてもらっていた。たまたま学校に同じバイオリン教室に通っている子がいて、その子と俺は二人一組でレッスンを受けることが多かったから、何かと都合がよかったんだ。

その子の名が高砂澄香で、つまり俺たちは六歳からの知り合いだったたってことになる。お前の目にはそんな風には映らなかっただろうけどな。

送迎の車の中では、澄香の母親が上手い具合に俺たちのあいだを取り持ってくれた。大人びた話し方をする女の子、というのが澄香の第一印象だった。話す内容が大人びているわけではないんだが、声の出し方とかちょっとした受け答えをするときの間の取り方なんかが、他の同年代の子供たちとは明らかに違っていた。きちんと捻子がしまっている、とでもいうか。そして必要とあらばその捻子を緩めることもできた。

でも講師も母親も席を外し、ひとたび俺と二人きりになると、途端に澄香は別人みたいになる。レッスンが終わると澄香の母親はバイオリン講師と長々と話し込むのが常だった。だから俺たちはいつも先に車に戻って澄香の母親が戻ってくるのを待つんだが、そういうとき、澄香はまるで俺なんて存在しないみたいにふるまった。

母親や講師の前では猫を被っているけれど、本当は俺のことを嫌っているか、軽蔑しているんだろうと俺は考えた。同じ指導を受けていても俺は明らかに彼女より物覚えが悪かったし、そのせいで彼女のレッスンもなかなか前に進まなかったからな。きっと内心では口もききたくないくらい腹を立てているんだろう、と。

でも澄香に無視されているとき、不思議とそんなに悪い気はしなかった。エンジンを切った真っ暗な車の中で、やたら上品な服を着た同い年の綺麗な女の子が、つんと澄ました顔で俺のことを無視してるってのは、なんていうか、それはそれで正しいことのように思えたんだ。卑下してるわけじゃない。そう、今の俺なら「絵になる」って表現するような感覚だ。そしてそういう絵の中に含まれるってのは、それだけで心地がいいものなんだ。

そういう絵が、俺の記憶には何枚も刻み込まれている。まるで自分が車の外から第三者として眺めていたみたいな構図で、背景は季節によってまちまちだが、中にいる二人の姿だけは判で押したように同じだ。後部座席の右側には物憂げに窓の外を見つめる少女がいて、左側にはその少女の様子を横目にうかがっている少年がいる。

俺と澄香の関係は、最後までその絵の構図から動かなかったとも言える。


教室に通い始めてから二年後、突然バイオリン教室の閉鎖が決まった。理由は覚えていない。もともと講師が趣味でやっていたような教室だったから、飽きただけなのかもしれない。夜の外出の機会が失われたことは残念だったが、俺の方も上達しないバイオリンにいい加減飽き飽きしていたところだったから、ほっとした部分もあった。

最後のレッスンを終えた後、バイオリン講師は澄香に話があると言って俺を先に帰した。澄香には音楽的なセンスがあったから、ここを辞めた後も音楽を続けることを勧めていたんじゃないかと思う。

　俺と澄香の母親が車で澄香を待つという、初めてのパターンだった。娘と違って母親は俺と二人きりになっても態度を変えることはないはずだったが、その日の彼女は妙に口数が少なかった。講師が澄香にどんな話をしているのか気になるんだろうと俺は想像したが、それは間違いだった。

　澄香の母親は突然運転席から俺の方を振り返って、思い詰めたような顔で言った。「あの子には友達と呼べるような友達がいないから、これからも仲良くしてやってほしいんだ」、「あの子は祥吾くんにだけはめずらしく心を開いていているみたいだから」と。

　この人は一体何を言っているんだろう、と俺は呆れた。澄香に友達がいないというのはわかる。あなたにだけは心を開いている？　どう見たって思いっきり閉ざしていたじゃないか。二人きりのときは言わずもがな、母親が会話を取り持っていたときだって、決して楽しそうにはしていなかった。あれで仲良しっていうんなら俺は世界中の人間と仲良しだ。

　それでもひとまず俺は「わかりました」と答えた。大の大人から何かを真剣に頼み込まれるなんて初めてだったし、二年間車に乗せてもらった恩もあったからな。まあ十中八九上手くいかないだろうが、とにかくやれることはやってみようと思った。


　翌年、俺と澄香は初めて小学校で一緒のクラスになった。母親の言っていたように、確かに澄香には友達らしい友達がいないようだった。俺もどちらかといえば愛想のない子供だったけれど、澄香に関して言えば愛想が良いとか悪いとかいう以前の話だった。彼女は教室でも、車の中で俺と二人きりになったときみたいに、世界に自分一人しかいないかのごとくふるまっていた。別に他者を拒否しているわけではなく、話しかけられれば普通に返事はするし、親切にされれば礼も言うんだが、よほどの必要に迫られない限りは絶対に自分からはコミュニケーションを取ろうとしなかった。

そんな澄香の姿を見て、驚くより先に安心したことを覚えている。あの子は俺だけを無視していたわけじゃなかったんだ、ってな。俺にだけは心を開いているっていう母親の言葉も、あながち嘘ではないのかもしれない。

そこで俺は、澄香と親しくなるべくあれこれ試行錯誤を始めた。このときの俺を突き動かしていたのは使命感でも好意でもなく、好奇心だった。友達なんてのは自然にできるものだと思っていたから、そういう不自然な関係形成が新鮮に感じたんだな。そういえば今いる友達とはどんな風に仲良くなったんだっけとひとつひとつ思い返して、それを澄香相手に試したらどうなるか考えた。ちょっとやそっとの工夫じゃ仲良くなれないことはわかっていたから、とにかく念入りに準備をした。授業もそっちのけで澄香のことばかり考えていた気がする。

急いではならないことを俺は知っていた。澄香のような人間は急速に距離を詰めようとすると警戒して殻に籠もってしまう。だから俺は、地雷原でも歩くみたいに慎重に事を進めていった。当時の俺は年相応に自制心の緩い子供だったんだが、そこに澄香が関わってくると、なぜか自分でも驚くほどの忍耐力を発揮することができた。まあ半分は臆病風のせいだったかもしれないが。

卒業までの四年間で二度のクラス替えがあったが、俺と澄香が離れ離れになることはなかった。おそらくは学校側が澄香を孤立させないように取り計らったんだろう。俺にしたって澄香とは一応の交流があるって程度の関係だったが、それでも他の連中よりはいくらかましではあった。

四年かけて俺と澄香との距離は三センチくらいは縮まったんじゃないかと思う。三センチしか縮まらなかったと取るべきか、三センチも縮んだと取るべきかは見方次第だ。相変わらず彼女はこちらから水を向けない限り口を開かなかったが、何かしらの事情でクラスメイトと交流する必要に迫られると、いかにも消去法ですといった風に俺を頼るようになった。それだけだ。しかしそれだけでも大きな進歩ってものだ。

彼女にとって自分以外の人間が全員じゃがいもだったとして、俺はその中で一番立派なじゃがいもだったってことになる。

俺としては十分だった。それ以上のじゃがいもが現れさえしなければ。

ここまでの描写だけでは、澄香という人間の特異性は十分には伝わらないだろう。実際、あの頃の澄香はそこまで特殊な人間ではなかったんじゃないかと俺は思っている。彼女が本格的におかしくなるのは、もうちょっと後のことだ。

とはいえ小学生の時点でその予兆がなかったわけでもない。俺がそれに気づいたのは、彼女が俺以外の人間に話しかけられているのを第三者として眺めていたときだ。

俺の他にも澄香と親しくなろうと試みる生徒はいた。半年に一人くらい、怖いもの知らずの誰かが澄香に熱烈なアプローチを仕掛けて友人になろうとした。そういう吸引力が澄香にはあった、ってのはお前には今さら説明するまでもないだろう。

そういうとき、俺は無理にあいだに割って入ったりはせず、何かの参考にでもなればと注意深く澄香を観察していた。俺が避けていたような強引なアプローチが、果たして彼女からどんな反応を引き出すのか興味があった。

結論から言うとやっぱりそれは逆効果で、向けられる関心が深ければ深いほど、澄香は相手への関心を失っていくようだった。でもそれは最初からわかっていたことだ。俺が違和感を持ったのは、彼女の目の動きだ。

望まないコミュニケーションを誰かに強いられたとき、澄香がその誰かではなく、まずその場に居合わせている無関係な人々の方に目を走らせていることに、俺はある日気づいた。まるで自分に話しかけている人物は代表者に過ぎず、本当はその場にいる全員から話しかけられているのだとでもいう風に。

今のお前なら、それが何を意味するのかわかるだろう。でもあの頃の俺にはわからなかった。人と話しているところを見られるのが苦手なんだろう、くらいにしか思わなかった。


中学校に進学すると、澄香の性格はいくらか丸くなった。同性の友人を数人つくって、普通の女の子みたいに教室に溶け込んでいった。さすがにその年頃になると、友人がいないと実際的な問題も増えてくる。一人でつんと澄ましているわけにもいかなくなったんだろう。好ましい変化と捉えるべきだが、俺からすると寂しい変化でもあった。友人ができた分、俺を頼る機会も減るわけだからな。

ただ、澄香がそうした間に合わせの友人に心を開いていないのは傍目(はため)にも明らかだった。彼女が張り巡らせている壁の分厚さはそのままで、壁越しに外とやり取りするようになったってだけだ。そのことはいくらか俺を安心させた。

状況の変化によって、彼女に話しかけるには今までとは異なる戦略が必要になった。一人ぼっちのクラスメイトに声をかけてやる優しい男の子、っていう役柄は通用しなくなってしまった。そこで俺は、事あるごとに俺と澄香が幼い頃からの縁だということを周囲に匂わせて、一種の兄妹関係みたいなものを演出していった。新しいクラスでは俺たちの共通の知人が少なかったこともあって、その演出はかなりのところまで成功した。俺が彼女の周りをうろちょろしていても、皆それを自然なこととして受け入れてくれるようになった。澄香ただ一人が困惑していたんじゃないかと思う。

言うまでもなく、その頃には俺は澄香を異性として意識するようになっていた。彼女を構成するあらゆる要素を愛(いと)おしく感じていた。今後の人生においてこれ以上のものが俺に与えられはしないことを、はっきり理解していた。

今でもその直感自体は正しかったと思っている。それ以外のすべてが間違っていたとしても。

お前にとって決定的な転機が訪れたのは中学三年生の冬だろうが、俺にとっての第一の転機はその二年前、一年生の冬に訪れていた。

冬休みのスケート教室のことは当然覚えているよな。二年生のときに三人でサボったあれだ。一年生のときは俺も澄香も真面目に参加していた。

俺は男友達と馬鹿をやるふりをしながら、始終澄香の様子を窺(うかが)っていた。彼女が普段つるんでいる連中は皆運動神経が鈍くて、リンクに入ってから十分とせずにリタイアしてベンチでお喋(しゃべ)りに興じていた。澄香一人がリンクに残って黙々と滑っていた。

俺が彼女に話しかけるきっかけを探しているうちに、別のクラスの男子が澄香の前で盛大にすっ転んだ。大技でも決めようとしたんだろう。彼女はそれを避けようとして転倒しかけたが、ぎりぎりのところで踏み留まった。でもどうやらその際に足を挫いてしまったらしい。痛みに顔を歪め、壁に手をついて足を引きずるようにしてリンクを出ていった。

このチャンスを逃してなるものかと、俺は澄香を追った。ベンチに座ってスケート靴の紐を解いている彼女の前に立って、どこか痛めたのかと尋ねた。大したことはない、ちょっと休んでいるだけだと澄香は無愛想に答えたが、俺は構わず隣に腰を下ろした。

それから十分ばかり、俺たちは無言でスケートリンクを眺めていた。気がつけば日が暮れかけていて、リンクに照明が灯った。スケート靴のブレードが氷を削る乾いた音と、同級生たちの幼さの残る笑い声が妙に遠く聞こえた。すぐそこに大勢の人間がいるのに、俺は久しぶりに澄香と二人きりになったような気がした。あの頃車の中に漂っていた沈黙と同じ感触の沈黙がそこにあった。

思えば、澄香の方から先に口を開いたのはそれが初めてだった。

「無理に私に優しくしなくていいんだよ」と澄香は言った。スケートリンクの方を見つめたまま、少しだけ申し訳なさそうに。

別に無理をしているわけじゃない、自分もちょうど休みたかっただけだ、と俺はあらかじめ用意していた台詞の一つを読み上げた。

「そうじゃなくて」と澄香はもどかしそうに言った。

そこで俺は率直に打ち明けた。優しくしているつもりはない、俺は澄香のそばにいたいからそうしているだけだ、しかし迷惑に感じているならそれもやめる。

彼女はしばらく黙り込んでいた。俺としては、今の自分にできる最大限の愛の告白のつもりだった。それは思っていたよりもずっと滑らかに俺の口から出てきた。言い終えた後で、やっとその意味に気づくくらいに。

あらゆる答えを想定していたつもりだった。好意を受け入れられようと拒まれようと、そして彼女がそれをどのように表現しようと、俺は驚かないはずだった。

「模範解答だね」と澄香は乾いた笑いと共に言った。

模範解答？

その言葉の意図はわからないままに、俺は彼女の存在が急速に遠ざかっていくのを感じた。ひょっとしたら俺たちのあいだに横たわる溝は、俺が想像していたよりも遥かに深く広いものだったのかもしれない。そう思った。

彼女はその溝の向こう側から、確信に満ちた目で俺に尋ねた。

「君、プロンプターなんでしょう？」

プロンプター制度のことは中学生の俺でも知っていた。その制度が、いわゆるサクラ妄想の患者を生んでいることも。だから彼女のその一言で何もかもが氷解した。それまで彼女を覆っていた謎の数々は、一瞬にして解き明かされた。

この女の子はサクラ妄想を患っている。それも重度のサクラ妄想だ。

この女の子には、自分以外の人間が全員サクラに見えている。

誰もが自分の前で演技をしていると信じ込んでいる。

彼女は俺の目をじっと覗(のぞ)き込んでいた。自分の投げかけた問いが俺の内部にもたらした波紋の大きさを見定めるかのように。そして俺の動揺の大きさをはっきりと見て取った。彼女はそれを暗黙の肯定と捉え、「やっぱりね」と寂しそうにつぶやいた。

それ以来、俺は何度となく考えてきた——もしこのとき俺が即座に彼女の疑念を晴らせていたら、その後の展開も違っていただろうか？　でもそれは、結局は無意味な問いだ。

「**あの子には友達と呼べるような友達がいないから、これからも仲良くしてやってほしいんだ**」

今の俺の気持ちがどうあれ、最初はそこから始まったのだ。

依頼主が異なるだけで、俺の在り方は完全にサクラのそれだった。一級の役者でもない限り、その疚(やま)しさを隠しおおせるものではない。

俺が動揺から立ち直る前に、彼女は靴紐を結び直してスケートリンクに戻っていった。後を追うことはできなかった。それよりも考えるべきことがあったからだ。次の戦略。彼女が重度のサクラ妄想を患っているからこそ成立する逆説的アプローチ。

冬休みが明けてからも、俺は澄香への接し方を変えなかった。サクラの疑いを解くための行動は一切取らなかった。それどころか、彼女の疑念を裏付けするような行動を進んで取るようにした。

誰かが澄香に近づく素振りを見せると、昔彼女の母親がそうしたように、「あの子には友達がいないから仲良くしてやってくれ」と本人のいないところで頼み込んだ。頼みを受けた相手は必要以上に澄香に親切に接するようになり、澄香はそこにサクラの匂いを嗅ぎとって勢いよくドアを閉ざした。

そうやって、彼女のサクラ妄想に肥料を与えてやった。

俺は澄香が自分のものにならないから、せめて他の誰のものにもならない状況を作りだそうとしたのか？　そういう側面は確かにある。というか、出発点はそこだろう。でもそのような負のモチベーションが、その後十年近くにもわたって継続するとは考えにくい。

俺は自分のものにならない澄香を恨み、彼女を殻の中に閉じ込めることでその恨みを晴らそうとしたのか？　それも違う。俺は彼女に対して腹を立てたことはない。今日この日まで、一度たりともだ。

おそらく俺は、澄香のサクラ妄想を知って、そのサクラ妄想ごと澄香を愛してしまったんだと思う。

彼女の根幹を成すサクラ妄想の保全。俺が目指していたのはそんなところだ。

ところが、二月になって俺の目論見(もくろみ)は早くも破綻しかける。

そう、澄香がお前に声をかけたんだ。

彼女が俺以外を相手にそんなことをするのを見るのは、もちろん初めてだった。

それから一ヶ月ほど、俺は澄香と少し距離を置いた。離れたところから情報収集に徹して、お前たちの関係の正体を見極めようとした。でもそれは本当は二の次で、実際はただ、お前に対する澄香の態度と俺に対する態度とを見比べるのが怖かったんだと思う。だから澄香への関心を一時的に失ったようなふりをした。

　そこからはお前も知っての通りだ。俺は演劇という接点を利用してお前に近づき、友情関係を育んだ。もちろんお前という人間を間近で観察するためだ。彼女が一体お前のどんなところに惹かれたのか、なんとしても突き止めなければならなかった。

　一見したところでは、お前はどこにでもいる、ちょっとばかり陰気な男子中学生だった。取り立てて欠点があるわけではないが、優れた美点があるわけでもない。それでも何か俺の知らない秘密があるはずだった。俺たちには及びもつかないような資質によって、あるいは想像もつかないようなやり方で、お前は澄香の張り巡らせた分厚い壁を突破したに違いなかった。

　だが、お前のことを知れば知るほど謎は深まっていった。どれだけ観察しても、お前には特別なところなんて一つも見当たらなかった――俺と同じように。

　そう、お前は俺に似ていた。もちろん異なる点を挙げようと思えばいくつだって挙げられる。でも根っこの部分では生き別れの兄弟と言っていいほどに似ていた。性格とか趣味嗜好とか、そういうレベルの話じゃない。核が一緒なんだ。だから道筋は違っても、最終的には絶対に同じポイントに着地してしまうんだ。

　結局のところ、それは巡り合わせの問題に過ぎなかったのかもしれない。小崎についての言及も決定的な要素ではないし、お前がそれによって教室で孤立していたこともやはり決定的な要素ではない。お前の外見や中身にも決定的な要素はない。

　でもそうしたいろんな要素が絡み合って、偶然にも澄香の琴線に触れた。

澄香のサクラ妄想の外にお前を置いた。

たぶんそれが真相じゃないだろうか。

要するに、俺には運がなかったということだ。


それから瞬く間に一年半が経過した。このまま何もしなければ俺とお前は生涯の友になるだろうと俺の勘は告げていた。それ自体は歓迎すべきことだ。しかし俺たちが生涯の友でいるということは、お前と澄香の恋模様の一部始終を最前席で見せつけられることを意味している。自分が手に入れられなかったものを眼前に突きつけられつづけ、それでも俺はお前を憎むことはできずに悶え苦しむことになる。

かといって俺がお前から離れていけば、澄香は間違いなくお前の方についていくだろう。このまま指を咥えて眺めているしかないのか、と俺は半ば諦めかけていた。

お前の頭にサクラ妄想が芽生え始めたのは、まさにそんなときだった。

澄香という症例を間近で見つづけてきたからこそ、俺はいち早くそれに気づいた。澄香のサクラ妄想が知らず知らずのうちにお前にも伝染していたのかもしれない。あるいは俺という俳優が常にお前の前で演技をしていたことが、なんらかの契機になったのかもしれない。

たとえば澄香に対してやったのと同じことを、お前にもやったとする。お前のサクラ妄想に水をやり、立派な樹木に育ててやる。お前は以前の澄香のような人間になる。誰も信じられず、誰も愛せない荒野の孤立木になる。

恋のようなものと友情のようなものが天秤にかけられた。天秤はあっさり恋のようなものに傾いた。俺にとっての優先順位ははっきりしていた。

お前のサクラ妄想が十分に育ったところで、俺は澄香をガレージに呼び出した。そして自分がサクラであると告げ、さらにお前もサクラであることをほのめかした。重大な告白の勢いでうっかり口を滑らせたみたいに。

澄香の動揺の大きさは計り知れなかった。そこまでに取り乱す彼女を見るのは初めてだった。そんなのは嘘だと言い、どうにか俺にそれを認めさせようとした。しかし俺は冷静に、彼女のサクラ妄想を的確に刺激する言葉を次々に投げかけてやった。彼女は遂には小さな子供みたいに泣きだして、逃げるようにガレージから去っていった。

その後、運命の瞬間がどのようにして訪れたのかを俺は知らない。しかしある日を境に、澄香はお前と決定的な仲違いをしたようだった。

罪悪感はなかった。物事があるべき状態に復しただけだと思った。


ひとまず肝心なところまで書けて、ほっとしている。

後のことは簡潔に記そう。


俺と澄香は同じ高校に進学した。彼女は昔のように再び殻に閉じこもった。毎朝無表情で駅のホームに立ち、学校では誰とも口をきかず――もちろん俺ともだ――授業が終わると誰よりも早く教室を出た。休日も家に籠もり、誰とも会わなかった。日に日に痩せ細り、瞳は淀んでいった。

でも小学生の澄香と高校生の澄香とでは、何かが明らかに違っていた。彼女の目は昔から遠くを見ていたが、かつての彼女はその視線の先に何かを見出していたわけではなかった。近くのものから目を逸らしていただけだった。しかし今の彼女は、遠い景色の中に何かをしっかりと見出していた。

ある雪の朝、澄香はいつものように一人で駅のホームに立ち、俺は少し離れたところから彼女を眺めていた。中空をぼんやりと眺める彼女は、電車とは別の何かを待っているように見えた。雪が止むのを待つのでも、春が訪れるのを待つのでもない。待ち合わせ場所に現れない誰かを、それでもじっと待ちつづけているかのような。

そのとき俺はふと思った。ひょっとしたら彼女は、サクラが現れるのを待っているんじゃないか。

もちろん彼女の目にはあらゆる人間がサクラに見えている。しかしそれは日常的に接する人間に限った話だ。逆に言えば、自分と関わりを持たない人間はサクラには見えていないということだ。その中間、かつて関わりのあった人々のことは、元サクラとして認識していることだろう。

通常、サクラは自殺ハイリスク者と親しい人物から選出される。しかし、ではその自殺ハイリスク者に一人も親しい人物がいなかったらどうなるだろう？　それでも〈システム〉はサクラを選ばないわけにはいかないだろう。「親しい」の基準をどんどん引き下げていって、相対的に一番ましなやつをサクラに選ぶはずだ。

たとえば、絶交した元親友とか。

要するに、俺はこう考えたわけだ。澄香は自分を窮地に追いこみ、かつ人間関係を極端に制限することによって、サクラとして選出され得る人物をたった一人に絞り込もうとしているんじゃないか。

もう一度尾上が自分のサクラになれば、すべてを一からやり直せると思っているんじゃないか。

そう、澄香の計画はその頃から始まっていたんだ。


高校を卒業すると、俺は澄香と同じ大学に進んだ。親が祖父母の面倒を見るために家を売って町を出ることになったが、俺は安アパートを借りて町に残った。

家を離れるとき唯一心残りだったのは、あのガレージだ。お前や澄香が来なくなってからも、俺はガレージで多くの時を過ごした。一人で映画を観て、一人でポップコーンを食べて、一人で暑さにうだり、一人で寒さに震えた。高校の友達をガレージに呼んだことは一度もない。誰かをそこに招いたら、またあのときと同じようなことが繰り返される気がしたのかもしれない。

ガレージに別れを告げ、アパートに移ってから四日目か五日目に、俺のもとに見慣れない色合いの封筒が届いた。

〈システム〉の指名によって、俺は正式に澄香のサクラとなった。

神が俺を愛しているのかどうかは知らないが、少なくとも〈システム〉は俺の味方をしていた。

俺は彼女の隣を歩く正当な権利を与えられたんだ、と思った。

もし俺の想像通り澄香がお前をサクラとして呼び戻そうとしていたとすれば、俺がその最大の障害となるのは間違いなかった。俺というサクラが真っ当に義務を果たしている限り、第二のサクラが澄香に配される可能性は低い。澄香が本気で死にたがっているなら話は別だが、あいにく彼女には希望がある。それは見せかけの自殺願望でしかない。彼女はその先に、お前との生を見越していた。

その年の秋頃に澄香は劇団に入団した。彼女の動向を把握していた俺は、先回りしてその劇団に籍を置いていた。その際にオーディションのようなものもあったが、難なく突破できた。昔から芝居の類は得意だったし、澄香やお前とのいびつな関係のおかげで自分を偽ることには慣れきっていた。

それでもやはり、役者としての才能は澄香の方が上だった。彼女にとってこの世界は舞台だ。おそらくは物心ついたときから——あるいはプロンプターという概念を知ったときから——彼女は自分の周りの人間を役者として認識し、その一挙一動に目を光らせてきた。また自分自身のふるまいが彼らからどのような反応を引き出すか、注意深く観察してきた。そんなやつにかなうはずがない。

劇団での活動を通じて、澄香は少しずつ、お前との別れによってもたらされた傷から立ち直っていった。劇団にいる人間は皆、多かれ少なかれ普段から何かを演じていた。そしてそれを隠そうともしていなかったから、サクラ妄想を抱える彼女はかえって安心できたんだろう。彼女自身も欺く側に回ったことで、欺かれることへの恐怖が減じていったのかもしれない。お前を取り戻すことも諦め始め、彼女なりのやり方で現実生活に適応していった。

俺は彼女のサクラ妄想が萎(しお)れないように注意を配りながらも、彼女がまた俺の呼びかけに応じてくれるくらいにまで回復したことを素直に喜んだ。俺にとって理想の澄香は小学生の頃の澄香で、劇団に馴染(なじ)んできた頃の彼女はかなりそれに近い状態にあった。その状態ができるだけ長続きすることを、俺は祈った。

お前と澄香を引き離すことに成功してからも、俺はずっと怯えていた。嫌な夢を見て夜中に目を覚ますこともしょっちゅうだった。いずれ、二人のどちらかが真実に行き着いてしまうんじゃないか。すべては俺が仕掛けた罠だったとわかれば、お前たちはあっという間に和解するだろう。一度互いを失いかけたことでその愛情はより強固なものとなり、今度こそ俺の付け入る隙はなくなるだろう。

でも二年、三年と時が過ぎ、一向にお前たちの関係が修繕されないのを見て、俺は徐々に警戒を緩めていった。澄香はそのあいだもお前を求めつづけていたが、お前もまた（おそらくは）澄香を求めつづけていることには気づいていなかった。互いに自分は見捨てられた側だと思い込み、その誤解を起点にして人生を組み立てていった。

俺は四六時中澄香につきまとうのをやめて、頻繁に長い旅行に出るようになった。どうしてそんなことを始めたのかは俺にもよくわからない。澄香から逃げたかったわけじゃないのは確かだが、かといって俺自身から逃げ回っていたわけでもない。自分があまりに長いあいだ同じところに留まっているのを内心で自覚していて、そこから来る反動みたいなものだったのかもしれない。

劇団に入って二年が過ぎ、お前たちのすれ違いの元凶が自分であることを俺自身さえ忘れかけた頃、突然澄香の頭の中で歯車が嚙み合った。まるで俺の警戒心が緩みきる隙を長いあいだ待ち続けていたみたいに。

そのとき澄香はある有名な芝居を演じていた。主役ってほどではないが、裏方に回りがちな彼女にしてはかなりいい役回りだ。男と女がすれ違いの果てにどっちも命を落とすありふれた悲劇で、彼女の演ずる小男は、その男女を仲裁しようとするものの、どちらにも相手にしてもらえない、そういう役だった。

舞台の上で彼女がその小男の台詞を読み上げているとき、不意に彼女の声が途切れた——もっとも俺はその場に居合わせなかったから、あくまで伝え聞いた話だ。

それまで澄香が台詞を忘れたことなんてただの一度もなかったから、皆初めはそれを彼女のアドリブだと思った。でもそれにしては沈黙が長すぎた。彼女はいつまでも凍りついたままだった。団員の誰かが小声で台詞の続きを教えようとしたけれど、彼女の耳には入らなかった。完全に上の空で、身じろぎひとつしなかった。

その夜、澄香は俺のアパートを訪ねてきた。そして、頼むから本当のことを話してくれと俺に懇願した。

俺はあっさり全部を吐いた。尾上くんと鯨井くんは本当に私のサクラだったのか。真相を打ち明けた後で、ずいぶんほっとしたことを覚えている。

夕暮れになってやっと見つけてもらえた、かくれんぼの最後の一人みたいに。

長年にわたって自分が欺かれてきたことを知った彼女は、しかし腹を立ててはいなかった。お前に嫌われていなかったことを喜ぶでもなく、結果的にお前を傷つけてしまったことを嘆くわけでもなく、ただ俺を憐れむような目で見つめていた。

そして澄香の計画は再始動した。

彼女はそれまでの数年間で築いた人間関係を徹底的に破壊していった。劇団の全員が自分を見放すように仕向け、大学でささやかな繋がりを持っていた人々とも交流を断ち、アルバイトを連絡もなしに辞め、お前を除くあらゆる人間から憎まれるように立ち回った。

　当然その矛先は俺にも向けられた。詳細は省くが、彼女がその気になればこれほどまでに悪意に満ちた人間になれるのかと、俺は正直感心すらした。彼女は俺という人間の急所を俺よりも正確に知り抜いていて、そこを容赦なく攻撃してきた。それでも俺が他の連中のように壊されずに済んだのは、たぶん最初から壊れていたからだ。さすがの澄香も、最初から壊れているものをもう一度壊す術（すべ）までは知らないようだった。

　お前は不思議に思うかもしれない。なぜ澄香はそんな回りくどい手段を採ったのか。お前がサクラに選ばれるまでサクラ候補者を潰して回るなんてことをせずとも、ただお前に会いに行って話をすればいい。「あれは全部誤解で、私はずっと尾上くんを好きだったんだよ」と本人に伝えれば、それで済む話だ。

　しかしそれは彼女にとって一種の強迫観念になっていた。お前が本物のサクラとして澄香のもとに現れる、そういうかたちでしか真の和解は訪れないと彼女は強く信じ込んでいた。確かに今さら澄香がお前に会いに行って真実を伝えたとしても、お前はそう簡単には信じないだろう。良かれ悪（あ）しかれ、その過去は既にお前という人間を構成する大事な一部分になってしまっている。それを否定することは、お前の足場を打ち砕くことでもある。

　お前と同様にサクラ妄想に囚（とら）われている自分ならどうすれば相手の言葉を信じるようになるか、という角度から彼女は考えたんだろう。そしてお前にサクラの立場を与えるという発想に至った。互いが互いのサクラであるという状況はあり得ない。もしお前がサクラになれば、そのときお前は完全に澄香のことを信頼できるようになる。

　そのようにして彼女は一帯の芽を摘んでいき、最後に俺が残った。どうやら俺というサクラが残っている限り、お前がサクラとして引っぱり出されることはないようだった。

　澄香は必死に俺を突き放そうとしている。でもそれが不可能だということが、いずれ彼女にもわかるだろう。そのことを理解したとき、今の狂気に取り憑かれた澄香がどんな行動に出るか、俺にはなんとなく想像がつく。おそらく彼女はもっとも単純でもっとも愚かな選択をする。

　たぶん俺は澄香に殺されると思う。できるだけ、それに協力してやるつもりだ。そのとき俺は、初めて澄香に心から感謝されるだろうから。


　俺はお前に謝るべきなんだろう。でも死に際に謝るってのは、なんだか卑怯な気がする。だから俺はお前の恨みを受け入れようと思う。俺がいなくなった後も、好きなだけ俺のことを恨んでくれ。

　ただ一つ勝手なことを言わせてもらうと、お前とガレージで過ごしたあの時間が、俺は割に好きだった。

　最近思い出すのはその頃のことばかりだ。

　今隣にお前が座っていたら、どんなにいいだろうかと思う。

13

その女ともう一度会ってみる気になったのは、彼女のメールの文面から素朴な感謝の念が感じられたからだ。前の仕事の関係者とは二度と関わらないつもりでいたが、電話をかけて話を聞いてみると、彼女も尾上と同様にマッチングアプリの仕事を最近辞めたらしかった。向こうも尾上が辞めたことを聞いて驚いている様子だった。

「今は何をされているんですか？」と美和は尋ねた。

「何もしていない」と尾上は答えた。本当に何もしていない。

「それならすぐに会えますね」

前に会ったときと同じ喫茶店で待っています、と言って美和は電話を切った。尾上はTシャツの上に薄手のジャケットを羽織り、車に乗り込んで喫茶店に向かった。

連日続いた雨は、今朝になってようやく止んでいた。街路樹は葉先からぽつぽつと水を滴らせ、舗道の水溜まりが陽光を反射して白くきらめいていた。車内は蒸し暑く、尾上は運転席の窓を全開にした。それでもまだ汗が滲んだので、途中で車を停めてジャケットを脱いだ。それでやっと快適になった。

美和は尾上より先に喫茶店に到着していた。数ヶ月ぶりに会う美和は、尾上の記憶の中の彼女よりもいくらか頬がふっくらして見えた。笑顔だからそう見えるのかもしれない。

以前会ったときよりも好意的な態度で、彼女は尾上に挨拶をした。尾上も挨拶を返した。

「直接お礼を言いたくてお呼びしたんです」美和はそう言うと、彼女が仕事を辞めるに至った経緯を簡単に説明した。

尾上のアドバイスを受けた後、美和はそのアドバイスを愚直に実行した。「不安そうな男」の観察に努め、利用者の感じている不安を見抜く訓練に励んだ。男たちの思考をトレースし、今彼らが一番ほしがっている言葉はどういった性質のものなのか、懸命に想像した。

そうしているうちに、利用者の側に感情移入するようになってしまったという。

「そんなとき、この人を騙（だま）すのは申し訳ないなって思うくらい、まともな男の人が現れたんです」と彼女は嬉（うれ）しそうに語った。「それで、サクラのくせに、直接会ってみようという気になっちゃいまして」

その後の展開は説明されるまでもなかった。彼女が仕事を辞め、尾上に礼を言うということは、つまりそういうことだ。

「おめでとう」と尾上は祝福した。「サクラだったことは一生の秘密だな」

「いえ、最初にばらしちゃいました。私、そういうのを隠したまま誰かと付き合っていけるほど器用じゃないので」

「相手の反応は？」

「どうでもいい、ということでした」

「寛容な人でよかったな」

「そういう人だってわかってたんです。だから会う気になったんですよ」

それからしばらく美和の恋人自慢が続いた。尾上は適当に相槌（あいづち）を打ちながらそれを聞いていた。

自分に向けられた人の声を聞くのは久しぶりで、なんだか異国の音楽でも聴いているみたいだった。ひどく遠い世界について歌われた唄だが、聴き心地は悪くない。

「そういえば尾上さんも仕事辞めちゃったんですよね」

「ああ」

「なんで辞めちゃったんです？　天職だったのに」

「飽きたんだ」

「ふうん」と彼女は言った。「いずれにせよ、私たちはこれから騙す側ではなく、騙される側に回るわけですね」

「そうだな。せいぜい気をつけるよ」

「私も気をつけます」彼女は同意し、それから思いついたように言った。「とはいえ、騙されるのも悪いことばかりじゃありませんよ」

「君の恋人の例があるように？」

「そういうことです」と言って美和は微笑(ほほえ)んだ。


　美和の言うように、マッチングアプリのサクラは尾上にとって天職のようなものだった。愛に飢えた人々の気持ちを深く理解し、彼らの欲している言葉を的確に選ぶことができたから、というのもその理由の一つではあった。

　でもそれだけではない。尾上はその仕事から一種の癒やしを得ていた。誰からも求められることのない寂しさを疑似的に埋めることができたし、何より、愛に飢えているにもかかわらず偽物しか手に入れられない人間が自分以外にも大勢いると実感できることが、彼の痛みをわずかではあるがやわらげてくれていた。

仕事を辞める決心がついたのは、そのような癒やしが不要になったからというのが一番大きい。

これまでサクラとして欺いてきた人々に、尾上は思いを馳(は)せた。まともな人もたくさんいたが、まともではない人もそれと同じくらいいた。プライドを捨てきれずに虚勢を張っている人もいたし、プライドを捨てすぎて卑屈になっている人もいた。愛に飢えすぎて半狂乱になっている人もいれば、飢えを通り越して愛したり愛されたりというのがそもそもどういうことなのか想像することさえできなくなっている人もいた。

それでも彼らは俺よりも何歩も先を行っている、と尾上は思う。少なくとも彼らは手を伸ばしている。その手で何かを摑(つか)もうとしている。たったそれだけのことでも、俺にとってはどうしようもなく勇気の要る行為だ。何しろ俺の精神は十五歳の地点からようやく歩み始めたばかりなのだ。一体どれくらい歩みつづければ彼らの背中が見えてくるのか、それは今の俺には想像もつかない。

だが急ぐことはない。そう尾上は自分に言い聞かせる。自分なりのペースでやっていくしかないのだろう。彼らと同じコースに復帰できただけでも、ありがたいと思わなければならない。

喫茶店を出て、駐車場で美和と別れた。別れ際、彼女は肩のあたりで小さく手を振っていた。あの頃澄香が毎朝尾上に向けてそうしていたように。

陽光を受けた〈手錠〉が、彼女の腕の動きに合わせて輝いていた。

「さようなら、尾上さん。お元気で」

たぶん彼女と会うことは二度とないだろう。美和の背中を見送りながら、尾上は何とはなしにそう思った。それは霞（かすみ）や澄香（すみか）、そして鯨井（くじらい）と二度と会えないのと同じくらい自明なことに感じられた。彼女はサクラの呪いが解ける以前の尾上に属するいろんなものの象徴として、最後に別れの挨拶をしにきたかのように尾上には思えた。

騙されるのも悪いことばかりじゃありませんよ。

帰りの車の中、美和のその言葉を尾上は思い返した。

果たして本当にそうだろうか？

尾上自身の過去を振り返ってみると、そこで生じた問題の多くは、騙されるか、騙されまいとしたために生じていた。仕事を通じて尾上が欺いてきた連中だって、一時的に夢を見ることはできたかもしれないが、最終的には金と時間を浪費させられただけだ。美和のように前向きな結果に繋（つな）がるのは、例外中の例外だろう。

けれども仮に世界中の人間が最初から嘘（うそ）偽りなく本心を曝（さら）け出していたら、澄香がサクラ妄想に陥ることもなく、尾上に特別な好意を抱くこともなかったかもしれない。鯨井が澄香に恋をすることだってなかっただろうし、尾上と友人になることもなかった。

そして結局のところ、と尾上は思う。そのような疑念や策略が絡み合って生まれたいびつな友情が、今のところ俺にとっては人生で最上のものなのだ。

夕食を済ませてマンションに帰り着く頃には夜の九時を回っていた。リビングにはまだ昼間の熱気が残っていた。窓を開け放ち、明かりを消してから尾上は浴室に向かった。汗をかいた分、普段より長めにシャワーを浴びた。石鹸（せっけん）で体の隅々まで入念に洗ってから浴室を出て、タオルで体を拭いた。

寝間着に着替えてリビングに戻ると、昼の熱気はあらかた去り、代わりに春の夜の匂いが部屋中に行き渡っていた。窓際に立って窓を閉めようとしたが、そのままにしておくことにした。明かりもつけず、尾上はソファに腰を下ろした。心地よい肌触りの夜風がカーテンを揺らして部屋に吹き込んでいた。耳を澄ますと虫の声が遠く林の方から聞こえた。

台所に行ってグラスにウイスキーを注ぎ、氷を浮かべた。それを持ってベランダに出ようとしたとき、何かが静寂を破った。着信音だった。尾上はデスクの上のスマートフォンの画面に目をやった。美和かと思ったが、知らない番号からの電話だった。

着信音はなかなか止まなかった。尾上はグラスを置いてからスマートフォンを手に取り、電話に出た。知らない声が、知らない誰かの名を呼んだ。相手が話し終えるのを待ってから、番号違いであることを告げて尾上は電話を切った。そしてスマートフォンをデスクに伏せてグラスを手に取り、サンダルを履いてベランダに出た。

折り畳み椅子に腰かけ、ウイスキーを飲みながら夜の町を眺めた。大した景色ではない。人家の窓から漏れるほのかな明かりと規則的に並ぶ外灯、そして道路を行き交う車のライトを別にすれば、あとは闇が広がるばかりだ。それでも冬に比べれば、景色はいくらか親しみの持てるものになっていた。

もっともそう感じるのは季節の移ろいだけが理由ではないかもしれない、と尾上は思う。ほんの少し前まで、俺がどこにいようと、俺がいるその場所こそが桜の町だった。町には俺を脅かすサクラが潜んでいるはずで、一時たりとも気を抜くことはできなかった。

〈花枯らし〉の名を久しぶりに思い出した。

その表現に即して言えば、俺の桜は枯れたのだ。

煙草(たばこ)を取り出して一本咥(くわ)え、〈手錠〉を外して煙草の箱の上に置いた。煙をたっぷり吸い込み、少しずつ吐き出した。そして再び〈手錠〉に目を向けた。かつてはサクラやサクラを生み出す制度の象徴として彼を縛りつけていたそれも、今となってはただの腕輪にしか見えなかった。

これだって結局は、この世界を構成する舞台装置のうちの一つに過ぎない。

問題はいつだって俺たちの方にあるのだから。

煙草の香りと夜風の匂いが混じり合う。春の煙草は冬の煙草とは違った味がする。季節そのものの匂いよりも、それは記憶の深いところに刻まれている。新しい季節の香りはいつだって新鮮で、この先何十年生きようが、春という季節を自分は驚きを持って迎えるだろうと尾上は想像する。


　気がつくと時間が飛んでいる。うたた寝してしまっていたらしい。もうすぐ本物の眠りがやってくるだろう。そろそろ部屋に戻らなければならない。きちんとベッドで眠り、明日一日を生き抜くための英気を養わねばならない。

　それにしてもどうして今夜はこんなにも暖かいのだろう、と尾上は不思議に思う。そしてその答えに至るより早く、吸い込まれるように眠りに落ちていく。

*

すべての真相を知った尾上が最初にとった行動は、その唯一の証拠である手帳を焼き捨てることだった。

手帳を三度読み返し終える頃には、懐中電灯の明かりがいらなくなっていた。尾上は手帳をポケットに入れ、ドアを開けて車外に出た。夜の名残りの深い紺色に、淡いオレンジが混じり始めていた。境内を囲む林から小鳥のさえずりが聞こえた。一方からの鳴き声にもう一方の鳴き声が応じ、それにまた別の鳴き声が応じるといった調子で、次第に林は賑(にぎ)やかになっていった。

車のボンネットに腰を下ろして煙草を咥えた。途端にひどい虚脱感に襲われた。運転の疲れだけでなく、ここ数ヶ月で蓄積した疲労がまとめて押し寄せてきたみたいだった。手足にうまく力が入らず、体を動かそうとすると頭の芯が鈍く疼(うず)いた。一晩で十年も老け込んでしまったような気がした。

煙草に火をつけた後、尾上はポケットから手帳を取り出してそちらにも火をつけた。空気は乾いていて、手帳はすぐに燃えた。それが一連の事件の真相と共に灰になっていくのを、尾上はじっと見届けた。

澄香は最後まで尾上だけを求めていた。その事実を、今さらどう受け止めればいいのかわからなかった。そうであってほしいと願いつづけてきたからこそ、そこには無数の「でも」が張り巡らされていた。一番の祈りだけは絶対に聞き届けられないという強固な信念が、尾上の頭に深く根を下ろしていた。

しかし、それはほかでもない鯨井の告白だった。信じないわけにはいかない。俺はそれを正面から受け止めなければならないのだと尾上は思った。彼女は俺の好意を反射するだけの鏡などではなかった。あの頃俺の目に映っていた澄香が、そのまま本物の澄香だったのだ。彼女は俺と離れ離れになった後も、七年間近くずっと俺のことを思いつづけてくれていた。

都合の良すぎる夢でも見ているみたいだった。でも実際は、悪夢からたった今日覚めたというべきなのだろう。

その悪夢に、尾上は今一度思いを馳せた。**本当は、俺のことなんて全然好きじゃなかったんだろう？** 七年前のあの日、踏切越しに俺が投げかけた言葉を、彼女は一体どんな気持ちで聞いていたのだろう？ この世界で信用できるたった一人の相手に突き放されたとき、一体どれほどの絶望が彼女を襲ったことだろう？

そしてそれほど残酷な目に遭わされた直後にもかかわらず、彼女は気力を振り絞って「うん。全然好きじゃなかった」と答えたのだ。

尾上くんが、せめて後腐れなく私のもとを去っていけるように。

戻れるものならあの瞬間に戻りたかった。踏切を渡って彼女に駆け寄り、この腕で彼女を抱き締めたかった。全部誤解に過ぎなかったのだと教えてやりたかった。彼女が尾上を必要としていたのと同じかそれ以上に、自分も彼女を必要としていたのだと伝えたかった。

でもそれは七年も前に終わってしまったことだった。どれだけ声を張り上げたところで、あの頃の自分たちに思いを伝える手立てはなかった。

あり得たかもしれない二人のもう一つの今が、次々と頭に浮かんだ。それを押し止(とど)めるのは不可能だった。その「今」と比べたら、自分の今いる現実にはなんの価値もないように思えた。

煙草のほとんどが灰になると、尾上は急(せ)き立てられるように二本目の煙草に火をつけた。そして煙の味に意識を集中した。そうやって気を逸(そ)らさないことには、胸の内側で膨れ上がった何かが破裂してしまいそうだった。

思いを振り払うように、尾上は頭上の桜を見上げた。夜明けの淡い光のもとで見る桜は、なんということはないありふれた白い花として彼の目に映った。事実、それはただの花なのだ。すぐに散ってしまうから有り難がられているだけで、一年中同じように咲いていたらすぐに飽きられてしまうだろう。

霞ならこれを見てなんて言うだろう、と尾上はふと思った。植物園の好きな彼女のことだから、桜だって人並みに好きだったに違いない。彼女は真夜中の植物園を尾上と見にいくことを望んでいた。結局、その約束は果たされないまま終わった。彼女は今年の桜を拝むこともできなかった。あのちっぽけな造花の桜が、彼女の見た最後の桜だろう。

でも仮に本物の桜を見られたとしても、霞の決意は変わらなかったに違いない。やはり彼女はどこかのタイミングで尾上の前から姿を消し、確固たる意思を持って当初の目的を果たしたはずだ。

澄香と鯨井に関するすべての謎が明かされた今、霞が一人で死ぬことを決めた理由も、尾上には容易に想像できた。

「私が今日まで死なずにいたのは、いずれ尾上さんがサクラになることがわかっていたからかも

しれません」

彼女が最後に口にした言葉。それは偶然にも、生前の澄香の真の目的を言い当てていた。

それに気づいたとき、彼女は自分の犯した過ちの本当の意味にも気づいたはずだ。

私は姉がすっかり変わり果ててしまったものと思い込んでいたが、本当はそうではなかったのではないか。

姉は精巧な仮面を被(かぶ)っていただけで、その仮面の向こうには、私が大好きだった頃の姉がそっくりそのまま残っていたのではないか。

尾上さんと再会するという目的が果たされれば、すぐにでも仮面を捨ててもとの自分に戻る準備ができていたのではないか。

そして私は、その機会を姉から永久に奪ってしまったのだ。

もはや霞に後戻りする道は残されていなかった。最後に彼女がしたことは、姉がそこまでして取り戻そうとしていた尾上という男を、生の側に突き放すことだった。

そうしなければ、尾上までも姉から奪ってしまうことになると思ったのかもしれない。


好きなだけ恨んでくれ、と鯨井は手帳に書いていた。でも不思議と、彼に対する怒りは湧いてこなかった。それは彼が既に十分な罰を受けているからでも、手帳に書かれた最後の数行に心を動かされたからでもなかった。

俺だって、どちらかを取れと言われたら迷わず澄香の方を取っただろう。

それで終わる話だ。お互い損な役回りだったが、それでも向こうの辿(たど)った運命と比べれば、俺の方が幾分かましかもしれない。

許す、というのとは少し違う。同情するというのでもない。

認める、というのが一番近いだろうか。


最後に、もう一度だけ車内に戻ってみることにした。ドアを開けたとき、鯨井の姿が見当たらないことを尾上は不思議に思った。一晩中、彼とそこで話をしていたような気がしていたのだ。でも車内にはうっすらと錆(さび)と油の匂いが漂っているだけだった。

ドアを開け放したまま運転席に寝転び、夜明けが完全な朝を運んでくる様子を眺めた。太陽が白く照りつけると桜は再び特別な花らしさを取り戻した。だが尾上は目を閉ざし、瞼(まぶた)の裏に浮かんでくる情景の方に見入った。

中学三年生に進級して、最初の登校日のことだ。学校に着き、昇降口に貼り出されたクラス編成表を眺めていた澄香は、不意に顔を伏せて目元を押さえた。

どうかしたのかと尾上が尋ねると、澄香は無言で首を振った後、「花粉症」と鼻声で言った。

「今私の顔すごいことになってるから、見ない方がいいよ」

「何の花粉?」

「杉と檜(ひのき)と稲とヨモギとたんぽぽ」

わかりきった嘘だったが、尾上は「それは大変だな」とだけ言っておいた。

後日、鯨井と二人きりになったときにその話をした。

「急に泣きだしたからびっくりしたよ」と尾上は言った。「あれはなんだったんだろう?」

「そりゃ、お前と一緒のクラスになれたのが嬉しくて泣いてたんだろう」と鯨井はなんでもなさそうに言った。「俺だって死ぬほど嬉しかったからな。三人が離れ離れにならずに済んで」

あまりに率直な物言いに尾上はたじろいだ。

「確かに嬉しかったけど、泣くほどかな」

「俺も今朝は緊張で吐きそうだったよ。万が一お前らと離れ離れになったら、素知らぬ顔で机を運んでお前らのクラスに通おうと思ってた」

「それはちょっと見てみたかったな」

「お前はどうだ？　俺たちと離れ離れになったらどうしてた？」

尾上はしばらく考えてから言った。「世を儚んで隠遁していたかもしれない」

「そっちの方が見てみたかったな」

鯨井も声を上げて笑った。

その後に現れた澄香に、二人は同じ質問を投げかけた。

澄香は真剣な表情で考え込んだ。

「そのときは、一日ごとに尾上くんか鯨井くんとクラスを代わってもらうしかないね」

「男装をして？」と鯨井が訊いた。

「そう。二人は代わりに女装をするの。制服も交換して」

「鯨井の演技力なら、案外いけるかもしれない」と尾上は言った。

「私は無理だと思うな」と鯨井が澄香の真似をして言った。その物真似があまりに似ていたものだから、真似をされた澄香当人まで腹を抱えて笑っていた。

あの瞬間、俺たちは本当に親友だったのだな、と尾上は思った。

　何かが内側で決壊する気配があった。二度と開かないように厳重に封じ込めていた扉が破れ、そこに押し込めていた古い気持ちの欠片たちが溢れ出すのを感じた。眩暈にも似た感情の奔流に、尾上は歯を食いしばってじっと耐えた。でも堪えようとすればするほど、それは際限なく勢いを増していった。

　どうして皆早く本当のことを言ってくれなかったんだ、と叫び出したくなった。たった一人でも手遅れになる前に真実を打ち明けてくれていたら、こんなひどい結末にはならなかったかもしれない。澄香も鯨井も霞も、全員が当たり前に生きている今だってあり得たかもしれない。

　そして誰よりも馬鹿だったのは俺自身だ。澄香の気持ちをもう一歩踏み込んで確かめる勇気があったら、鯨井と真っ向から向き合う度胸があったら、絶対にこんなことにはならなかった。澄香は俺の言葉を信じてくれただろうし、鯨井とは何度喧嘩しても最後には仲直りできたはずだ。霞だって、大好きな姉を失いさえしなければ真っ当に幸せになれる女の子だった。

　そうして俺一人が残された。俺も今すぐ三人の後を追うべきなのかもしれない。そうすれば仲間外れにならずに済む。これ以上悩むことも悔やむこともなくなる。

　でも本心では自分に死ぬ気がないことを、尾上は知っていた。彼の手首の〈手錠〉も、おそらくはそれを見抜いていた。

　いくら悲嘆に暮れてみたところで、彼を慰めるサクラが現れることはない。

　本物の親友が二人もいた人間に、サクラは不要なのだ。

　一人ここに残って彼らを思いつづけること。それが俺に与えられた役割なのだろう。

そう思った。

初めて澄香が声をかけてくれた日のことを、尾上はまず思い出した。そこから一日一日、思い出せる限りのことを順番に記憶から掘り起こした。そしてひとつひとつの記憶に貼りつけてあった〈偽物〉の印を取り外していった。花びらを一枚一枚千切るように。

*

町に戻る頃合いだった。最後に一本だけ煙草を吸い、灰皿に吸い殻を残して尾上は車を降りた。桜の立ち並ぶ参道を、一歩一歩踏みしめるように歩いていった。まだ冷たさの残る風が境内を吹き抜けていき、木々がざわめいて花を散らした。

鳥居を潜(くぐ)り、丸太の階段を下りて自分の車に戻った。運転席に座ったとき、たった一晩離れていただけなのに、そこがひどく懐かしい場所に感じられた。ミラーの角度を微調整し、シートベルトを締めてハンドルを握ると、しばらくそのままの姿勢で意識が馴染(なじ)むのを待った。

最後に大きく深呼吸してから、キーを回してエンジンをかけた。車体が大きく身震いし、計器盤のランプが灯(とも)った。

ナビが起動し、いつものように目的地を尋ねてきた。

桜の町、と尾上は無意識に答えていた。

〈桜の町〉は見つかりませんでした、と少し後でナビが言うのが聞こえた。

本書は書き下ろしです。

装画　禅之助
装幀　川谷康久（川谷デザイン）

［著者略歴］
三秋 縋（みあき・すがる）
1990年、岩手県生まれ。2013年、『スターティング・オーヴァー』でデビュー。繊細で透明感のある文体が、若者から圧倒的な支持を得る。『君の話』で吉川英治文学新人賞にノミネート。主な著作に『三日間の幸福』『いたいのいたいの、とんでゆけ』『君が電話をかけていた場所』『僕が電話をかけていた場所』『恋する寄生虫』など。

さくらのまち

2024年10月5日　初版第1刷発行
2024年10月8日　初版第2刷発行

著　者／三秋 縋
発行者／岩野裕一
発行所／株式会社実業之日本社
〒107-0062　東京都港区南青山6-6-22 emergence 2
電話（編集）03-6809-0473　（販売）03-6809-0495
https://www.j-n.co.jp/
小社のプライバシー・ポリシーは上記ホームページをご覧ください。

ＤＴＰ／ラッシュ
印刷所／大日本印刷株式会社
製本所／大日本印刷株式会社

ISBN978-4-408-53866-2（第二文芸）